無正之路
Fantastic Oriental Heroes

무정지로

무정지로 1
참마도 新무협 판타지 소설

초판 1쇄 찍은 날 § 2004년 5월 1일
초판 1쇄 펴낸 날 § 2004년 5월 10일

지은이 § 참마도
펴낸이 § 서경석

편집장 § 문혜영
편집책임 § 김민정
편집 § 장상수 · 김희정 · 최하나
마케팅 § 정필 · 강양원 · 이선구 · 김규진
펴낸곳 § 도서출판 청어람
등록번호 § 제1081-1-89호
등록일자 § 1999. 5. 31
어람번호 § 제2-0366호

주소 § 경기도 부천시 원미구 심곡1동 350-1 남성B/D 3F (우) 420-011
전화 § 032-656-4452 팩스 § 032-656-4453
http://www.chungeoram.com
E-mail § eoram99@chol.net

ⓒ 참마도, 2004

ISBN 89-5831-066-9 04810
ISBN 89-5831-065-0 (SET)

無正之路

Fantastic Oriental Heroes

참마도 新무협 판타지 소설

도서출판
청어람

목차

작 가 의   말

무협을 좋아합니다. 그 광대한 세계의 이야기에 빠지기를 좋아하고 그 속
에 나오는 사람들의 이야기에 귀 기울이는 것을 좋아합니다. 그런 이야기들
이 나와 있는 책을 잡고 조금만 더 보자 하는 심정으로 있다가 어느새 새벽동
이 터 오르는 경험은 마냥 기분 좋게 느껴졌습니다.

작가의 상상력에 감탄을 하고 찬사를 보내다 문득 나의 상상력은 어떻게
보여질 수 있을까 하는 생각을 해보았습니다. 그렇게 우물쭈물 망설이다 그
냥 사고 한 번 치는 기분으로 쓰기 시작했습니다.

글이라고는 어릴 때 일기 쓰기도 잘 안 했던 사람으로서 솔직히 부담이 됩
니다. 하나 이미 시작한 이상 끝을 봐야 한다는 묘한 책임감을 가지고 끝까
지 가도록 하겠습니다.

이 글을 쓸 수 있도록 공간을 마련해 주신 인터넷 사이트 '무협 소설 천
국'의 운영자 북천후님께 감사드립니다. 또한 질책보다는 부드러운 당근(?)
으로 힘을 주신 무협 소설 천국의 회원 여러분, 특히 대마교의 교주님과 신마

객대사형님을 위시한 마왕님들께 깊은 감사의 말씀을 드립니다.

힘들고 답답한 생각이 들어 마냥 울고만 싶어질 때 시작한 글입니다. 그 글로 스스로 위안을 찾고자 하는 생각을 했었고 그 속에서 나의 모습을 누군가에게 투영시키고자 노력했습니다.

저 푸른 하늘 아래 사는 사람들이 모두 행복했으면 좋겠습니다. 하나 현실은 참으로 답답하며 힘들다고 생각됩니다. 이 글을 읽는 모든 사람들이 잠시나마 그 답답한 현실을 잊고 상상의 푸른 날개를 펼 수 있기를 기원합니다.

참마도(斬魔刀) 올림.

서장 1

쩌러렁!

"큭!"

"……."

검을 들고 있는 한 사람의 주위로 무림인으로 보이는 일단의 사람들이 낭패 가득한 표정을 짓고 서 있었다. 맑은 검명과 함께 모두 뒤로 물러선 듯했다.

"계속하시겠소?"

머리 속을 울리는 넉넉한 소리가 중인들의 귀에 들어온다. 중앙에 홀로 서 있는 사람에게서 나온 말인데 도발적인 언사에도 불구하고 중인들은 말없이 그저 바라만 볼 뿐 아무도 나서지 못했다.

그저 할 수 있는 것이라고는 모두 저마다의 무기를 쥐고 아무 말 없이 그를 노려볼 뿐이었다.

어느 이름 모를 산의 작은 분지 위에서 그렇게 시간은 흘러갔다. 적막한 고요 속에서 문득 하나의 음성이 다시 들려왔다.

"묻겠소이다. 그대의 무공, 이름이 무엇이오?"

"…모르오. 나도 그냥 수련하다 보니 할 수 있게 된 것이오. 성의없다 생각지 말고 사실로 여겨주시오, 암격제 당현 어르신."

당현이라 불린 사내의 눈이 꿈틀거렸다. 이미 황혼의 나이에 접어든 그의 얼굴에 한줄기 노기가 스쳐 갔다. 곧이곧대로 생각하기에는 정말 성의없는 대답처럼 들렸다.

"아미타불, 소림의 무학이라 하오. 솔직히 사정이 있어 말씀을 못한다고 생각되오만 확실히 그대의 무공은 대단하외다. 이 무학, 탄복했소이다!"

"감사하오, 무학 대사."

무학이란 스님의 합장에 사내는 조용히 허리를 숙였다. 그때였다.

"닥쳐라! 여기 있는 분들을 꺾었다고 무림을 꺾은 것으로 생각할지 모르겠으나 청백지강호 어르신들이 오셨다면 넌 십초지적도 안 되었을 것이다! 하물며……."

"조용하지 못할까, 당세극! 감히 어느 자리라고 나서는 것이냐?"

삼십 대 중반의 장한이 앞으로 나서며 얼굴 가득 독기를 품고 말하자 당현이란 사내가 말을 잘랐다. 당현이란 사람의 얼굴이 벌겋게 물들었다.

"아미타불… 시주, 한 가지만 여쭈어봐도 되겠습니까?"

"얼마든지 물어보십시오, 구여신니시여. 숨김없이 말씀드리겠습니다."

인자한 미소를 담은 여승의 입이 다시 열렸다.

"그대의 무공, 혹 전단격류라 불리는 무공은 아닌지요?"

“……!”

중인들의 얼굴에 당혹감이 스쳤다. 전단격류… 실체도 기록도 변변히 없는 불패의 무공. 설마 저자가 전단격류를 익혔단 말인가? 하나 그들의 얼굴은 다시 의아함으로 물들어갔다.

“아닙니다, 신니. 전 제 무공이 전단격류인지 뭔지 모릅니다. 그저 가전의 무공을 수련했을 뿐입니다. 감히 전단격류라 말씀드리기는 좀 그렇군요. 확실하게 말씀드리자면… 저도 잘 모릅니다.”

“아미타불…….”

아리송한 대답에 구여신니는 불호만 되뇌였다. 왠지 청년이 거짓말을 하는 것 같진 않았지만 그렇다고 믿기도 힘든 대답이었다.

“허허, 저도 하나 묻겠소이다. 그래도 되겠소이까?”

“어느 안전이라고 거절하겠나이까. 경세 진인께서는 안심하고 하례하시지요.”

“감사하오이다, 소협. 그럼 한 가지만 물어보겠소. 앞으로 소협은 어떻게 할 것이오? 혹 문파라도 창시하려는 것이오?”

“…….”

잘 대답하던 그가 이번엔 아무런 말도 못했다. 그저 주위를 한 바퀴 돌아볼 뿐.

중인들도 긴장된 얼굴로 그를 바라보았다. 그의 한마디가 앞으로의 강호 정세를 좌지우지할 것이기에…….

한참이나 말이 없던 그는 여기저기 자신을 바라보는 시선들을 보다가 어느 순간 옅은 미소를 떠올렸다. 한데 그리 못난 얼굴은 아니지만 왠지 웃는다는 것이 어울리지 않는 사내의 신형이 돌아섰다. 그리고는 천천히 내려가기 시작했다.

“저 건방……!”

“조용!”

여기저기서 젊은 사람들이 눈에 쌍심지를 켜고 당장에라도 달려갈 듯하자 당현의 입이 열렸다. 내공을 실은 한마디가 중인들의 귀에 울려 퍼졌다.

“아미타불……!”

무학 대사는 착잡한 심정을 가눌 길이 없었다. 중인들의 얼굴은 모두 적의를 한가득 담고 있었다.

자신보다 강한 사람에 대한 무의식적인 반항. 아무리 무공의 원동력이 보다 강한 것에 대한 동경과 질투라고는 하지만 이렇듯 갑작스럽게 바뀌는 분위기에는 솔직히 적응하기 힘들었다.

사내가 점차 멀어졌다. 차차 멀어져 점이 되어가는 사내의 등을 바라보며 그가 조용히 입을 열었다.

“일검으로 몸을 지키고 이검은 반드시 승리를 하는 사람이라니[一劍 護身 二劍必勝人]…….”

무학 대사의 목소리가 중인들의 귀에 꽂히자 사람들의 신형이 저마다 굳어졌다. 눈으로 보고 확인한 사실이나 정말 믿기 힘든 사실이라는 듯 머리만 절레절레 흔들고 있었다.

중인들의 눈에서 그의 모습이 완전히 사라졌다. 사 척의 장검이 휘둘러졌던 궤적만이 머리 속에서 흔들거리며 잔상처럼 남아 있는 그의 이름만 입속으로 되뇌일 뿐이었다.

“이검필승인 장규연(張規沿)…….”

2

　하늘은 잔뜩 흐렸다. 묵빛 구름으로 온통 둘러쳐진 하늘은 마치 땅 위의 모습은 보지 않겠다는 듯했다.

　"아악! 살려… 살려주세…!"

　"크하하하! 죽여라! 모조리 죽여라!"

　애당초 초원의 군사들과 양민의 싸움은 말도 안 되는 일이었다. 잔혹한 몽고족의 약탈에 남녀노소 구분없이 수많은 비명만이 꼬리를 물었고 난무하는 피와 청광 속에서 그렇게 사람들은 스러져 갔다.

　무정한 하늘은 서서히 어두워졌다. 이젠 묵빛 구름은 물러가고 모든 것이 잊혀지고 망각되는 어둠의 시간이 다가오면서 그토록 소름끼치게 들려왔던 비명 소리도 점차 잦아들고 있었다.

*　　　*　　　*

　어둑해진 하늘 아래 일단의 인물들이 보인다. 가슴에 명(明)이라는 글자가 쓰여진 옷을 입은 군사들은 모두 굳은 얼굴로 지옥의 참상을 보며 그저 그렇게 우두커니 서 있었다.

　"정말 지독하군."

　목불인견의 참상을 앞에 둔 한 무장이 눈썹을 떨며 중얼거렸다. 마을, 한때 상현촌으로 불리웠던 마을은 그렇게 이 땅에서 지워져 버렸다.

　"혹 생존자가 있는지 찾아라! 시체는 한곳으로 모으도록!"

　"옛, 마 백호님!"

군졸은 마 백호라는 사내의 말에 복명하며 몸을 돌렸지만 사내는 기대하지 않았다. 어차피 생존자는 없을 것이다.

야만족이라는 놈들, 여자와 어린아이들은 잡아가고 노인과 장정은 살려두지 않는 것이 일반적이었고 그것이 초원의 율법이라 떠드는 놈들이었다.

곳곳에서 토악질을 하는 병사들이 보였다. 당연한 일이다. 제대로 된 시신조차 보기 힘들 정도로 잔인한 살육의 현장이었으니 몇 번이나 봤지만 정말 참기 힘든 광경에 병사는 이를 악물고 눈을 돌렸다.

그런 병사의 눈에 예닐곱 살쯤으로 보이는 한 아이가 모로 쓰러져 있는 것이 보였다. 목이 없는 어린애를 안고 있는 남자 아이. 아마도 동생을 안고 죽었을 것이라 생각한 병사는 측은한 마음에 소년 가까이 갔다.

그때였다. 아주 작고 낮은 소리가 들려와 병사는 흠칫하며 제자리에 섰다.

“시익… 시익.”

“…….”

잘못 들은 것이 아니었다. 조금 더 확실하게 들리는 소리에 그는 귀를 열고 근원지를 찾았다. 온몸에 소름이 돋아나는 것을 느끼며 한껏 청력을 집중하자 바로 눈앞의 소년에게서 들리는 소리임을 알 수 있었다.

허겁지겁 손을 소년의 코앞에 대보니 미약하지만 약한 숨결이 느껴졌다. 그는 재빨리 고개를 돌려 있는 힘껏 외쳤다.

“마 백호님! 생존자입니다! 생존자가 있습니다!!”

시체를 뒤적이던 사람들도, 고개를 돌리고 토악질을 하던 병사도, 허망하게 하늘을 쳐다보던 마 백호도 눈을 빛내며 한달음에 달려왔다. 생존자라니…….

이미 몇 개의 마을을 거쳐 온 그들이었지만 단 한 명의 생존자도 볼 수 없었다. 생소한 단어에 마 백호는 가슴이 뛰는 것을 느꼈다. 사람들이 소년을 둘러싸기 시작했다. 그리고 얼굴을 확인하고는 흠칫했다.

아이의 오른쪽 얼굴에는 이마부터 턱의 반 치 정도 위까지 구불구불한 상처가 깊게 나 있었다. 덕지덕지 딱정이가 앉아 있었고 파리마저 꼬이고 있었다. 아마도 습격 이후 이 상태 이대로 있었던 모양이다.

"꼬마야, 괜찮느냐?"

마 백호는 물어놓고는 후회했다. 괜찮을 리가 없다. 소년의 눈은 이미 초점이 맺혀 있지 않았다.

"마 백호님, 이 꼬마… 넋이 나간 것 같습니다."

옆에 있던 병졸 하나가 마 백호의 눈치를 보며 말했다. 미친 것 같다고 말하려다 말을 바꾼 것이다. 죄없는 양민 학살 앞에서 다들 과민해져 있었기에 이럴 때일수록 말을 가려가면서 해야 했다. 마 백호는 조용히 고개를 끄떡이며 일어섰다.

"일단 데려간다. 나머지는 수습하도록."

"옛."

부대는 다시 기계적으로 움직이기 시작했고 군졸 하나가 소년을 번쩍 들어 말 위에 얹었다. 짐작대로 더 이상의 생존자는 없었다. 아니, 이 참상 속에서 살아날 생명이 있을 수 없었다.

마 백호는 말에 올랐다. 이미 어두워진 새까만 하늘을 쳐다보자 별조차 부끄러운 듯 먹물처럼 검은 하늘이 눈 안 가득 들어왔다. 그는 무정한 하늘이 괜스레 원망스러웠다.

제1장

감숙성의 소년

감숙성의 소년 1

꼬마는 회복하는 데 근 한 달 이상의 시간이 걸렸다. 어느 정도 몸은 완치되었지만 얼굴의 검상은 길게 흉터로 남았다. 그래도 다행히 칼등에 맞은 것인지 시력에는 이상이 없었다. 마 백호는 지금 그런 꼬마를 조용히 바라보며 말문을 열었다.

"이제 부상도 완치되었으니 너를 안전한 곳으로 보내려……."

"싫습니다!"

말을 자르며 한 자 한 자 또박또박 말하는 소년을 마 백호는 그저 아무 말 없이 보기만 했다.

이 작은 소년의 가슴속에도 원한이라는 두 글자가 남아 있는 것인가? 그래서 이곳을 떠나지 않겠다는 것인가? 아니면 갈 곳이 없기에? 하나 그 어느 것도 이 어린 소년이 남아 있어야 할 이유는 되지 못했다.

군은 협사를 원하지 않는다. 한 사람의 개인 감정 따위는 아무 필요 없었고 복수를 위해서라면 더욱 안 될 일이었다. 그 하나로 인해 다른 사람도 위험해질 것이 당연하기 때문이다.

더구나 이곳은 철부지 아이들을 수용하는 보호소도 아니기에 이 아이는 더 더욱 있을 수 없었다. 마 백호는 이미 그런 생각을 가지고 소년을 바라보고 있었다. 마치 할 말이 있으면 해보라는 듯이……

"전 여기 있겠습니다. 나이는 어려도 반드시 할 수 있는 일이 있을 겁니다."

고개를 숙이며 꼬마는 말했다. 어색한 침묵이 흘렀다.

마 백호도 꼬마도 그렇게 아무런 말 없이 침묵의 시간이 흘러갔다.

"……"

소년의 눈이 보인다.

왠지 슬픈 듯한 눈, 그 눈 속에 보이는 진한 피보라는 혈풍 속에서 살 수밖에 없는 소년의 처연한 운명을 언뜻 느끼게 하였다.

왜일까? 마 백호의 마음이 흔들렸다.

그러면 안 되는 것을, 이런 생각들이 들면 안 되는 것을, 이 아이가 행복한 삶을 살게 놔두어야 하는 걸 잘 알면서도 왜 이렇게 저 눈이 마음에 걸리는지……

차 한 잔 마실 시간이 흘렀을까? 결국 먼저 말문을 연 마 백호에 의해 침묵이 깨어졌다.

"내 이름은 마영령(瑪榮寧), 이곳 강주백호소(剛株百戶所) 백호장(百戶將)이다. 앞으로는 마 백호라 불러라."

"상, 상현촌의… 연(燕)이라 합니다. 잘 부탁드립니… 다."

당시에는 어릴 때의 이름과 장성해서 이름이 다른 것은 흔한 일이었다. 연이라는 이름은 아명(兒名) 같았는데 마 백호는 이마에 주름을 지으며 턱을 쓰다듬었다.

“음… 연이라… 왠지 군문하고는 어울리지 않는 이름이구나. 무정(無正)… 무정으로 하자. 바른 것은 없으니 스스로 세우라는 뜻도 있고, 무엇보다 앞으로 닥쳐 올 일에 스스로 판단하라는 의미에서 그게 좋겠구나. 어떠냐, 꼬마야?”

마 백호는 꼬마의 반응을 살폈다. 고개를 끄떡이는 꼬마를 보고 그의 입가에 미소가 걸렸다.

“반갑다, 무정아. 힘든 곳이지만 강건하게 자라기를 바란다.”

마 백호는 손을 들어 무정의 머리를 쓰다듬었다. 손가락 사이로 딸려 올라오는 소년의 머리칼이 싫지 않게 느껴졌다. 그의 마음속에서 이미 무정은 살아 있기만 해도 고맙게 느껴지는 존재였던 것이다.

*　　　*　　　*

명나라는 위소제(衛所制)라는 군사체계를 실시하였다. 위소제란 전국의 요소(要所)에 위와 소를 설치하여 군사를 주둔시킨 후 각 도의 도지휘사사(都指揮使司) 휘하에 두어 운용하는 편제를 말한다.

이곳 강주백호소(剛株百戶所)는 그러한 수많은 위, 소 중의 한 부분이었고 강주백호소는 약 사십여 리 정도 떨어진 곳에 위치한 용현천호소(龍玄千戶所)에 소속되어 있었다. 비록 감숙성에 위치하지만 그 수가 많지 않기에 섬서(陝西) 도지휘사사 소속으로 되어 있었다.

어린 무정의 일상은 바로 이 강주백호소에서 새벽같이 시작되었는데 눈곱을 떼자마자 꼬마는 자신의 허리까지 오는 물통 두 개를 주방에서 들고 나왔다. 새벽의 여명이 떠오르기 전까지 그는 오 리 정도 떨어진 우물가로 가서 물을 길어와야만 했다.

명군의 생활 편제는 비율상 오 할 정도의 자족 체제였다. 한 개의 백호소 안에 다시 열 명 단위로 일정 군사를 엮어 생활하는데 물론 어느 정도의 지원은 해주지만 세세한 지원은 기대하기 힘들었다. 이에 열 명 단위의 군사들은 각각 독립된 막사에서 스스로 필요한 것을 자급하고 있었고 서로가 당번이나 역할을 정해 움직이고 있었다. 무정도 예외는 아니어서 자신이 속해 있는 막사의 사람들이 쓸 식수를 아침마다 길어오고 있었다. 아직 어린 무정에게 다소 가혹하다 싶지만 아무리 어려도 할 일은 해야만 했다.

"얘, 정아, 그만두거라. 그만하면 되었어."

"……."

이미 두 번이나 갔다 와서 그런지 물이 넘쳐흐를 정도였지만 무정은 아무 말 없이 다시 돌아서 부엌 문을 나섰다. 그 모습을 지켜보던 오늘의 식사 당번이 혀를 끌끌 찼다. 언제나 무정은 이렇게 아침마다 꼭 세 번씩 물을 길어오고 있었다.

아침 식사가 끝나면 무정은 대원들의 무기와 무구들을 손보았다.

명군의 무장이야 그리 대단치는 않다. 장수 급이 아닌 이상 갑옷을 지닌 것도 아니고 각종 수투나 철각뿐이지만 그는 마른 무명 천으로 광택을 내었다.

그리고 난 후엔 숫돌로 검과 도, 극, 창 등을 손질했다. 작은 꼬마가 자신의 키만한 무기들을 손본다는 것은 말이 그렇지 거의 불가능한 일이었다.

처음엔 그도 수없이 손가락을 베었다. 보다 못한 대원들이 그를 말

렸으나 부득부득 우기는 꼬마의 고집에 두 손 두 발 다 들었다. 그렇게 이 년의 시간이 흐른 지금 무정은 땀을 흠뻑 흘리면서도 아주 능숙하게 해치우고 있었다.

그렇게 오전을 보내고 나면 자유 시간이 주어진다. 꼬마는 이후 석식 때까지 무공 수련에 힘을 쏟았다. 무공이라고 해봐야 기초적인 양생술과 권각술 정도였지만 그는 게을리 하지 않았다.

마보로부터 시작한 후 이어 이리저리 보법을 바꾸면서 신형을 움직이는 것이 전부였는데 좌궁보, 우궁보에 이어 조천세로 끝맺음을 하는 그의 말도 안 되는 양생법은 군졸들이 지나가다 필요한 자세들을 하나둘 던지듯 가르쳐 줌으로 인해 중구난방으로 이어 붙여져 버렸다.

하나 꼬마는 진지했다. 특히나 그가 신경을 쓰는 것은 호흡이었다. 숨이 가빠지지 않도록 들숨과 날숨을 조절하면서 될 수 있으면 천천히 움직이고자 했다.

이후 시간이 흐르고 석식이 끝나면 꼬마는 마 백호에게 갔다.

마 백호는 특별한 일이 없으면 매일 한 시진 정도 그에게 글을 가르쳐 주고 있었다.

꼬마는 둔재도 그렇다고 천재도 아니었지만 영특한 면모를 가끔 보여 마 백호는 흐뭇했다. 그 증거로 지금 입가에 미소를 가득 머금은 채 무정을 바라보는 그의 시선을 들 수 있으리라.

마 백호는 무정의 글 솜씨가 하루가 다르게 늘고 있는 것을 보고 무(武)가 아니라 문(文)으로 방향을 돌리는 것도 좋으리라 생각했으나 이내 고개를 저었다.

무엇보다 중요한 것이 바로 환경인데 군문(軍門)에서 할 수 있는 성질이 아니란 것을 그는 잘 알고 있었기 때문이다.

게다가 이미 무정이 무공을 배우는 것도 아는 그로서는 문에 집착하라고 말할 수가 없었다.

비록 한다고 하는 것들이 무슨 천축 유가술(踰跏術) 같은 양생법이었지만 엉터리 동작들이라도 유가술 쪽이라면 몸에 이로운 것들이었고 어디서 들었는지 호흡만큼은 안정되고 정확하게 익히고 있었다. 그렇기에 그는 별말이 없었던 것이다.

마 백호는 자신의 가문에서 내려오는 도가(道家) 쪽의 무량심법(憮良心法)을 가르쳐 줄까도 생각했다. 그렇지만 가문의 비전을 함부로 남에게 전할 수는 없었다. 게다가 그가 생각하는 무정의 가능성은 무한했다. 그는 그저 어긋나지만 않게 도와주면 될 일이라고 생각했다.

마 백호의 시선이 돌려졌다. 어느새 창밖으로 이름 모를 꽃들이 보였다. 겨울이 가고 무정이 이곳에 온 지 이 년이 되는 어느 춘삼월의 밤이었다.

*   *   *

"야차심해세(野叉深海勢)!"

"하얏!"

"출신적격(出身敵擊)!"

"타이앗!"

우렁찬 소리가 연무장을 울렸다.

수백의 인원이 교두의 음성에 일사불란하게 움직이는 가운데 총교두(摠敎頭) 하중경(下衆傡)은 대열의 후미에 시선을 고정했다. 웬만한 어른의 키만한 소년이 하중경의 눈에 들어왔다.

소년의 나이 십사 세. 그는 더 이상 허드렛일을 하지 않았고 이제 일반 병사와 마찬가지로 훈련을 받고 있었다. 그의 창에서 유월의 햇살이 부서지며 현란한 눈부심이 찬연하게 피어오르고 있었다.

"아직 너무 어리지 않습니까?"

"본인의 의지가 저럴진대 어찌하겠나?"

하중경은 무정을 향해 눈살을 잔뜩 찌푸린 채 마 백호와 말하고 있었다.

"확실히 어릴 때부터 배워서 그런지 투로와 초식은 상당한 수준입니다. 그렇지만 실전과 훈련은 엄청난 차이가 있다는 것을 잘 알고 계시지 않습니까?"

하중경은 걱정스러운 목소리로 입을 열었다. 지그시 무정을 바라보는 그의 눈에 긴장감이 돌고 있었다. 무정이 내일부터 실전에 참가하기 때문이다.

마 백호는 그런 하중경을 바라보며 고개를 끄떡이고는 입을 열었다.

"물론 잘 알고 있네. 하지만 달리 생각하면 이제 그를 여기서 머물게 할 수 있는 명분이 없어. 내 입장에서도 전투에 내보낼 수밖에 없네."

확실히 마 백호의 말처럼 이곳은 군문이지 보육 기관이 아니었다. 그는 군인 이외에는 허드렛일이나 하는 잡부들만이 있는 이곳에서 무정이 잡부로서 살아가는 것을 용납할 수 없었고 그 점은 무정도 마찬가지였다.

"……"

하중경은 말이 없었다. 틀린 말은 아니지만 무정이 측은한 것도 사실이었다. 보통 아이들이라면 서당에 다니며 한창 또래와 어울려 놀러

다닐 나이에 무기를 들고 피를 봐야만 하다니……. 하중경의 눈에 측은함이 물씬 묻어났다.

무정은 이미 강주백호소의 상징 같은 존재였다. 장수로부터 일반병까지 그를 모르는 사람이 없었고 마치 자신의 동생, 혹은 아들처럼 생각하며 저마다 깊은 관심을 보여주고 있었다.

하중경 역시 별반 다르지 않아서 왠지 무정에게만은 전투의 참혹함을 보게 하고 싶지 않았지만 세상일이라는 게 뜻대로 되는 것이 아니라는 걸 그는 잘 알고 있었다.

무정의 일과는 이제 오로지 무공 수련이었다. 권법삼십이권(拳法三十二拳), 장창이십사세(長槍二十四勢), 협도(挾刀), 쌍수도(雙手刀), 쌍검(雙劍), 궁(弓), 비도(飛刀)와 암기술 등 군에서 지정하는 거의 모든 분야를 배우고 익혔다. 초식과 투로는 이미 다 익힌 상태였다. 그것도 아주 지겨울 만큼…….

그는 양생술도 제대로 다시 배웠다. 총교두 하중경이 오 년 전 부임한 후 그에게 올바른 호흡법과 습득로를 알려주었던 것인데 개인 시간이 된 지금 무정은 그것을 수련하고 있었다.

"후욱!"

"훅!"

길고 짧은 호흡이 반복되며 기묘한 동작들을 취했다. 군의 양생술은 내공 수련을 목적으로 함이 아니었다. 그것은 전장에 서기 전에 최대한 경직된 몸을 유연하게 만드는 동작에 불과한 것이었다.

하나 무정은 그러한 목적에는 신경 쓰지 않았다. 그저 총교두가 가르치기에 전장에서 무척 중요한 것인 줄만 알고 맹목적으로 움직였다. 동물이 움직이는 동작들을 기본으로 한 양생술은 끊임없이 이어졌다.

그와 함께 그의 내부에서는 서서히 그 효과가 쌓여가고 있었다.

무릇 한 동작에도 힘은 소요된다. 하지만 같은 동작이라도 동등한 힘이 소요되는 것은 아니다. 즉 팔만 사용할 때와 몸과 같이 움직일 때 그 힘은 같지만 타격력은 배가 되는 것이 그 단적인 예라 하겠다.

무정이 하는 양생술은 그런 작은 힘으로 큰 효용을 내는 사량발천근(四兩撥千斤)적인 관점에서 본다면 탁월한 효과가 있었다. 비록 축기는 못하지만 그 통로가 되는 근육과 핏줄이 강건해지고 뼈가 유연해지는 효과가 있었다.

하나 무정은 그러한 점을 인식하지 못하고 있었다. 그저 이젠 마음먹은 대로 몸을 양껏 움직일 수 있는 것이 마냥 즐거울 따름이었다.

마 백호와의 글 공부도 계속되었다. 천자문은 이미 몇 년 전에 다 숙지했다. 같은 또래의 소년과 비교한다면 확실히 빠른 성취였기에 마 백호는 이에 논어부터 한 단계씩 나아갈 것을 제의했지만 무정은 고개를 저었다.

그는 무비지(武備志), 육도삼략(六韜三略), 기효신서(紀效新書) 등을 읽기를 원했으니 마 백호는 그러한 무정의 말에 눈을 크게 떴다.

그것들은 책략을 겸한 간단한 병법서임과 동시에 군문에서 사용되는 각종 무공들을 집대성한 일종의 필독서였는데 군문에서 살 생각이라서 그랬는지 지금 무정은 척계광의 기효신서를 읽고 있었다.

마 백호는 정독을 하고 있는 무정을 바라보았다. 내일이면 실전에 나서게 된다는 것을 눈앞의 덩치만 큰 소년은 잘 알고 있을 것이다. 두려울 만도 할 텐데 내색없이 묵묵히 자신의 일을 하는 모습이 대견스럽게 느껴졌다.

그의 눈이 무정의 손발에 채워진 묵환에 머물렀다. 꽤 오래전부터 무정은 한쪽에 두 관짜리, 도합 총 여덟 관의 철환(鐵丸)을 차고 생활하기 시작했다. 그러면서도 일반 병사와 같은 훈련을 소화하고 있었던 것이다.

그의 눈이 천장을 향했다. 지금 그가 무정에게 잘하고 있는지 못할 짓을 하고 있는 것은 아닌지 알 수 없었다. 만일 신이 있다면 오직 그만이 알 것이다.

2

"무정! 본진까지 길을 열어라! 일(一), 삼(三), 사십호대(四十戶隊)는 그 뒤를 따라 진격!"

무정의 이름이 마 백호의 입에서 불리는 순간 방어 진영을 짜고 있던 용현천호소의 군졸들 뒤에서 커다란 검은 그림자가 날아올랐다.

긴 머리에 구릿빛 동체, 육 척이 훌쩍 넘는 키에 보통 사람의 팔뚝보다 거의 두 배에 가까운 팔뚝에 팔 척에 가까운 미첨도(眉尖刀)를 들고 달리는 그의 모습은 보는 이로 하여금 엄청난 압도감을 주기에 충분했다.

휘리리리리링!

한 사내가 전면으로 폭사되는 수많은 화살들을 작은 방패 하나만 들고 두려움없이 달려갔다. 섬전같이 진영을 빠져나간 그는 이윽고 빗발치는 화살비 속으로 빨리듯 사라졌다.

텅! 터덩!

화살이 그의 방패에 퉁기는 소리가 들려왔다. 그와 함께 무정의 전신에 화살들이 스치고 간 생채기가 생겨났지만 한두 번 겪는 일이 아닌 듯 그는 아랑곳하지 않고 방패로 중요 부위만을 막으며 달렸다.

마 백호는 어느새 십팔 세의 청년으로 변모한 무정을 바라보았다. 가슴이 떨릴 만큼 무정의 신위는 놀라웠다. 문득 그는 사 년 전 무정의 첫 출전 때를 생각했다.

여진족은 강했다. 궁술도 기마술도 강하지만 무엇보다도 굽힐 줄 모르는 투지가 무서울 정도였다.

삼십여 장 앞의 격전지를 바라보며 육 척의 장창을 꼭 쥔 무정은 보기에도 안쓰러울 정도로 떨고 있었다. 마 백호는 그런 무정을 보고 일순 후회했다. 아직 이런 일을 겪기에는 너무 어린 나이였음을 실감했기 때문이다. 하나 이미 전장에 나온 이상 어서 떨치고 정신을 차려야 무정은 살 수 있을 것이다. 그때였다.

갑자기 본진의 우측에서 적의 복병이 나타났다. 기마를 타고 나타난 그들은 상당한 속도로 본진을 타격했고 이어 말과 사람, 그리고 적아(敵我)의 구분 없는 난전(亂戰)이 시작되었다.

"크악!"

"어흑! 이, 이런……! 커흑!"

누구의 것인지도 알 수 없는 비명이 사방에서 터져 나오는 가운데 무정은 머리 속이 하얗게 변해가는 것을 느꼈다.

두 발이 땅에 붙어버린 듯 움직일 수도 없었고 두려움에 창을 든 손에서는 잔떨림이 그치지를 않았다.

그런 그의 눈에 한 여진족 병사가 만도를 치켜들고 자신을 향해 달려오는 것이 보였다. 두 눈을 붉히고 자신을 향해 정면에서 달려오는 그를 보고 무정은 일단 피해야겠다고 생각했다.

그러나 그것은 생각일 뿐 무정은 움직이지 못했다. 입만 벌리고 턱을 떨면서 어떻게 해야 할지조차 생각하지 못했다.

어느새 지척에 이른 여진족 병사는 이윽고 입가에 비웃음을 가득 머금은 채 만도를 내려쳤다. 무정의 눈에 희뿌연 도의 잔상이 자신의 미간을 향해 떨어지는 모습이 또렷하게 보였다.

까강!

순간 청아한 한줄기 울림 소리와 함께 만도가 무정의 머리 한 자 앞에서 멈추자 만도 아래로 하얗게 빛나는 장군검이 보였다. 두 개의 검과 도가 부르르 떨리면서 힘 겨루기를 시작하자 기묘한 소리가 흘러나왔다.

카라라락!

"타아아앗!"

마 백호의 검이다. 어느 틈에 무정의 곁으로 다가온 마 백호는 일갈을 터뜨리면서 힘껏 검을 들어 올리더니 오른발로 여진 병사의 명치를 가격해 저만치 날려 버렸다.

"정신 차려라, 무정! 몸을 움직여! 상현촌의 네 부모와 동생을 생각⋯⋯!"

고개를 돌릴 생각도 못하고 소리치던 마 백호는 자신을 적장으로 짐작한 여진족들이 한꺼번에 몰려와 뒷말을 이을 수가 없었다. 순식간에 서너 명의 병사가 마 백호를 둘러싸고 만도를 날려온 것이다.

무정은 퍼뜩 정신이 들었다. 복수, 복수라도 해야겠다고 생각했다.

아니, 그렇게 자신이 처한 상황을 합리화시켜야만 했다. 그렇지 않으면 이미 얼어붙은 그에게 돌아올 것은 죽음뿐이었다.

그의 눈앞으로 한 여진족 병사의 등이 보였다. 그 병사는 마 백호를 향해 뒤에서 만도를 날리는 중이었는데 마 백호를 생각하자 무정의 창이 반사적으로 내질러졌다.

푸욱!

"캬아아악!"

등을 조준한 그의 창은 엉뚱하게도 병사의 옆구리에 박혔다. 손아귀를 통해 전해지는 기괴한 파육감(破肉感)에 하마터면 창을 놓칠 뻔했던 그는 이를 악물고 두 손에 힘을 주었다. 그리고는 배운 대로 창대를 힘껏 돌렸다.

우드득!

"아아악!"

단말마의 비명과 함께 여진 병사의 옆구리 살이 한 움큼 뜯겨 나가며 그의 몸에서 피가 사방으로 튀었다. 그게 시작이었다. 무정은 자신이 지금 무슨 짓을 하고 있는지도 모른 채 창을 휘둘렀다. 마치 최면을 걸 듯이 그의 입은 끝없이 중얼거리고 있었다.

"복수… 복수… 복수… 복수……."

그렇게 시간은 흘렀고 명군은 간신히 승리할 수 있었다. 마 백호는 온몸에 피 칠을 한 채 복수라는 단어만을 되뇌이는 무정의 어깨를 잡았다.

그의 손바닥으로 부들부들 떨리는 무정의 몸이 느껴졌다. 그리고 그렇게 그들은 철수했다.

주둔지로 돌아온 마 백호는 간단한 상처 치료를 마치고 무정이 마음에 걸려 그의 막사에 들렀지만 무정은 없었다.

그는 막사에서 나와 여기저기 둘러보았다. 그러자 저쪽 막사 끝 어스름한 우물가에서 한 소년이 우물물을 몸에 끼얹고 있는 것이 보였다. 틀림없는 무정이었다.

아마도 심적 고통이 컸을 것이기에 마 백호는 위로의 한마디라도 해줄 생각으로 무정에게 다가갔다. 그러다 발걸음을 멈추었다.

소년은 더 이상 물을 뿌리지 않았다. 그는 우물가에 주저앉아 어깨를 들먹이고 있었는데 아마도 울고 있는 듯했다.

살인. 열네 살의 어린 소년이 감당할 수 있을 만한 일이 아니었다. 그건 당연한 이치였고 마 백호는 저렇게나마 하고 있는 무정이 다행스럽게 생각되었다.

그는 결국 몸을 돌려야만 했다. 그 누구도 소년을 도와줄 수 없다. 스스로 헤쳐 나와야만 하는 일이며 그것이 군이란 곳이고 무정이 살고 있는 곳이 바로 군이라는 것을 가슴 깊이 깨달아야만 하기 때문이다.

그로부터 사 년이 지난 지금 마 백호의 눈에 무정이 막 적의 궁수대 안으로 뛰어들고 있는 것이 보였다. 방패를 집어 던지며 대형을 흩뜨러뜨린 그는 팔 척의 미첨도(眉尖刀)를 휘두르고 있었다.

거의 일 장에 가까운 공간 안의 모든 것이 풀을 베듯 깨끗하게 잘려 나가더니 그 뒤로 명군이 그 공간을 비집고 들어오기 시작했다. 무정은 곳곳에 그런 공간을 만들며 한 마리의 야차(夜叉)처럼 적의 진영을 헤집고 다녔다.

마 백호는 작은 한숨을 쉬었다. 무정은 이제 완전히 살인의 거부감을 떨쳐 냈다. 그러나 방법에 문제가 있었다. 첫 출전 이후 꼬박 이틀을 앓아 누운 그는 자리를 털자마자 매일같이 전장으로 나갔다.

교대도 없이 근 사 년간을 전투가 없거나 정말 심하게 다치지 않은 이상 절대로 쉬는 법이 없었던 것이다.

어느새 적의 진영이 허물어지기 시작했다. 무정의 신형이 본진의 적장 근처까지 도달하자 그가 미첨도를 치켜들며 도약하는 모습이 보였다. 착각이었을까? 그의 미첨도에 검은 기운이 서린 듯했다. 무정은 내려오면서 힘차게 도를 내려쳤다.

"……!"

마 백호는 눈을 크게 떴다. 뒤로 물러서던 적장의 머리가 두 쪽이 되는 것이 보였다. 그러나 중요한 것은 그게 아니었다. 분명히 무정의 미첨도는 적장의 몸에 닿지도 않았다.

"도기… 도기인가?"

스스로에게 반문하던 마 백호는 고개를 저었다. 그럴 리가 없다.

무정은 내공이라는 것이 없었다. 아무리 몇 개의 무공을 익히고 있다고는 하지만 그것은 자신도 잘 아는 것이다. 축기가 가능한 무공들이 아니었고 더구나 무정이 아는 무공은 내기보다는 외공 위주로 싸우는 것이었기에 그의 판단이 옳다고 생각했다.

이제 전황이 급변했다. 적장이 죽자 적군은 우왕좌왕하기 시작했다. 적기라고 판단한 마 백호는 총공격을 명했다. 이 전투도 명군의 승리가 될 것이다.

문득 마 백호는 바람이 차게 느껴졌다. 어느새 시월이었다. 곧 눈이 내리는 겨울이 될 것이고 그럼 자신들도 좀 쉴 수 있을 것이다. 겨울에는 여진족도 전면전은 하지 않는다. 다만 약탈만은 간간히 계속되었던 것이 그간의 통례였다.

그렇게 또다시 시간은 흘러갔다.

                    *   *   *

　내륙의 겨울은 혹독했다. 두터운 솜옷으로 몇 겹이나 둘러싸도 한기는 계속 밀려왔다. 그러나 그런 겨울을 비웃기라도 하듯이 달랑 짐승 가죽 한 장만 걸친 사람이 있었다.

　그런 그의 주위에는 삼사십여 명의 사람들이 그를 둘러싸고 있었는데 친구 관계는 아닌 듯 그들의 눈은 적의로 가득 차 있었다.

　육 척이 넘는 장대한 체구에 두 손에는 묵빛 수투를 낀 채 치렁한 흑발을 차디찬 겨울 바람에 날리며 한 손에 미첨도를 든 그는 발목까지 파묻힌 눈을 내려다보고 있었다.

　그의 발 밑에는 하얀색의 눈이 아닌 붉은색의 눈이 깔려 있었다. 그 붉은 눈을 만든 것은 발 밑의 명군 복색을 한 시체에서 흘러나오는 피였다.

　갑자기 사내의 전면으로 인마가 갈라지며 한 사내가 나타났다. 이 무리의 인솔자인 듯한 그는 두꺼운 양의 가죽을 서너 겹 겹쳐 둘러 입고 머리에는 양쪽으로 흰 털을 길게 늘어뜨린 털모자를 쓰고 있었다.

　하나 그다지 길지 않은 것으로 봐서 지도자 급의 신분은 아닌 듯했다.

　"흐흐흐… 드디어 네놈도 이곳에서 죽는구나. 그동안 네놈의 손에 죽은 부족민을 생각하면 네놈을 갈기갈기 찢어 죽이고 싶은 생각밖에는 들지 않는다. 기필코 네놈은 나 마노토의 손에 죽는다. 바로 지금!"

　마노토라고 이름을 밝힌 중년인은 오른손을 들었다. 그러자 주위를 둘러싼 창병들이 뒤로 십여 장가량 물러났다.

중앙에 포위된 인영은 그나마 쓰고 있던 짐승 가죽마저 벗어 던졌다. 체온 유지도 좋지만 지금은 우선 목숨이 급했기에 걸리적거리는 것을 벗은 것인데 드러난 그의 몸은 참으로 우람했다.

전신의 근육은 인간이 부풀릴 수 있는 최대한도로 부풀어 있어 마치 찌르면 터질 듯했다.

그 두꺼운 왼팔 전체를 둘러싼 묵빛 갑주, 그리고 수투를 낀 손에 쥐어진 팔 척의 미첨도. 스무 살의 건장한 청년이 된 무정이었다.

"말이 많은 놈이군."

한쪽 얼굴의 흉터를 일그러뜨리며 무정이 거칠게 말을 뱉자 마노토의 눈이 역팔자로 곤두섰다.

"한족 놈들… 곧 죽어도 큰소리구나! 기마대 돌격!!"

피를 토하듯 외치는 소리에 주위의 땅가죽이 흔들리기 시작하더니 적장 마노토의 뒤쪽으로 하얀 안개가 피어올랐다.

무정의 눈이 좁아졌다. 좁아진 그의 눈에 수십 기의 인마가 달려오는 것이 보이자 그는 팔 척의 미첨도를 어깨 뒤쪽으로 쳐들었다.

두두두두두!

만도를 치켜들며 달려오던 기마병들이 넉 장 정도의 간격으로 두 줄로 갈라지면서 적장을 스치듯 지나치자 무정은 시간을 계산했다. 그리고는 왼쪽으로 신형을 날리며 미첨도를 휘둘렀다.

쩌엉!

첫 번째 격돌이 시작되었다. 적병의 만도와 수급이 동시에 공중으로 날아올랐다. 중병기의 이점과 말을 타지 않아서 자유로운 방향 전환을 무기 삼아 간발의 차이를 노린 일격이었지만 무정의 손에 끝없는 저림이 느껴졌다.

기마의 힘은 대단하다. 말의 속도와 그 위의 병사가 휘두르는 칼은 정확히 맞으면 아름드리 나무도 두 쪽이 나는 힘이었기에 무정은 떨리는 손을 다잡으며 전방을 주시했다.

한데 몇 마리의 기마가 그의 옆을 그냥 스쳐 지나가더니 그와 함께 오고 있는 기마의 전형이 변했다.

뒤쪽에서 오는 말들이 방향을 틀어 무정을 향해 일렬로 빽빽하게 늘어서는 것이 보였다.

옆으로 피해봤자 둘러싼 창병들과 드잡이질하다가 되돌아온 기마병에게 당하는 전형적인 여진족의 전술이었기에 그는 이를 악물고 앞으로 내달렸다.

달려오는 말 앞에 이르는 순간 그는 다시 공중으로 신형을 솟구치면서 양손에 쥔 미첨도를 벼락같이 아래에서 위로 긁듯 쳐 올렸다.

까강!

금속이 부딪치는 소리와 함께 말 탄 병사는 땅 위로 떨어졌지만 무정은 손의 감촉이 이상한 것을 느꼈다.

급히 착지하면서 미첨도를 바라본 그는 입술을 깨물었다. 의당 있어야 할 미첨도의 도신이 보이지 않았다.

미첨도가 부서진 것이다. 워낙 추운 탓에 금속 재질의 미첨도가 얼어 있다 충격에 그만 부서진 것이었다.

저들의 검이야 검집에서 온도를 조절하고 있었겠지만 몇 시진째 쫓기는 무정에게는 미첨도가 어는지 어쩌는지 신경 쓸 겨를이 없었다. 낭패감이 온몸을 휘감았다.

기마대는 계속 달려오고 있었고 이미 칠여 장 밖에 선두의 기마대가 돌진해 오고 있었다. 그는 자루만 남은 미첨도를 힘껏 던졌다.

파라라라랑!

끼히히힝!

공중에서 빠르게 회전하며 날아간 미첨도 자루는 달려오는 말의 앞다리 사이에 정확히 끼워졌다. 말 다리가 꺾이면서 말의 목도 지면과 닿으며 부러졌다.

당연한 이야기지만 기마병도 무사하지 못했다. 공중에 퉁겨져 날아가면서도 이를 악물고 전방을 바라본 그의 눈에 무정의 오른 다리가 휘둘러지는 것이 보였다.

빠각!

강력한 무정의 각법에 기마병은 왼쪽으로 방향이 조금 꺾여 날아갔다. 이미 생명은 꺼졌을 것이기에 무정은 신경을 끄고 주위를 둘러보았다.

진형이 또 바뀌었다. 이제 뒤쪽에서 돌아오는 기마병과 앞쪽에서 오는 기마병을 동시에 상대해야 했다.

“……”

암담했다. 이젠 무기도 없이 싸워야 했다.

그는 허리춤으로 손을 넣어 투환침(投丸針)을 꺼냈다. 오 촌가량의 투환침 몇 개가 그의 손에 쥐어졌지만 솔직히 별 소용은 없을 것이다.

그는 앞뒤로 달려오는 말들을 향해 제자리에서 신형을 한 바퀴 돌리며 뿌리듯 날렸다.

히히히힝!

두 필의 말에 두세 개의 투환침이 적중했지만 바로 퉁겨 나갔다. 독이라도 발랐으면 나았겠지만 무정은 왠지 독만큼은 사용하기 싫었다.

어쨌든 투환침은 기대 이상의 효과를 거두었다. 두 필의 말이 투레

질을 하며 엉뚱한 방향으로 틀어졌고 뒤에 오던 말들도 연쇄적으로 방향이 엇갈리고 있었다.

무정은 눈을 빛내며 오른쪽으로 달렸다. 거기에는 아까 죽은 말이 쓰러져 있었고 그 옆으로 떨어진 미첨도 자루가 비죽이 보였다.

맨손보다는 그 자루라도 쥐어야 했다.

히힝!

갑자기 달려나가는 무정의 옆에서 말 울음소리가 들렸다. 무정의 눈이 그쪽을 향했다.

제어가 안 된 말이 폭주하며 날뛰고 있었는데 그 기세가 심상치 않아 보였다. 그는 이를 악물고 공중으로 신형을 날렸다.

터엉!

"커흑!"

스치듯이 무정의 발끝에 말이 채였지만 그 위력은 대단했다. 그는 공중에서 중심을 잃고 회전하며 땅으로 떨어져 갔다.

퍼억!

무정은 자신의 등이 물컹한 물체와 부딪치는 것을 느꼈다. 생각보다 몸이 그다지 상한 것 같지 않기에 급히 신형을 세운 그는 등 쪽을 바라보았다.

천운으로 아까 죽인 말 위에 떨어져 내린 것을 안 그는 고개를 끄떡였다. 만일 차갑게 얼어붙은 맨땅에 부딪쳤다면 아무리 눈이 쌓여 있다고 해도 십중팔구 뼈가 부러졌을 것이다.

그는 고개를 숙이며 부러진 미첨도의 자루를 잡으려 했다. 그 순간 모로 누워 있는 말 밑에 무언가 천에 싸여 깔려 있는 길쭉한 것이 보였다.

이상하게 끌리는 느낌에 그는 말 뒤로 신형을 날려 자루인 듯한 그 것을 잡아당겼다.

"야압!"

무정의 근육이 터질 듯 부풀어 올랐다. 말의 무게 때문인지 잘 빠지지가 않았다.

이윽고 말의 시체를 들썩거리자 무엇인가 긴 것이 어느 정도 빠져나오다가 어디에 걸렸는지 더 이상 빠지지 않았다.

이미 주위의 기마대는 전열을 정비하고 있었고 더 이상은 시간이 없었다. 무정은 젖 먹던 힘까지 모두 쏟았다.

두두둑!

말에 매어져 있던 가죽 끈이 떨어지는 소리가 났다. 그와 함께 양팔의 핏줄이 터질 듯이 불거지면서 자루를 둘러싼 천도 찢어지기 시작했다.

쩌어엉!

맑은 소리와 함께 무정의 손이 하늘로 들려졌다. 그는 뒤로 넘어갈 듯한 신형을 겨우 멈추고는 눈을 돌려 손끝으로 향했다.

"……."

거대한 도였다. 약 칠 척 이십 촌의 길이에 도신의 폭은 육 촌이 약간 넘었고 도신의 길이만 사 척이 넘을 것 같았다. 도신은 거의 사각형에 가까운 형태였지만 살짝 휘어져 있는 것이 생각보다 수월하게 벨 수 있을 것 같았다.

찌르는 용도로는 사용하기 힘들 것 같았지만 한쪽의 날만큼은 무서울 정도로 서 있었고 백철임에도 불구하고 은은한 묵광이 서려 있었다.

참마도(斬馬刀)였다.

　언젠가 무정은 책에서 그 무기를 보았는데 무겁고 사용하기가 난해하여 쓰는 사람이 별로 없다고 하였다. 그는 참마도를 거머쥐고 다시 전장으로 뛰어들었다.

　"이, 이런… 개 같은 경우가!"

　마노토는 귀밑에서 연기가 날 지경이었다. 저 참마도는 어제 습격한 마을 대장간에서 뺏은 것이다. 은은한 묵광과 쩌렁쩌렁한 도명이 예사롭지가 않은 물건이어서 그걸 한 기마병에게 주고 보관하게 했는데 하필 그놈이 죽으면서 저 괴물 같은 놈에게 뺏겨 버린 것이다.

　"뭣들 하나! 당장 저놈을 찢어 죽여!"

　마노토는 고래고래 소리를 질렀다. 이제 저놈을 반드시 죽여야만 하는 이유가 하나 더 늘어난 것이다.

　무정은 참마도의 무게를 가늠했다. 근 삼십여 근에 가까웠지만 문제 될 것은 없었다. 그가 쓰던 미첨도는 사십여 근 정도였으니 오히려 가벼워진 무기를 그는 한 손으로 비를 쓸듯 휘둘렀다.

　"이 정도라면……."

　아무래도 예사롭지 않은 무기였다. 무정은 전신의 힘을 끌어올리기 시작했다. 그러자 서서히 참마도의 도신에 묵빛 기류가 형성되기 시작했다.

　무정은 몇 년 전부터 자신의 몸에서 알 수 없는 힘이 흘러나오는 것을 알고 있었지만 함부로 쓸 수는 없었다. 어찌 된 일인지 조금은 괜찮지만 사용할 만하게 힘을 올리면 무기들이 부서져 나가 버렸다. 그래서 아까 미첨도에 함부로 묵기를 일으켜 사용할 수 없었다.

　두두두두!

　다시금 기마 부대의 돌격이 시작되고 어느새 삼 장 정도 안으로 들어왔다.

무정은 참마도를 어깨 뒤로 힘껏 젖혔다가 허리를 틀며 묵빛 기류를 뿌렸다. 마치 모래가 뿌려진듯 검은 기류들은 원호를 그리며 대기 중으로 사라져 갔다.

파아앗!

섬뜩한 파육음과 함께 피 안개가 피어오르기 시작했다. 무정은 놀랐다. 아니, 기마병 전체도, 둘러싼 장창병도, 적장 마노토도 놀랐다.

앞뒤로 달려오던 두 필의 말은 기수들과 함께 무정의 어깨 높이에서 잘려져 나갔는데 도는 닿지도 않았다. 이상한 기류에 양단되어 버렸다.

무정은 참마도의 도신을 보았다. 멀쩡했다. 오리려 기분 좋은 듯 징징 울어대고 있었는데 단언코 처음이었다. 이런 병기를 손에 넣어본 적은…….

"대단하구나. 이제 내게도… 친구가 생긴 것인가?"

조용히 도신을 쓰다듬으며 무정은 중얼거렸다. 가끔 다른 사람들이 자신의 병기를 마치 친구처럼 소중하게 다루는 것을 보고 언젠가는 자신도 그럴 날이 올 것이라고 굳게 믿어왔던 무정이었기에 그는 손으로 연신 참마도를 쓰다듬으면서 중얼거렸다.

"초우(初友)… 그게 좋겠다, 내 첫 친우. 평생 함께할 수 있기를……."

미소를 띠며 무정은 다시 초우를 쓰다듬었다. 그리곤 눈앞의 적을 바라보았다. 수십이든 수백이든 수천이든 이젠 전혀 두렵지 않았다. 그의 입가에 미소가 짙어졌다. 진하디진한 살소(殺笑)였다.

묵빛 기류를 머금은 초우가 하늘을 날기 시작했다. 잔혹한 풍경의 시작이었다. 한차례 눈이 오려는지 회색 구름이 짙어지기 시작했다.

3

"헉… 헉……!"

털모자에 매달린 늘어진 흰 털 뭉치가 마구 휘날렸다. 그가 탄 말은 온 힘을 다해 달리고 있었다. 죽어라고 채찍질을 해대는 기수는 마노토였다. 그 뒤로 십여 기의 기마가 미친 듯이 달리고 있었다.

"마노토님, 진정하십시오! 그놈은 더 이상 오지 않습니다, 마노토님!"

뒤에서 소리치던 기마 병사는 마노토가 반응이 없자 속력을 배가했다. 그리곤 마노토가 탄 말의 고삐를 잡아채며 소리쳤다.

"워워! 워!"

가까스로 말을 진정시키며 속도를 줄였다. 그러자 뒤따라오던 말들도 따라서 속도를 줄였다.

"이, 이놈, 뭐 하는 짓이냐? 어서 가야……!"

"마노토님!"

벽력 같은 병사의 고함에 마노토는 그제야 정신을 차렸다. 순간 그는 그자의 모습을 기억해 내었다.

두려웠다. 그놈은 사람도 아니었다.

그렇게 움직이는 놈을 본 적이 없었다. 기마든 창병이든 그 망할 묵빛 기류가 닿을 때마다 두 동강이 났고 그런 그가 자신을 보고 목표를 바꾼 것을 알았을 때 마노토는 말고삐를 당겨 바로 도망쳤다.

"이대로 가다간 아군 보병들이 못 따라옵니다, 마노토님. 부디 진정을……."

간절한 병사의 말에 마노토는 뒤를 돌아보았다. 저 멀리 하얀 설원 위로 까만 점들이 눈에 들어왔다. 살아남은 장창병들이다.

창촐간에 그가 고개를 숙이자 말 안장에 매어져 있는 궁(弓)이 보였다. 자신들의 부족을 가장 강하게 만들어준 무기…….

마노토는 눈을 감았다. 진작부터 궁을 사용해야 했었다. 하나 이미 때늦은 후회였다.

"일단… 보병을 기다린다. 쉴 만한 곳을… 찾아보도록."

"…옛!"

병사 하나가 높은 지형으로 말을 몰았다. 그는 멍하니 초점없는 눈으로 그 병사를 지켜보았다. 눈은 병사를 보지만 생각은 다른 데 가 있었다.

"그놈은… 사람이 아니야. 피에 미친… 혈귀(血鬼)… 혈귀야. 무정이란 놈은 혈귀야, 혈귀!"

넋이 나간 듯 중얼거린 마노토의 말에 기마병들은 저마다 얼굴색이 변했다. 오늘 만났던 무정이라는 적의 인솔자인 듯한 놈, 혈귀… 그 말이 정말로 맞는 괴물 같은 놈이었다.

마노토가 미친 듯 중얼거린 그 순간 무정은 아까 자신이 있던 곳에서 단 한 발자국도 움직이지 못하고 신형을 비틀거렸다.

지금 그의 주위에는 살아 있는 것이라고는 없었다. 초우를 들고 휘두르기 시작할 때부터 묘한 기분이 들었다. 몸 안쪽 여기저기서 작은 폭발이 일어났고 그렇게 폭발된 힘은 전신의 근육과 핏줄을 통해 몇 배나 강하게 발출되었다.

몇 명이나 죽였는지도 모르는 상태에서 그저 초우가 움직이는 대로, 그의 몸이 움직이는 대로 휘두르고 권을 날리고 각을 날렸다.

정신을 차렸을 땐 아무도 없었고 온몸의 감각도 없었다. 설원의 삭풍도 이젠 그에게 춥게 느껴지지 않았다. 무정은 눈을 감고 초우를 지팡이 삼아 간신히 버티고 있었다.

"……."

그런 그의 감각에 후방에서 무언가 다가오는 것이 느껴졌다. 사그러질 것 같은 무정의 정신이 다시 돌아오기 시작했다.

움직이지 않는 몸을 겨우 추스려 신형을 돌린 후 억지로 감기는 눈을 뜨자 저만치 새로운 인마가 달려오는 것이 보였다. 누군지는 모르지만 상당한 속도로 달려오고 있었다.

달려오는 인마들을 지켜보면서 무정은 절망했다. 저 속도면 여행자일 리 없고 아군이든 적군이든 군에 관계된 사람일 것이 분명했다.

지칠 대로 지친 그는 더 이상 서 있을 힘도 없었지만 이렇게 생을 마감할 수는 없었다. 그런 사이에 인마는 점점 가까워져 왔다.

"크으윽!"

마지막 힘을 내기 위해 무정은 신형을 꼿꼿히 세우기 시작했다. 이대로 죽는다면 지금 하늘에 있는 자신의 가족들을 볼 면목이 없었다. 그리고 막 새로 사귄 친우에게도 이런 꼴은 보이고 싶지 않았다.

안력을 집중하며 손을 올리고는 머리 위에 살포시 쌓인 눈을 한 움큼 집어 그대로 안면에 비벼대기 시작했다.

"하아……!"

긴 한숨과 함께 그나마 조금 정신이 돌아오는 것 같았다. 다시 눈에

힘을 주고 그는 전방을 바라보았다. 그런 그의 눈에 선봉으로 달려오
는 인마에 매달려 있는 깃발이 보였다. 무정의 눈이 커졌다.

明.

붉은 깃발 안에 분명이 '명' 이라는 글자가 흰색 글씨로 써 있었다.
아군이었다.

그는 긴장이 풀어지는 것을 느꼈다. 발에 힘이 빠지면서 그의 신형
이 휘청이더니 고개가 젖혀지면서 서서히 하늘이 보이기 시작했다.

그의 눈에 하늘이 완전히 들어오자 이번에는 온몸으로 한기가 스며
들기 시작했다. 설원에 신형을 푹 파묻힌 채로 그는 그렇게 의식을 잃
어갔다. 그의 친구 초우를 꽉 잡은 채…….

*   *   *

"정신이 드느냐?"

몽롱한 의식 속에서 누군가의 부드러운 목소리가 들려오자 무정은
억지로 눈을 떴다. 초점이 잡히지 않아 세상이 희미하게 보이자 그는
눈을 가늘게 떴다.

각 진 얼굴에 강인한 인상, 약간 긴 듯한 수염… 마 대인이었다.

그는 이제 강주백호소에서 용현천호소의 천호장으로 승급되어 있었
다. 그와 함께 마 천호의 칭호를 받았지만 언젠가부터 무정에게 대인
이라 불리우길 원한 그였다.

그런 아버지 같은 그를 보고 무의식적으로 무정은 몸을 일으키려

했다.

"우… 욱……!"

온몸으로 엄청난 고통이 밀려왔다. 마 대인은 무정이 하는 양을 보고 황급히 손을 저었다.

"움직이지 마라. 네 상세는 엄중하다. 그냥 누워 있거라."

굳은 얼굴로 그는 무정을 제지했다. 무정은 어젯밤 거의 시체가 되다시피 한 상태에서 구조되어 와 마 대인은 기절할 듯이 놀랐다. 그는 정말 무정이 죽은 줄로만 알았다.

"무리인 줄은 알지만… 할 말이 있어서 왔다."

귓가로 웅얼거리며 들리는 마 대인의 목소리에 그는 반사적으로 고개를 돌렸다.

"네 몸이 회복되는 순간부터 너는 백호장의 대우를 받게 될 것이다."

무정은 가물거리는 의식을 바로 잡았다. 불과 이 년 전에 십호의 칭호를 받았다. 이리 빨리 백호가 될 수는 없었다.

"하지만 기존의 백호대에는 소속되지 않는다. 너는 나의 직속으로 소속되어 대우만 백호장이 될 뿐이다."

"그게… 무슨 말씀… 이신지……?"

무정은 쥐어짜듯 목소리를 냈지만 마 대인이 다시 손을 들었다.

"궁금한 것은 네가 일어난 후에 다시 얘기하자. 그냥 듣기만 해라. 이번에 새로운 부서를 창설하게 되었다."

마 대인은 손을 내리며 말을 이었다. 지금은 무정에게 그냥 알려만 주는 것이 나을 것 같았다.

"강호의 낭인들을 고용해 소수의 정예 부대를 창설하기로 했다. 이름은… 그냥 낭인대라 칭하기로 했다. 넌 그 낭인대의 대주가 될 것이다."

"……."

무정은 생각했다. 강호인들이라……. 가끔 읍내에서나 강호에서 굴러먹던 군졸들이 말하는 것을 들은 것 같았다. 하늘을 날고 땅을 뒤집는 힘을 가진 자들. 하지만 그들의 무공을 본 적은 없었다.

"낭인대는 나의 직속 부대다. 따라서 앞으로는 나 이외의 사람이 내리는 명령에는 따를 필요가 없다. 알겠느냐?"

무정은 눈을 감았다. 몽롱한 의식 속에서도 마 대인의 의도가 느껴졌다.

이것이었다. 마 대인이 상처도 낫지 않은 자신에게 하려는 말은 자신이 다쳐서 돌아오는 것을 더는 못 보겠다는 것이었다. 휘하 직속 부대에 둠으로써 쓸데없는 전투에 참가하는 것을 막아보겠다는 의도였다.

온몸이 부서질 것 같은 통증 속에서도 무정은 가슴 한쪽이 따뜻해짐을 느꼈다. 역시 마 대인은 그에게 아버지나 다름없는 사람이었다.

"그리 알고 일단은 쉬어라. 이만… 나가보마."

말을 마치고 마 대인은 잠시 무정의 오른손을 일별하고는 방을 나섰다.

무정의 오른손에는 아직도 초우가 쥐어져 있었다. 병사들이 아무리 떼내려 해도 무정이 놓지 않았던 것이다. 흡사 무의식 속에서도 목숨줄을 움켜쥐고 놓지 않는 것처럼 말이다.

마 대인이 방문을 나서자 무정은 이내 눈을 감고 점차 깊은 수면으로 빠져 들어갔다. 지금은 무엇보다 휴식이 필요했다. 그의 의식과 상관없이 그의 몸은 스스로 그렇게 조용히 회복하기 시작했다.

마 대인은 지그시 눈을 감고 찻잔을 들더니 이리저리 돌렸다. 무언가 깊이 생각할 때 나타나는 그만의 독특한 버릇이다.

무정은 습격을 받은 마을을 수습하려는 목적으로 십여 명의 군졸과 함께 출병했었다. 그런 그가 돌아올 시간을 훨씬 넘기고도 돌아오지 않자 좋지 않은 직감에 마 대인은 바로 추적대를 구성해 보냈다.

그의 예상은 정확했다. 함정이든 우연이든 여진족의 약탈자와 맞부딪친 것이다. 그러나 그가 지금 생각하는 것은 왜 부딪쳤는가에 대한 의문이 아니었다. 추적대가 전해온 말들, 그것이 더욱 마음에 걸렸다.

─두려웠습니다. 무 십호를 제외하고는 말이든 사람이든 살아 있는 것이 없었습니다. 설원을 붉게 물들인 피는 백 장 밖에서도 보일 만큼 엄청난 양이었습니다.

─대부분의 상처는 비슷했습니다. 말이든 사람이든 깨끗하게 양단되어 있었습니다. 분명히 단 한 사람의 짓입니다.

─무 십호가 한 일인지 아니면 다른 무림의 고수가 그런 것인지는 모르지만 만일 무 십호가 한 일이라면… 전 너무도 두렵습니다. 중원의 고수라도 그렇게 잔인하게 출수(出手)하지는 않습니다.

마 대인은 눈을 감았다. 무정은 자신에게 아들과 같은 존재다.

본가에 잘 있는 친아들보다 무정에게 더욱더 정을 느껴왔기에 무정에게는 마 천호라고 부르지 못하게 했다. 낯부끄럽게 대인이라는 칭호가 붙여지기는 했지만 딱딱한 천호보다는 훨씬 나았다. 오십을 넘긴 나이. 문득 그는 무정을 그렇게 만든 것이 자신 때문인 것 같았다.

하나 마 대인은 머리를 흔들며 눈을 떴다. 누가 뭐라 해도 그는 무정을 믿었다. 한 명의 살귀(殺鬼)가 되는 일은 절대로 없을 것이라 생각했다.

창밖을 보니 다시 폭설이 시작되고 있었다. 마 대인은 모든 것이 이대로 묻혀 버렸으면 했다. 저 하얀 눈의 깨끗함이 오늘따라 미치도록 간절한 그였다.

제2장

동료라는 이름의 사람들

동료라는 이름의 사람들 1

석 장 정도 떨어진 곳에 소년의 부모님인 듯한 사람들이 보인다. 아버지로 보이는 남자는 머리에서 허연 뇌수를 뿌리며 널브러져 있고 어머니로 짐작되는 여인은 옷이 모두 찢겨진 채 사지가 잘려져 흩뿌려져 있다.

"화(花), 화야, 화야……."

조그만 입술이 벌어지면서 울먹이는 소년은 한 여아의 시신을 붙잡고 있었다. 소년은 여아의 이름을 끝없이 되뇌이지만 죽은 자는 말이 없는 법. 대답은 들리지 않았다.

아니, 들리지 않는 것이 당연했다. 시신은 목 윗부분이 없었기에…….

"크… 크흑……."

신음과도 같은 소리를 내며 소년은 주위를 돌아 보았다. 옅은 달빛에 비친 소년의 얼굴은 처참했다.

온유하고 부드럽던 소년의 인상은 오른 뺨에 남겨진 긴 검상으로 인해 흉측하게 변해 버렸다. 주르륵 흐르는 핏물에도 아랑곳하지 않고 소년은 주위를 돌아보았다.

저만치에 긴 머리가 땅에 흐트러져 있는 한 개의 수급이 보였다.

"화야… 오, 오빠다… 연 오빠야… 화야… 화……."

안고 있던 차디찬 시신을 조심스레 내려놓은 소년은 무릎걸음으로 다가갔다. 소년은 중얼거리면서 천천히 수급을 들어 올렸다. 얼굴이 보이도록 돌린 순간 소년의 얼굴이 석상처럼 굳어졌다.

소년의 손 위에 조심스레 받쳐 올려진 얼굴에는 아무것도 없었다. 흰 얼굴 가죽만 씌워 있었다.

무정은 침상에 반쯤 걸터앉아 있었다. 잘 발달된 구릿빛 근육은 숨을 쉴 때마다 꿈틀대며 번들거렸다. 몸에 있는 수많은 상처들은 땀투성이의 몸에서 길게 반짝이며 한껏 그 모양을 뽐내고 있었다.

"후우!"

긴 한숨과 함께 무정은 머리를 쓸어 올렸다. 오른쪽 얼굴의 긴 흉터가 흐르는 땀에 더욱더 깊게 파여 보였다.

"꿈… 인가……?"

오랜만에 꿔보는 가족의 꿈이었다. 일 년에 한두 번 정도? 한데 이젠 가족의 얼굴도 생각나지 않는다.

그만큼 시간이 너무나 많이 흘러 버린 것이다. 아무도 기억을 못할 만큼…….

무정은 몸을 움직여 방을 나섰다. 이상한 기분을 떨치기 위해 차가운 우물물에 목욕이라도 해야만 할 것 같았다.

촤아악!

시원한 물줄기가 오월의 아침 햇살을 갈랐다. 무정은 두레박을 내려 물을 길어 올린 후 몇 번을 더 붓고는 우물가에 걸터앉았다. 그리곤 조용히 눈을 감았다.

그동안 오랜 시간이 흘렀고 참 많은 일들이 있었다.

상현촌에서 구출된 때가 그의 나이 여섯 살쯤. 그리고 지금의 무정은 스물여섯이었다. 부모님 얼굴, 동생 얼굴도 이젠 떠오르지 않았다.

그들의 복수? 그런 것은 예전에 잊었다.

처음 출정한 열네 살 때만 해도 그의 모든 신경은 복수에 쏠려 있었다. 그러나 처음으로 사람을 죽이고 온몸에 피 칠을 하고 돌아온 그날 그런 마음은 저기 마음 한구석으로 밀려났다.

복수라는 것은 핑계였다. 죄책감을 느낄 수 없도록 자신에게 말하는 핑계였다.

그리고 그때 처음 느꼈던 생각, 어쩌면 이렇게 전장에서 죽게 될지도 모른다는 생각이 그를 엄습했고 이후에는 살기 위해 무공에 집착하며 몸을 만들었다.

이제 복수 따윈 생각도 하지 않고 살기 위해서라는 핑계로 그냥 베어 넘길 뿐이었다.

그나마 그것도 오 년 전부터는 달라졌다. 이젠 핑계조차도 필요 없었고 인간이라면 들어야 할 죄책감조차도 없었다. 그냥 벨 뿐이었다. 아니, 가장 빠른 시간에 최소의 힘으로 효과적인 살인을 하는 것, 그것을 목표로 삼았다.

방법은 구분 짓지 않았다. 군문의 특성상 아군에게도 해가 될 수 있는 독만 빼고는 유엽도(柳葉刀)든 비표든, 심지어는 길가의 돌멩이라도 상황만 되면 무조건 사용했다. 하나 그런 것은 현재 그에게는 그리 필요가 없었다.

자신의 몸과 두 팔에 끼고 있는 묵빛 수갑, 다리의 각철과 스무 정의 투환침, 그리고 자신의 유일한 친구인 칠 척 이십 촌의 초우만 있으면 충분했다.

무정은 감았던 눈을 떴다.

이곳은 감숙성의 용현천호소였다. 낭인대의 대주가 된 그는 마 대인의 직속 부대로 배속되어 이곳으로 옮겨왔다.

군막에서의 생활과는 달리 이곳은 인근 장가장(張家莊)을 징발해 사용하고 있었기에 나름대로 사람 사는 곳처럼 느껴졌다. 물론 그다지 크거나 훌륭한 시설은 아니었지만 예전의 군막에 비한다면 궁궐이나 마찬가지였다.

장씨 세가는 대대로 교역상을 하고 있었는데 지금은 도지휘사사가 있는 섬서성으로 주 무대를 옮긴 관계로 이곳을 비우게 되어 팔려고 내놓았으나 워낙 전선이 가까워 아무도 사려는 사람이 없었다.

그렇기에 차라리 군에 헌납하고 군과의 유대 관계를 돈독히 하려는 계획으로 천호소로 사용하라고 내놓은 것이다. 교역상을 하는 그의 직업상 상당히 좋은 포석이라 할 수 있었는데 어쨌거나 무정이 생활했던 군막과는 비교도 안 되는 생활이었다.

다만 문제라면 마 대인이 오 년 전 그가 거의 죽다시피 하여 돌아왔을 때 무슨 심정인지 『논어』나 『맹자』 등을 거의 강압적으로 읽으라고 해 괴로울 뿐이었는데 자꾸 그렇게 읽다 보니 조금은 재미있어지는 듯한 느낌이 들어 무정은 그다지 힘들게 생각하지는 않았다.

새벽 여명이 어느새 완전히 사라졌다. 처마 밑의 거미줄에 아롱한 이슬이 점차 빛을 내며 타 들어가고 있었다.

하루의 업무가 시작될 시간이 다가오는 것을 느끼고 무정은 고개를 약간 내렸다.

그 처마 아래로 한 사람이 나타났다. 잊을래야 잊을 수 없는 반백의 노무인이 무정을 지그시 내려다보고 서 있었다.

"일찍 일어났구나, 정아."

"평안하셨습니까, 대인?"

반백의 머리를 정갈히 뒤로 넘긴 무인. 서글한 눈매에 회색 수염이 제법 긴 이 인물은 이젠 육십을 바라보게 된 천호 마영령이었다.

약 열 개의 백호소로 이루어진 천백여 명의 군졸을 거느린 무인이 바로 그였다. 마 대인은 고개를 살짝 숙이고 있는 무정을 바라보았다. 새벽 댓바람에 물을 끼얹은 것을 보니 아마도 악몽을 꾸었으리라.

그의 눈매에 측은함이 묻어났다.

"악몽을 꾼 게로구나."

"…그렇습니다."

"오늘 임무에는 지장이 없겠느냐?"

"염려 마십시오, 대인. 근심은 거두셔도 좋을 듯합니다."

묵직한 저음의 목소리가 아침 공기를 갈랐다. 마영령은 그런 그를 보고 고개를 끄떡이며 뒤돌아섰다.

"조심하거라."

"……."

무정은 고개를 숙였다. 잠시 후 허리를 펴고는 앞쪽으로 걸어가고 있는 마 대인을 바라보았다.

오 년 전, 무정이 거의 죽을 뻔한 날부터 무정의 신상에 부쩍 신경 써주는 것을 느낀 그는 다시 한 번 고개를 숙였다. 그리고는 허리를 펴고 신형을 돌려 자신의 숙소를 향해 걸어갔다.

*　　　*　　　*

"카아악, 퉤! 제에미, 날도 더운데 이것들은 대체 어디 박혀 있는 거야?"

"히힛, 성님, 몸이 근질근질함갑네요?"

"니미, 알면서 뭘 물어, 이 자식아?"

"에이, 상귀(上鬼) 성, 대장이 언제 틀린 것 봤수? 진득하니 기다려보쇼."

"니미! 잘났다, 이 자식아!"

더벅머리 두 사내가 지껄이는 대화에도 아랑곳 않고 무정은 묵묵히 앞만 보고 있었다.

그의 주위에는 남녀노소를 불문하고 형형색색의 인간들이 둘러쳐져 있었는데 병기도 창(槍), 검(劍), 도(刀), 단창(短槍), 쌍검(雙劍)에 궁(弓)까지 그야말로 다양한 무기들을 각자 꿰차고 있었다.

"쯧쯧… 저것들도 무공 좀 한다고 예까지 왔으니 원. 낭인대라 하기도 이젠 낯부끄러워서, 에잉~"

"카악, 퉤! 어이, 영감! 맥이나 잘하쇼! 그 나이에 잘못하면 뼈 부러지겠소!"

"이노무 자슥이, 넌 위아래도 없냐?"

"위아래? 그건 계집질할 때나 찾으쇼, 영감! 아, 이런이런! 이젠 서지도 않겠구먼! 어이, 미안해, 영감!"

"이런 발칙한……."

딴 사람들은 신경도 쓰지 않고 둘이서 킬킬대던 더벅머리 청년들은 이번에는 까치집 상투를 튼 노인과 입씨름 중이었다. 걸쭉한 농이 왔다 가고 노인의 손에서 시퍼런 단창이 막 나올 때였다.

"조용……."

굵지만 나직한 목소리가 중인들의 머리를 울렸다. 무정이었다.

그는 지금 안력을 높이고 있었다. 이곳은 용현천호소에서도 오십 리 이상 떨어진 곳인데 오늘 낭인 부대는 척후 임무를 띠고 잠복 중이었다.

마 대인은 며칠 전 조금 이상한 첩보를 접했다. 건주 여진족 중 우량하[兀良哈] 족의 진영에 방수(傍手)가 있어 보인다는 심상치 않은 정보였다.

물론 그동안 양측 다 수십 년 동안 싸워온 이력은 있다. 대대적인 전투는 몇 번 없었어도 상당한 규모의 전투는 매일이다시피 일어나고 있었다. 지금껏 유리한 고지를 점령한 것은 명군이었고 그 중심에는 무정을 필두로 한 낭인대가 있었다.

그렇기에 우량하 족이 방수를 데려왔다는 것도 사실 일리는 있었지만 문제는 초원의 민족이 아닌 다른 사람들이라는 것에 있었다. 유난히 자존심이 강한 민족이기에 타 민족과의 연수는 사실 믿기지가 않았다.

"반뇌(半腦), 비연(飛燕), 그리고 고죽(古竹)노인!"

이름이 불린 세 사람이 나란히 무정의 곁으로 움직였다.

반뇌 우세중(旴世重)은 낭인대에서도 책사의 위치에 있는 이십 대 후반의 얼굴이 허연 청년이었고 고죽노인은 염소 수염을 한 손으로 꼬며 주름살 깊은 얼굴에 까치 집 상투를 튼 머리를 하고 있었다. 상귀(上鬼), 하귀(下鬼)와 투닥거리던 노인이 그였으며 비연이라 불리는 사람은 화수련(華壽蓮)으로 상당한 미모를 지닌 여인이었다. 화산파(華山派)의 제자라는 소문이 돌고 있었으나 확인된 것은 아니었다. 강호에서 뭘 하고 들어왔는지 묻지 않는 것이 그들의 관습이었다.

"저기 저 앞에 홍의를 입은 자들이 보이나?"

묵직한 무정의 말에 세 사람은 눈을 가늘게 뜨고 진군하는 사람들을 보았다.

모두 기마병인 듯했는데 숫자는 약 삼십 기(騎) 정도? 그중 약 십 기 정도는 궁을 든 것으로 봐서 궁기병과 보기병이 어우러진 전형적인 형태의 호위 대형이었다.

그 중간에 붉은 천에 둘러싸인 사람들이 보였다.

"음… 저들은 서장(西藏) 뇌음사(雷音寺) 사람들인 것 같군요. 고죽노인 생각은 어떠십니까?"

"맞네. 저 검붉은 가사는 천축에서 흔히 쓰는 색깔이네. 라마라고 하던가? 다만 대뢰음사(大雷音寺)인지 소뢰음사(小雷音寺)인지는 모르겠네."

반뇌와 고죽노인이 서로의 의견을 확인했다. 그때 비연이 말문을 열었다.

"소뢰음사예요"

"…확실한가?"

"그들의 목에 달린 하얀 것은 해골을 상징하는 염주일 겁니다. 대뢰음사는 그래도 정(正)에 속하는 문파라 알고 있습니다. 중원과 같은 묵빛 염주를 선호한다고 들었습니다."

무정은 어차피 척후 임무이기에 사실을 확인한 지금 이대로 귀대하여도 무방하다고 생각했다. 그런데 뭔가 마음에 걸렸다. 근 이십 년 이상을 전장에서 살아온 그의 육감에 뭔가 다른 것이 더 있을 것 같았다.

천축의 승려라니……. 서장에서 신강(新疆)을 거쳐 몽고(蒙古)로 왔단 말인가? 그 먼 길을? 잠시 생각하던 무정이 결정을 내렸다.

"매복한다. 제일 목표는 궁기병. 광검(狂劍)과 패도(霸刀)를 제외한 나머지는 이후 보기병을 친다. 라마들은 건드리지 말도록."

일행은 고개를 끄덕였다. 무정은 잠시 광검과 패도를 돌아보았다.

광검 남궁추(南宮推), 그는 남궁세가(南宮世家) 사람이고 검술도 상당하다. 나이는 삼십 대 초반 정도? 단정히 묶는다고 자신은 주장하지만 거의 난발 수준이었고 때가 절은 무명옷은 이미 누렇게 변해 있었지만 그는 신경 쓰지 않았다. 삼 척이 조금 넘는 검을 쓰며 항상 뭔가 귀찮아하는 표정을 하고 있었다.

패도 구서력(白瑞力), 그는 엄청난 덩치를 자랑했다. 온통 울퉁불퉁한 근육덩어리인 그는 힘에 관해선 단연 최고였다. 키도 무정보다 주먹 하나는 더 컸으며 그가 쓰는 도는 길이만 육 척에 이르는 거도(巨刀)였다.

그들을 뒤로 돌리는 이유는 한 가지이다. 광검은 일단 손을 쓰면 돌변하여 적아의 구분이 없었고 패도는 반경이 너무 커서 아군에게 해가 되었다. 대기 조인 이들이 투입되는 것은 주로 적의 군영을 단독으로 휘젓거나 최후의 순간일 때였다.

무정은 말과 함께 신형을 돌렸다. 그와 같이 있는 사람들, 비록 여덟 명뿐이지만 그 누구보다 든든했다.

오 년 전에는 근 백여 명에 가까운 사람들이 있었다. 하나 오 년이 지난 지금 살아남은 자는 겨우 이 여덟 명뿐이었다. 그만큼 실력을 인정할 수 있는 그들이기에 믿고 뒤를 맡길 수 있었다.

일행은 먼지가 나지 않도록 조심해서 신속히 이동했다.

2

타마륵은 고개를 들어 하늘을 보았다. 구름 한 점 없는, 그야말로 땡볕이었다. 정말 말이 없다면 상상하기도 싫은 날씨였다. 그는 옆의 마가난타를 보았다. 비록 꼿꼿히 서 있지만 고개를 조금씩 까닥이는 것이 많이 지친 모양이었다.

"사형, 괜찮으십니까?"

"난 괜찮네, 사제. 그런 자네는 많이 힘들어 보이는구만."

"하하하, 견뎌내야죠. 이제 얼마 안 남았으니까요."

이마에 굵은 땀방울을 붙이며 타마륵은 싱긋이 웃어 보였다. 확실히 이런 날씨에는 무공도 별 소용 없었다.

"조금만 참으십시오, 두 분 존자님. 이제 저녁 무렵이면 도착할 수 있을 겁니다. 아마 마라불(魔羅佛)님께서 두 분이 오시기를 학수고대하고 계실 겁니다."

선두에 섰던 인솔자인 듯한 사람이 말의 속력을 늦추며 두 라마에게 넌지시 말을 붙였다.

신강을 넘고 장성을 넘어 들어올 때부터 호위하던 사람인데 꽤 붙임성이 있었다.

"하하, 사부님께서 거기에 계시다니, 중원에 한참 계신다고 찾지 말라 하실 때는 언제고 서신 한 장 달랑 주시어 부르시……"

"사제, 조심하게!"

마가난타는 어렴풋이 주위에서 살기를 읽었다. 아니, 느꼈다고 생각했을 때는 이미 뒤쪽의 궁기병이 쓰러지고 있었다.

"커헉!"

"악!"

정확하게 궁수만 떨어뜨리는 솜씨에 마가난타는 전방을 노려보았다.

오십 보 정도 떨어진 곳에 호를 파 위장한 곳으로 보이는 땅이 들썩이고 있었다. 한 번 들썩일 때마다 화살이 날아왔다.

활은 상당히 빠른 속력으로 날아왔다. 기갑병의 호심경도 소용없었다. 호심경을 뚫고 들어간 것으로 봐서 분명 이것은 강전, 그중 가장 위력이 강한 고려 강전이었다.

생각할 필요도 없었다. 이런 무기는 명군 외에는 없으니 명군의 매복이 확실했다.

"전원 하마! 방패를 전방에 내세워 반원진을 형성하라! 두 분 존자는 어서 진 안쪽으로 오십시오!"

인솔자는 벽력 같은 소리를 질렀다. 그들의 장점은 기마 공격이었으나 적의 병력도 무장도 모르는 이런 상황에서는 아무 소용이 없었다.

무정은 이십 보 정도의 거리에서 공격해 한순간에 끝낼 생각이었다. 한데 저 라마의 분위기가 심상치 않았다. 왠지 한 수 할 것 같았다.

그래서 그는 사정 거리가 어느 정도 됨 직한 오십 보쯤에서 바로 공격을 시작했다. 아니나 다를까, 적이 원진을 만드는 것을 보고 두 번째 활을 먹여 남은 궁수를 향해 보냈을 때 맨손으로 강궁을 쳐내는 것을 보았다.

무정은 눈을 가늘게 뜨며 궁을 던졌다. 그의 손에 초우가 들려지며 유개호를 박차고 뛰어나갔다. 그러자 그를 위시한 나머지 대원들도 용수철처럼 달려나갔다.

인솔자는 화살 공격이 멈춘 것을 알고는 살며시 방패를 내렸다. 그리고는 경악했다.

긴 흑발을 날리며 섬전처럼 뛰어오른 인물. 왼팔 전체에 갑주를 달고 양손에 수투를 끼고 그 손에 칠 척이 넘는 참마도를 든 자. 게다가 결정적으로 저 소름 끼치는 오른 뺨의 검상.

"혈, 혈, 혈귀!"

인솔자와 기보병들의 낯빛이 하얗게 변했다. 마가난타는 그런 호위대를 의아한 눈으로 보더니 안력을 높여 그자를 주시했다. 피풍의 안으로 언뜻 보이는 잘 발달된 근육은 그자가 외공을 연마했음을 보여주고 있지만 그의 눈에는 그냥 일반적인 군졸로만 보여 별로 두렵지 않았다. 이미 육십 년에 가까운 내공을 지닌 그였기에 그의 눈에 그자가 도약하는 것이 보였다. 그는 손을 올렸다. 제아무리 외공의 고수라도 자신의 내가중수법이면 소용없었다.

한 번이면 충분하다고 생각해 손을 휘돌리며 일갈을 토했다

"마화수(魔火手)!"

무정은 라마가 손을 들고 있는 것을 보았다. 무기가 있을 것이지만 들고 있지 않은 것으로 보아 이 녀석은 방심하고 있는 것이 틀림없다. 그는 분명 벽공장류의 무공을 쓸 것이다.

그런 유의 무공이라면 낭인대의 비무를 통해 지겹도록 상대해 봤다.

그가 공중으로 날았을 때 라마의 외침 소리와 함께 무언가 음유한 느낌이 가슴 쪽으로 오는 것이 느껴졌다.

공중에서 무정은 왼팔을 가슴에 붙였다. 그리고는 장력이 도달하기 직전에 왼쪽으로 힘차게 휘둘렀다.

쩌엉!

중후한 금속음이 들리면서 무정의 신형이 약간 오른쪽으로 틀어졌다. 그곳에는 살아남은 두 명의 궁기병이 살을 먹이고 있었는데 그 모습에 무정의 입 꼬리가 살짝 말려 올라갔다.

스파앗!

칠 척의 초우가 휘둘려졌다. 제대로 휘두르면 말과 사람을 함께 토막내고 말 것이다.

더군다나 저 육중한 몸에서 나온 힘이 더해진다면……. 결과는 예상대로였다. 뿌연 붉은 안개가 초원의 아지랑이와 섞였다.

뜨거운 초원의 바람이 한차례 지나가더니 청년의 긴 머리가 휘날리는 가운데 안개가 걷혀 나가자 상황이 일목요연하게 드러났다. 그의 발 밑에는 두 명의 궁수가 허리부터 양단되어 널브러져 있었다.

무정은 뒤돌아 전황을 살폈다. 예상대로였다. 고죽노인, 상귀와 하귀, 비연, 반뇌는 그간의 경험을 보여주듯이 보기병을 몰아치고 있었고 그 뒤에는 광검과 패도가 만일의 사태에 대비하는 듯 눈을 빛내며 전장을 보고 있었다. 적이 안심이 된 그는 이번엔 라마들을 보았다. 그들은 어느새 동발을 들고 있었다.

마가난타는 자신의 장력을 사내가 흘려 버리자 잠시 말문이 막혔다. 마화수는 음유한 장력이다. 끈적끈적하게 늘어붙는 장력으로 흘릴 수 있는 성질이 아니었다.

한데 눈앞에서 믿을 수 없는 광경을 연출한 사내는 흘리는 것이 문제가 아니라 방향을 틀어 두 궁수를 한꺼번에 베기까지 했다.

눈 뜨고 당한 셈인데 애당초 목표는 자신이 아니라 두 궁수였던 것이다.

그러나 마가난타는 죽은 궁수 따윈 눈에 들어오지 않았다.

두 궁수를 한꺼번에 베어내는 사내의 동작은 완벽했다. 다리의 힘과 이동, 허리의 유연한 흔들림, 상체의 전달이나 팔의 원심력을 그대로 칠 척의 참마도에 전달하는 데도 전혀 흔들리는 않는 그의 도.

마가난타는 재빨리 품속의 동발을 꺼내며 눈앞의 사내를 노려보았다. 전황이 불리하기는 했지만 그리 걱정은 안 되었다. 문득 그는 사부의 서신 중 한 부분이 생각났다.

우량하 쪽이 있는 곳으로 올 때 명군을 조심하거라. 특히 칠 척의 참마도를 쓰면서 얼굴에 검상이 있는 자를 각별히 조심해라. 이곳 사람들의 말을 빌리자면 혈귀라고 하더라. 너 정도면 별일이야 있겠느냐마는 혹시 모르니 조심 또 조심하도록 해라.

마가난타는 대제자다. 이제 몇 년 후면 소뢰음사를 대표하는 사람이 될 신분이었다. 한데 저런 낭인의 손에 놀아났다고 느껴지자 생각할수록 화가 났다. 아군 측 궁병의 허리가 양단된 순간 그는 수중의 동발을 들고 뇌격보(雷擊步)를 시전하며 달렸다.

무정은 마치 번개처럼 좌우로 신형을 흔들고 달려오는 라마를 보았다. 흔들며 오는데도 상당히 빨랐다. 그도 상체를 숙이며 맞받아 나갔다. 라마의 두 손이 들리자 동발에 옅은 아지랑이가 피어올랐다.

'강기…….'

대원들과 비부할 때 가끔 보는 형상이었다. 그들이 그것을 김기나 도기, 혹은 강기라고 불렀던 기억이 났다. 위력은 상당했다. 역시 느낌대로 쉽게 볼 수 있는 자가 아니었다.

하지만 두려울 정도는 아니었다. 무정은 도배가 땅을 향하도록 돌린 후 그자와의 사이가 일 장이 조금 넘었을 때 손을 쭉 뻗었다.

파가강!

참마도는 장병기다. 아무래도 동발과는 사정 거리가 비교조차 안 되었다. 마가난타는 공격을 하려다가 양손을 교차시켜 가슴께로 들어 올렸다.

마가난타의 동발이 교차되면서 참마도를 막았다. 동발은 일반적으로 기괴하게 날리면서 공격하는 것이라고 알고 있지만 그것은 소뢰음사에서도 장로 급이나 되어야 가능한 것이고 마가난타는 겨우 강기를 담을 정도밖에는 되지 않았다. 물론 그 정도도 상당한 수준이었다.

그는 동발 사이에 낀 참마도를 확인하고 힘을 주었다. 아마 그의 강기에 이 칼은 무 썰듯이 잘려질 것이다. 마가난타는 다음 수순을 생각하다가 순간 흠칫했다.

“……!”

마가난타는 눈을 크게 떴다. 힘을 주어도 참마도는 잘리지 않았다. 아니, 그게 문제가 아니었다.

무정이 동발 사이에 초우가 낀 것을 확인하고 거꾸로 돌려진 초우를 힘껏 비틀자 엄청난 힘에 의해 초우가 회전하며 순식간에 동발의 틈이 벌어져 버린 것이다.

벌어진 동발을 보며 마가난타는 경악하며 급하게 동발을 하늘을 향해 들어 올렸다. 그와 함께 무정의 참마도 역시 같이 올라가자 그제야 마가난타의 시선이 전방으로 돌려졌다. 한데 그자의 눈이 보였다. 섬뜩한 눈이. 일 장 밖의 거리가 아니었다.

“이, 이런…….”

창은 멈췄지만 이자는 멈추지 않았다. 이미 반 장 안으로 들어온 것이다. 마가난타는 배의 중완혈 부근에 극렬한 통증을 느꼈다. 기혈이 위로 치솟아 오르는 느낌에 온몸이 산산히 부서지는 것만 같았지만 타격은 거기서 멈추지 않았다.

마가난타가 쓰러지지 않고 뒤로 물러서고 있는 것을 보고 무정의 발끝에 힘이 들어가며 최단 거리로 무정의 권격과 각법이 터져 나간 것이다.

스팡! 파파팡!

환상적인 몸의 움직임이었다. 어릴 때 수련해 온 양생법의 결과였다. 마치 온몸의 뼈가 다 없어진 듯 불가능한 각도에서도 공격은 가능했다.

더구나 무정은 손에는 수투를, 발에는 철각을 끼고 있었다. 그의 오른손이 다시 들려지며 초우가 수평으로 누웠다. 그는 그대로 돌리려다 멈추었다.

온몸을 엄습하는 고통 속에서 마가난타는 입을 벌릴 수 없어 이상했다. 아무리 맞아도 몸에 직접 타격을 받는 것이 아니라 자신의 호신강기 위에 타격을 받기에 고통은 있을 수 없었다

한데 그자의 권격은 이상했다. 자신의 호신강기를 뒤흔들어 놓고 있는데 더구나 그걸로 끝난 것이 아니라 그의 몸 안에서는 마치 그자의 타격과 공명하듯 엄청난 나선형의 충격이 울렸다.

"커억!"

결국 마가난타는 피를 쏟았고 무정은 그 모습을 보고 멈추었다. 마가난타는 동공이 풀어지며 무릎을 꿇었다. 그리곤 서서히 무너져 내렸다.

"사, 사형!"

타마륵은 믿을 수가 없었다. 아무리 기습이라지만 이토록 허무하게 당할 줄이야. 사형은 후기지수 중 최고였다. 중원의 구대문파 장문인급은 안 돼도 능히 후기지수들은 꺾을 수 있다던 평판을 사부로부터 들었던 것이다.

한데 가진 무공을 채 펴보지도 못하고 당하다니……. 그가 응원할 새조차 없이 저 혈귀란 자의 속도는 기이할 정도로 빨랐다. 그는 사형에게 달려갔다.

어느새 장내는 정리되었다. 낭인대는 이미 손 털고 상황을 주시하고 있었다. 궁기병은 열둘, 기보병은 열다섯이었다. 상귀와 하귀는 익숙한 듯 시체 속에서 돈이 될 만한 것들을 챙기고 있었고 고죽노인은 그런 그들을 못마땅한 듯 흘겨보고 있었다.

무정은 자신의 손을 바라보며 생각에 잠겨 있었다. 지금 그가 차고

있는 한 쌍의 각철과 수투, 그리고 왼팔을 감싸는 갑주는 보통의 것이 아니었다. 섬서성 전체에서 최고의 실력을 자랑하는 영중의 대장장이 목 노야가 만든 것이다.

순철(純鐵) 중의 순철을 제련한 후 다시 그 위에 몇 겹의 다른 철을 올려놓고 불 속에 넣고 녹인 후 이를 얇게 두들겨 펴서 종이를 말듯 돌돌 말아 다시 망치질로 펴고 또다시 말기를 수십 번 이상 한 후 비로소 형이 만들어지면 뜨거운 채로 흑유(黑油)에 담가 일체의 광택을 죽인 후 다시 몇 달에 걸쳐 오로지 면포로만 닦아 은은한 묵광을 낸 것이었다.

무게는 일반 갑주보다 가볍지만 강도는 비할 바가 아니었다. 게다가 몇 년 전부터는 발경도 전장에서 자연스럽게 터득해 미친 소도 한 주먹에 머리가 깨져 죽는 위력을 낼 수 있었다.

그러나 녀석의 몸엔 손댈 수 없었다. 저자의 몸 반 촌 정도에서 주먹이 멈추어진 것을 기억한다. 그리고 그것 때문에 그자는 살았다. 그는 눈을 들어 두 라마가 쓰러진 곳을 바라보며 천천히 걸어갔다.

"천축의 무승들이 이곳까지는 웬일이지?"

묵직한 저음의 톤이 타마륵의 귀에 들리자 타마륵은 반사적으로 일어나 사내를 보았다. 자신보다 머리 하나는 더 큰, 육 척이 훨씬 넘는 체구의 사내에게 위압감을 느낀 그는 자신의 품 안에서 항마저(抗魔杵)를 꺼냈다.

"어이구, 상귀 성님, 이 뻘건 쉐이 거의 상황 판단이 안 되나 봅니다."

"니기미, 이 쏩새가 뒈질라구 환장했나? 이 새끼, 자세 안 풀어? 엉?"

"허허, 넋이 나갔나? 참 용기가 가상하구먼."

상귀와 하귀, 고죽노인은 나름대로 혀를 찼다. 보아하니 저 바닥에 엎어져 있는 놈보다 약해 보이는데 뻣뻣이 서 있는 게 꽤나 앞뒤 구분 못하는 놈인 것 같았다.

갑자기 뒤에서 확 살기가 느껴진다. 안 봐도 알 수 있다. 패도 구서력이 성큼 나오고 있었다.

"살기 싫은 모양이군. 그럼 죽여주지."

"…됐다, 패도. 잠시 물러나 있도록."

칠 척이 넘는 거도를 꼬나 쥐고 성큼 다가오면서 으르렁거리는 패도를 향해 무정은 손을 흔들었다. 심문이 우선이었다.

"차근차근 시작하지. 먼저 누군지부터 밝혀라."

무정의 음성이 울려 퍼지자 타마륵은 눈을 굴리며 눈치를 살폈다. 이미 싸울 의욕은 잃었다. 대사형도 어쩌지 못하는 자를 자신이 어떻게 할 수 있는가? 일단은 원하는 대답을 해야 할 것 같았다.

"우… 우리는 자랑스런 소뢰음사의 무승이다. 나는 타마륵, 여기 쓰러… 있는 분은 대사형 마가난타 사형이시다!"

"쓰벌, 대사형은 무슨, 대장에게 한 방에 나가떨어진 게!"

문득 일행이 상귀를 향해 눈길을 돌렸다. '그럼 넌 이기나?' 라는 듯한 도끼눈이 전부였다.

"카악, 퉤! 알았수다! 아가리 닥칠 테니 일들 보쇼!"

말을 마친 상귀는 하귀와 함께 저쪽 구석으로 갔다. 그리곤 오늘의 수확물을 펴고 히히닥거리기 시작했다. 무정은 눈을 돌려 타마륵에게 시선을 주며 다시 물었다.

"이 길로 계속 가면 우량하 족의 근거지가 나온다."

“…….”

“되지도 않는 중생 계도니 축원이니 하는 말이 나오면 저 뒤의 거도든 친구가 가만 안 있을 게다.”

“…….”

“…목적은?”

“…….”

타마륵은 생각했다. 어차피 자신은 아는 것이라곤 없었고 편지를 받은 것도 왜 오라고 했는지 아는 것도 쓰러진 대사형뿐이었다. 자신이 아는 것을 말한다 해도 무방했다. 그러나 중요한 것은 자신들의 목숨이었다. 이 점만은 생각해야 했다.

“말하면… 살려줄 거요?”

잔뜩 움츠린 자세로 타마륵은 기어들어 가는 목소리로 물었다. 그리고는 만일의 사태에 대비해 금강저를 잡은 손아귀에 힘을 주었다. 아니, 주고 싶었다. 하지만 그럴수록 그의 몸은 자꾸만 떨려왔다. 그러다 이어 나온 무정의 말에 그는 힘이 풀리는 것을 느꼈다.

“말을 하든 안 하든 살려준다.”

“…….”

“어차피 어느 정도는 짐작하고 있다. 네 입에서 나온 소리는 그리 중요한 것이 아니다.”

“…….”

타마륵뿐만 아니라 일행도 모두 의아한 눈으로 무정을 쳐다보았다. 단 한 사람, 반뇌만이 고개를 끄떡일 뿐이었다. 어쨌거나 타마륵은 천천히 무기를 내렸다. 그리고는 자신은 단지 사부의 부름을 받고 가고 있을 뿐이라고 말했다. 상귀와 하귀가 똑바로 불지 않으면 아가리를

찢는다는 둥 허리를 접어버린다는 둥 별 시답잖은 소리를 하는 바람에
잠시 긴장이 고조되기도 했지만 무정이 노획한 말 중 두 마리를 타마
륵에게 직접 내어주자 해결되었다.

타마륵은 대사형을 말 안장 위에 얹고는 뒤를 돌아보았다. 거기에는
혈귀라는 자가 서 있었다.

"당신의 이름을 알고 싶소."

타마륵은 의연하게 떠나고 싶었다. 그러나 그는 자신의 목소리가 떨
리고 있다는 것을 몰랐다. 무정이 피식 웃었다.

"무정이라고 한다."

"무정(無情), 무정… 정이 없다……. 당신에게 정말 잘 어울리는 이
름이군."

타마륵은 고개를 끄떡이며 떨리는 신형을 말 위에 올리려 했다. 하
지만 그렇게 못했다. 어떤 인간의 걸쭉한 입담이 들렸기 때문이다.

"카악, 퉤! 엣? 묻었네, 시벌! 야, 이 씁새야! 쥐뿔도 모르는 게 아는
척하기는… 그 정(情)이 아니고 바를 정(正), 즉 설라무니… 바른 것은
없다. 다 삐뚤어졌다, 이 말이다, 이 씁새야! 알것냐?"

상귀의 말에 일행의 고개가 홱 돌아갔다. 저걸 저렇게 확대 해석하
다니……. 확실히 한 대 맞아야 정신을 차릴 인간이었다. 아니나 다를
까, 누런 가래침이 묻은 옷을 손으로 벅벅 문질러 대던 상귀의 뒤통수
에서 별이 번쩍였다.

"이런, 쌍! 니미, 언 넘의 쉐이야?"

뒤통수의 충격에 한동안 정신을 못 차리던 상귀는 가뜩이나 작은 눈
을 더욱 가늘게 만들어 뒤를 홱 돌아보고는 바로 눈을 풀었다. 칠 척의
거대한 도를 들고 있는 패도가 떡하니 눈을 부라리고 있었다.

"하하하! 그게 아니라 바른 것은 없으니 모든 것은 자신이 결정하고 따르라는 뜻으로 옛 성현의 말씀 중……."

"아, 쓰벌! 잘못했어, 반뇌! 하지 마! 그 성현, 공자 머시기 하는 쉐이들, 말도 꺼내지 마! 반뇌, 하지 마! 그만 해!"

한 손으로 귀를 막고 한 손으로 손사래를 치며 상귀는 어디론가 달려갔다. 그런 그들을 타마륵은 유심히 살폈다. 어찌 되었든 이곳은 적지나 다름없는 곳이다.

이런 곳에서도 저런 여유를 가질 수 있다는 것, 그건 아마도 저 혈귀 무정이란 자의 능력일 것이다. 생각할수록 두려워지는 자였다. 그는 말에 올랐다.

"아, 알겠소, 혈귀 무정. 오늘의 수모는… 이, 잊지 않겠소."

타마륵은 말을 마치고 힘차게 두 발로 말을 찼다. 그는 한 손으로는 사형이 탄 말의 고삐를 한 손으로는 자신의 말고삐를 잡으며 그렇게 사라졌다.

"차라리 말이나 안 했으면 좀 무서웠겠다."

절대로 안 무섭다는 표정으로 광검이 말했다. 벌벌 떨면서도, 곧 죽을 상황인데도 객기라니 무림인이란 어쩔 수 없었다.

무정은 그가 점이 되어 사라질 때까지 눈을 떼지 않았다. 아니, 보고 있으나 신경은 딴 데 가 있는 듯했다. 이윽고 그가 몸을 돌렸다.

"전원 회군한다!"

일행은 그 말에 몸을 돌렸다. 노획한 말에 올라 천천히 고삐를 돌리기 시작했다. 무정은 초원의 바람에 긴 머리를 날리며 새로운 상상을 펼치기 시작했다.

'강호라…….'

확실히 이해가 가지 않는 사람들에다 기이한 능력을 지닌 사람들이
었다. 그들이 사는 강호, 그리고 대원들이 겪었던 강호. 문득 그곳이
신비하게 느껴지는 무정이었다.

제3장

무정이라는 사내

무정이라는 사내 1

"아따, 상귀 성님! 이건 제 겁니다, 제 거."

"쓸새가? 의리없이 굴래? 방쉐이 같으니……."

장씨 세가의 내원에는 언제나 저녁마다 이런 소리가 들렸다. 이들은 지금 내원 중 그나마 제일 큰 방에 옹기종기 모여 앉아 있었다.

원래는 보급품 창고였으나 몇 년 전부터 이곳은 낭인대의 차지가 되었다. 군졸들과 같이 군막을 썼다가 피 본 군졸들이 한둘이 아니었기 때문이다.

"에잉, 하여튼 저것들은 하는 일도 없으면서 돈은 무지 밝혀요. 안 그렇소, 우 공자?"

오늘도 전리품을 챙겨 잽싸게 전장에서 환전해 온 두 사람을 보며 고죽노인은 혀를 끌끌 찼다. 그리곤 우 공자의 눈을 힐끔 보며 넌지시 물었다.

"하하! 사람은 저마다의 개성이 있는 법이죠. 그런 면에서 본다면 저분들은 참 개성이 강하신 것뿐입니다."

"히유~ 하여튼 사람 하고는……. 이래도 홍, 저래도 홍. 에잉~ 츳 츳."

고죽노인은 이 사람 좋은 사람도 제정신이 아니라고 생각했다. 그는 곰방대를 꺼내 입에 물었다.

"광검, 아까 대장의 일권을 봤나?"

뜬금없는 패도의 대장 이야기에 모두의 시선이 모아졌다. 패도 구서력은 얼굴을 굳혔다. 아마도 광검의 대답을 기다리는 것일 것이다.

상귀와 하귀는 뭔 일인가 싶어 쪼르르 달려와 앉았다. 광검이 귀찮다는 표정으로 고개를 끄떡이자 패도가 다시 입을 열었다.

"분명 그놈은 맞지 않았다. 일 촌 정도의 공간에서 대장의 주먹이 막혔다. 대체 그게 뭐냐?"

"호신강기예요"

대답은 광검에게서 나오지 않았다. 조용히 앉아 있던 비연 화수련이 꽃 같은 입을 벌린 것이다.

패도는 그녀를 보았다. 뭔가 미진하다는 듯이 비연을 노려보기 시작했다.

비연은 피식 웃었다. 조용히 노려보는 것은 계속 말하라는 뜻으로 패도의 습관이었다.

"그 마가난타라는 라마는 무의식적으로 호신강기를 끌어올려 운용했을 겁니다. 무공을 익힌 자의 습성이지요. 그런데 대장의 주먹이 호신강기를 뚫고 타격한 것이지요. 그게 다예요."

"하지만 호신강기가 다 그렇게 강한 것은 아니잖소? 다들 어느 정도는 할 수 있을 것 같은데 그럼 그 라마가 그만큼 무공이 높다는 말이오?"

하귀가 또롱한 눈을 빛내며 비연에게 물어오자 비연은 무표정한 얼굴로 하귀를 바라보았다. 순간 패도의 목소리가 다시 울렸다.

"아니, 분명히 대장은 호신강기를 파괴하지 못했다. 하귀의 말대로 그자는 상당히 무공이 높은 자였어. 한데 그럼에도 불구하고 그자는 정말 맥없이 쓰러졌다. 내가 이해 못하는 것은 그 점이다, 비연. 진짜 그자의 호신강기가 외부의 타격으로 깨진 것인가?"

"……."

패도의 말에 비연은 입을 다물었다. 사실 자세히 보지 못하고 그냥 짐작으로 말한 것이었다. 솔직히 대장이 그렇게 이겼다면 정말 이상한 일이었기에 그녀도 미간에 골을 만들고 있었다. 그때였다.

"음, 그건 반만 맞은 것 같군."

한쪽 팔을 베고 옆으로 돌아누웠던 광검이 서서히 몸을 일으키며 말했다. 목이 아픈지 머리를 이리저리 돌리며 흐릿한 눈동자로 말하기 시작했다.

"정확히 말하자면 호신강기가 파괴된 것이 아니라 자신의 호신강기에 자신이 당한 것이지."

귀찮은 듯 그는 멍한 눈동자로 일행을 돌아봤다. 눈만 껌뻑이는 그들을 보니 아무래도 설명을 좀 더 해야 할 것 같았다.

"다들 알다시피… 대장의 권격은 일종의 외류(渦流)를 형성하지. 이렇게."

말과 함께 광검은 옆구리로 주먹을 당기며 손목을 돌렸다.

손등 쪽이 옆구리에 완전히 붙게. 그리고는 주먹을 원위치로 돌리며 앞으로 죽 뻗었다.

쉬이이! 팡!

공기를 가르는 소리와 함께 광검의 주먹이 공중에 멈추어 섰다. 순간적으로 방 안에 바람이 이는 듯했다.

"이런 식의 충격이 그자의 호신강기에 와선형(渦旋型)의 충격을 준 거야. 그리곤 호신강기는 되려 권력을 퉁겨냈을 뿐만 아니라 안쪽으로 증폭되도록 도와준 셈이지. 마치 북을 치는 느낌이라고나 할까? 한쪽으로 치면 다른 쪽도 같이 울리는……."

"그렇지만 그자는 음유한 느낌의 무공이었어요. 퉁긴다기보다는 오히려 권력이 묶여야 정상이지요. 게다가 호신강기가 그렇다면 우리가 그렇게 힘들게 무공을 익힌 게 아무 소용 없겠네요?"

비연은 어처구니가 없었다. 자신을 지키는 호신강기가 자신을 해친다니 듣도 보도 못한 괴사(怪事)였다.

"훗, 나도 이런 건 들어본 적도 없어. 그냥 내가 느끼는 대로 말하는 것뿐이야. 그리고 오늘 어떤 인간이 그렇게 해냈잖아?"

"……."

일행은 말이 없었다. 무정은 보면 볼수록 신기한 사람이었다. 특별히 무공도 내력도 없는 게 확실한데 어째서 그런 능력을 보일 수 있는지 정말 의문이었다.

"진짜 우리 대장이 알고 그랬는지 모르고 그랬는지는 잘 모르겠지만……."

광검은 천장을 바라보며 한숨을 쉬었다. 그동안 그렇게 노력했는데 저 인간은 저만큼씩 성큼성큼 나가니…….

"대장 내력의 배 이상 되는 자가 아니면 덤빌 생각 따위는 하지 않는 것이 좋을 거야.”

“…….”

“구파일방의 장문인이라도 대장의 일권은 못 막아. 아니, 이건 무공 수준의 문제가 아니야. 맞는 순간 서서히 골로 가기 시작하지.”

“……!”

광검의 발언에 일행은 잠시 생각에 잠겼다. 자신의 호신강기에 자신이 되려 당한다. 이런 어처구니없는 일이 또 어디 있겠는가 싶었다.

“아무리 두 배라 하지만 장문인들과 비교하기에는 내력 차이가 너무 많이 나지 않나?”

패도 구서력이 이의를 제기했다. 맞는 말이다.

내력이 낮은 자는 벽에다 주먹질을 한 꼴밖에 되지 않는다. 결국 무정이 아무리 기이한 힘을 갖고 있어도 현격한 내공의 차이는 자신의 손만 부러지게 할 것이다.

“내가 일 갑자가 좀 넘는다.”

내뱉듯 던진 광검의 말에 모두 이채를 띠었다. 일 갑자 정도면 장로급은 아니지만 웬만한 장문인들보다는 조금 처지는 정도고 후기지수보다는 높은 정도였다. 광검은 눈을 감았다. 오 년 전 처음 이곳에 와서 무정과 비무했던 순간이 떠올랐다.

“대장이 공격이나 방어하는 순간 내가 느낀 것은 적어도 나보다 내력이 위라는 것이었다.”

“…….”

또다시 방 안에 적막이 돌았다. 광검은 표면상으로 본다면 현재 이곳에 있는 사람들 중 최고고수다. 그런 그가 하는 말이 허투루 들릴 리 없었다.

패도 구서력은 조용히 생각을 정리했다. 기껏해야 대장이 익힌 것은 군인이라면 누구나 배우는 군대의 권각술과 장창술, 그리고 잡다한 무학 정도였다. 그런 것이 그렇게 효과가 있다면 무림인은 누구나 군에 들어오고 싶어 안달할 것이다.

특별한 심법? 더군다나 없었다. 시골 촌부도 잘 안 하는 온몸을 흐느적거리는 이상한 유가술 같은 양생술과 정말 간단한 토납술(吐納術)만 익혔다는 것은 비밀도 아니다. 실제로 자신의 눈으로 직접 본 적도 있었다.

한데 그러한 사람의 내력이 일 갑자에 육박한다? 이해할 수 없는 일이다. 그것도 이제 이십 대 중반에. 도대체가 말이 안 되는 일이었다.

"에이, 쓰벌! 뭘 그걸 갖고 고민하고들 그래? 그냥 대장이랑 붙을 땐 호신강기 안 쓰면 되잖아! 쓰벌, 안 그러냐, 하귀야?"

상귀가 투덜거리며 지껄인 소리에 일행은 퍼특 정신을 차렸다. 그리곤 어이없는 눈초리로 상귀를 쳐다보았다.

"무식하면 입이나 다물지! 야, 이 덜떨어진 놈아! 호신강기를 뒤흔드는 주먹을 맨몸으로 그냥 막는다고? 차라리 네 배를 째라, 배를 째! 어차피 죽을 거라면 그게 덜 아플 거다, 이 무식한 놈아!"

고죽노인은 소리를 버럭 지르며 다시 곰방대를 잡았다. 상귀는 고개를 돌려 자신을 향하는 저 경멸스런 눈초리를 보았다. 심지어 하귀까지도 눈을 크게 뜨며 안됐다는 표정을 짓고 있었다.

"니기미, 쓰벌. 아, 장난이야, 장난! 씹새들, 난 장난도 못하냐? 니미, 카아아아아아악!"

벌게진 얼굴로 상귀는 이 경멸스런 분위기의 반전을 위해 한껏 목울대를 울렸다. 그러나 시원하게 뱉을 수는 없었다.

“방 안에서 침 뱉지 말라고 했을 텐데?”

“…….”

칠 척이 약간 넘는 저 무시무시한 곰 같은 인상의 패도 구서력이 눈을 흘겼다. 상귀는 순간 움찔했다.

“…꿀꺽!”

시원하게 목 울대가 위아래로 젖혀졌다. 상귀는 누런 이를 드러내며 자랑스레 씨익 웃었다.

옆에 있던 고죽노인은 인상을 있는 대로 쓰고 심지어 하귀는 슬금슬금 상귀에게서 떨어지고 있었다. 나머지 일행은 아예 고개를 돌려 버렸다.

광검은 아무 이야기도 귀에 들어오지 않았다. 자신과 비무했을 때 문제는 그의 권력이 아니었다. 그의 참마도 초우, 그것이 더 문제였다.

호신강기를 가르고 목에 대어져 있던 그의 거대한 참마도. 그는 분명히 보았다. 그 검은 도 주위로 보였던 옅은 묵빛 기류를. 아마 대장의 내력은 그 묵기에 비밀이 있을 것이다.

그렇게 그는 무정에게 패했고 이후 광검이 되었다. 자신이 아는 무공을 다시 시전해 보고 또 수없이 수련했다. 이제 검끝에 조금 푸른 빛이 돌 정도? 그래도 오 년 전의 대장보다도 뒤떨어지는 것 같았다.

“아이, 쓰벌! 근데 대장은 어디 처박혀서 안 오는 거야, 피곤하게스리?”

방 안에서는 상귀의 투덜거림만 계속되었다.

2

"서장의 라마승, 그것도 무승이 적의 진지에 있다. 확실히 보통 일은 아니군."

"그렇다고 달라지는 것은 없을 것이라 생각합니다."

"그렇지. 어쨌든 삼 일 후에 총공세는 예정대로 진행될 걸세."

"…알겠습니다."

장가장의 접객전에서는 지금 한창 천호 마 대인과 무정이 대화 중이었다. 무정은 복귀하자마자 마 대인을 만나 결과를 보고했다. 이미 세작의 보고로 인해 어느 정도 상황을 파악한 마 대인은 무정의 보고에 서장과 우량하 족의 연수를 기정 사실화했다.

"그나저나 궁금하군. 서장도 서장이지만 유달리 자존심이 강한 야달목차가 연수를 하다니……."

마영령은 책상 위에 올려진 찻잔을 손에 들고 이리저리 돌리기 시작했다. 뭔가 생각할 때마다 보여지는 그의 습관이었다. 무정은 그런 마 대인을 보며 고개를 숙이고 무언가 생각하기 시작했다.

야달목차는 우량하 족의 수장이었다. 당시 남만주의 여진은 건주 여진이라고 해서 워더리[斡朵里], 하루애[火兒阿], 나하취[納哈出]의 큰 세 부족을 말했다. 그러나 유목 민족의 특성상 그 외의 부족들도 상당한 규모를 자랑하고 있었다.

우량하 족은 그런 부족들 중에서도 약간 큰 세를 가지고 있는 부족으로 무엇보다도 자신들의 자존심을 높이 사서 연수라는 단어는 거의 사용할 줄 모르는 부족이었다. 그런데 이들이 서장과 손을 잡다니, 마영령은 이해할 수 없었다.

하긴 흑룡강(黑龍江)과 하북성(河北省)에서만 놀던 부족이 하루아침에 이곳 감숙성과 섬서성 인근에 온 것만 해도 이해할 수 없는 일이긴 했다. 마영령은 고개를 작게 흔들었다. 애써 이해할 필요는 없었다. 그들은 적(敵)이었고 싸워 이기면 그뿐이었다.

"흠……."

짧은 헛기침 소리와 함께 마 대인은 상체를 세웠다. 무정도 고개를 들었다.

"이번 공격은 거의 총공격이 될 것이네. 작전 지휘도 섬서도 지휘사가 직접 진두 지휘한다."

"위민왕(爲民王)이 직접 나선다는 말씀이십니까?"

뜻밖의 상황에 무정은 반문했다. 현재 섬서위(衛)의 수장은 당금 황제인 영종(英宗)의 첩실 중 둘째 경인비(敬仁妃)의 소생이다.

무재라기보다는 문재에 더 가깝다는 소문을 증명이라도 하듯 단 한 번도 전장에 나온 적이 없었다. 하나 그것도 좋게 말해서 그런 것이지 사실 무예라는 것은 거의 모르고 그저 기분 위주의 삶을 살아가는 그런 사람이었다.

그런데 그가 직접 출정을 한다니, 무정이 생각했던 용현천호소의 전 병력만으로 하는 총공격이 아니었다. 주변의 위(衛), 소(所)의 병력 모두가 참여하는 상당한 전면전일 것이다.

"이번 전투에는 이곳 용현천호소의 아홉 개 백호소 병력과 섬서의 연중(連中) 천호소의 다섯 개 백호소가 나설 것이라고 하더군."

"……."

무정은 왠지 기이한 느낌이 머리에서 울리는 것을 느꼈다. 다른 위의 병력을 다 합쳐도 될까 말까 한 공격이었다.

보통 백호소 하나의 병력이 약 백십 명. 총 천오백 명 정도의 병력인데 우랑하 족은 정예 기병만 일천이고 보병이 약 삼천, 총 부족민 수가 오천이 넘는 대부족이다. 허투루 보았다면 벌써 전쟁은 끝났을 것이다.

한데 단 천오백 정도의 병력으로 그들을 정벌한다? 그것도 전투력도 상당한 부족을? 말이 안 된다. 더구나 섬서의 연중천호소는 실전 경험이 거의 없는 양민이나 다름없었다. 이건 자살 행위였다. 그의 뇌리에 퍼뜩 한 가지 생각이 들었다.

"위장입니까?"

마 대인은 조용히 고개를 끄덕였다. 그리고는 침중한 안색으로 입을 열었다.

"네 휘하의 낭인대는 전투가 시작되기 전 적지로 스며든다."

결국 이것이 진짜였다. 목표는 요인(要人) 암살. 아마도 야달목차의 제거일 것이다.

"야달목차를 제거하는 것, 그것이 이번 작전의 목적이다."

"……."

무정은 말없이 낯빛을 굳혔다. 길게 내려온 머리칼 사이로 서늘한 눈빛이 흐르더니 굳게 다문 입술이 벌어졌다.

"성공… 할 것으로 생각하십니까?"

"…아니다."

자조적인 목소리가 방을 울렸다. 마영령은 실현 불가능하다는 것을 잘 알고 있었지만 따라야 했다. 이 작전은 자신이 세운 것이 아니기 때문이었다. 그는 한 인물을 떠올렸다.

위민왕의 곁에는 책사랍시고 달라붙어 있는 인물이 있다. 멋들어진 수염에 어울리는 거만함이 하늘을 찌르는 사내. 위군성(委君聖)이라는 자였다. 이번 작전은 그의 머리에서 나왔다. 이 말도 안 되는 작전이……. 지난 주였다. 영중위의 연회에서 싸움이란 몸이 아니라 머리로 하는 것이라며 성동격서(聲東擊西) 어쩌구 하며 술자리에서 즉석으로 만든 어이없는 책략이었다.

위민왕은 취기가 한껏 올라 아예 그 자리에서 명령서를 작성했다. 마영령은 술기운에 한 작전을 설마 실전에 옮기랴 했지만 다음날 떠날 때 받은 명령서를 보고는 어처구니가 없었다.

긴급히 면담을 요청했지만 면담은 거부당했다. 국무에 지쳐 쉬어야 한다는 것이 이유였다.

마영령은 수염을 떨며 분에 못 이겨 일장에 정문의 돌사자 머리를 부수어 버리는 것밖에는 할 수 없었다.

무정은 일의 전후 사정을 짐작했다. 그는 위민왕을 기억했다. 한 번인가 본 사람으로 그다지 나이가 많지 않은 사람이었다. 그리고 그 옆의 책사도 기억했다.

사실 이제껏 그 책사는 어이없는 작전을 많이 세웠지만 마 대인이 그 모든 것에 방패막이가 되어주었다. 그리고 그것이 지금 이 작은 감숙의 용현천호소를 그 어떤 소보다도 높은 순위에 올려놓게 한 이유였다.

마영령은 탁자에 손을 짚으며 상체를 앞으로 숙였다. 그리고 오늘 무정을 부른 진짜 이유를 말했다.

"정아, 명심해라. 만일 일이 조금이라도 여의치 않으면 당장 빠져나오도록 해라. 알겠느냐?"

"…예, 대인."

대답을 들으면서도 마 대인은 속이 탔다. 명령이기에 그들은 가야 한다. 그러나 못 돌아올 수 있는 확률이 너무나 높았다.

무정도 그것을 알고 있으리라. 그렇기에 사실상 명령을 기만하라는 말까지 한 것이다.

마 대인의 눈빛이 따뜻해졌다. 무정은 부하이기 이전에 아들과 같은 존재였다.

군령만 아니면 무슨 일이 있어도 그런 사지에는 보내지 않을 것이다. 그는 인상을 풀고 따스한 음성으로 말했다.

"그래, 글공부는 잘 되어가느냐?"

무정은 쓴웃음을 지었다. 한 명의 살귀로 만들기 싫었던 마 대인의 의도임을 잘 알기에 그래서 그는 지금껏 자신의 본 실력을 숨기고 있었다. 혈귀라는 호칭을 얻은 후로 그는 묵빛 기류를 사용하는 무공은 실전에 사용치 않았고 또 그래도 충분했었다. 다만 어쩔 수 없을 때만 조금씩 사용했다. 그렇다고 무정이 아예 무공 수련을 등한시한 것은 아니었다.

오히려 묵빛 기류를 이용한 수련은 거의 매일 해왔다. 다만 수련만 했을 뿐 거의 사용을 안 하고 있을 뿐이었다.

"그럭저럭 읽을 만합니다."

무정의 대답에 마 대인은 고개를 끄떡였다. 아무래도 글을 계속 접하면 심성이 올바로 잡힐 것이라 생각했는지 그의 입가에 흐뭇한 미소가 그려졌다.

"그런데… 부탁이 있다 했느냐?"

무정은 손을 들어 머리칼을 쓸어 올렸다. 거구에 어울리지 않는 부드러운 인상의 젊은 얼굴이 한쪽의 검상과 함께 드러났다. 그는 주저하다가 말문을 열었다.

"이번 일이 끝나면… 군을… 떠나고 싶습니다……."

막 찻잔을 입에 대던 마영령의 동작이 멈추었다. 그는 찻잔을 내려놓았다. 언젠가 듣게 될 말이었지만 막상 듣고 나니 가슴이 떨려왔다.

"이유가 무엇이더냐?"

무정은 눈을 감았다. 이유? 이유라……. 이유는 없었다. 가족과 상현촌 사람들의 원한? 굳이 갖다 붙이자면 갚았다고도 할 수 있다.

마 대인의 대우도 좋았다. 일반 병사들의 평판도 그리 나쁘지 않았고 생활하는 데도 아쉬움이 없었다. 오히려 돈도 조금 벌었다.

그래도 뭔가 부족했다. 무정은 생각할수록 모호해졌다. 이유? 그런 것은 없었다.

"없습니다."

조용하지만 나직하게 힘있는 목소리가 마 대인의 귀를 울렸다. 마 대인은 그 소리의 여운을 곱씹었다.

사춘기 소년의 투정도, 세상을 향한 염세(厭世)적인 어투도, 악의(惡意)가 깃든 느낌도 없었다. 그런데 마 대인은 이 여운이 굉장이 낯익게 느껴졌다. 그는 기억을 더듬었다.

자신, 마 대인 자신의 소리였다. 아주 오래전에 있었던 자신의 목소리였다. 사천성(四川省) 서창(西昌)에 있는 마가장(瑪家莊)을 나와 군문에 투신할 때 자신이 느꼈고 부모님께 말했던 것, 바로 그것이었다. 마 대인은 다시 찻잔을 들었다. 그의 입가엔 잔잔한 미소가 어렸다.

접객청을 나와 무정은 일행이 있는 내원으로 향했다. 이미 술시가 넘은 시간. 짙은 어둠 사이로 풀벌레의 노랫소리가 흘러나왔다. 무정은 잠시 고개를 주억거렸다. 어쩌면 마 대인이 화를 낼지도 모른다고 생각했다.

자신조차도 이해가 안 되는 말이었기에 누구도 이해할 수 없다고 생각했다. 그런데 마 대인은 조용히 웃더니 고개를 끄떡였다. 그리곤 말했다.

"허허… 알겠다. 네 뜻대로 하려무나."

허탈함도 아니고 분노도 아니었다. 오히려 기분 좋은 목소리였다.

무정은 고개를 흔들었다. 모를 일이다. 그게 연륜(年輪)이라는 것인가? 어느새 무정은 내당 앞에 서 있었다. 아무런 망설임 없이 노르스름한 유등의 불빛이 새어 나오는 문틈으로 손을 비집어 넣어 문을 열었다.

*　　　*　　　*

"니미, 쓰벌! 지금 그걸 말이라고 하쇼!"

"말 조심해라, 상귀! 대장에게 그 무슨 말버릇이야?"

"패도, 이 씹새야! 죽으러 기를 쓰고 가자는데 무슨 얼어 죽을 대장이야, 대장은! 니기미……!"

상귀 주서평(注敍平)은 악을 버럭버럭 쓰며 화살을 패도에게 돌렸다. 패도는 침중한 안색으로 상귀를 노려보았다.

그러나 상귀를 탓할 수만은 없었다. 어쩌면 일행의 마음은 그와 같을 것이다. 그것은 굳어져 있는 낭인대원의 안색을 보면 알 수 있었다.

심지어 매사에 흐릿한 광검까지도 낯빛을 굳히고 있었다.

예상한 일이다. 멀쩡한 정신으로 죽으러 가자는데 그 누가 뭐라 안 하겠는가? 하지만 문제는 어쩔 수 없이 해야만 한다는 점에 있었다. 무정은 눈을 돌려 반뇌에게 물었다.

"반뇌, 이 작전을 어떻게 생각하나?"

항상 웃는 얼굴을 하고 있던 반뇌도 굳은 낯빛을 굳이 감추려 하지 않았다.

위에서 지껄이는 자들과는 달리 그들은 목숨을 걸어야 했다. 비록 상관 앞이지만 그 정도의 권리는 있다고 생각했다.

"가면 죽습니다. 지형도, 숫자도, 전술도 모든 것이 불리합니다. 아니, 불가능합니다."

청년의 입에선 너무도 비관적인 관측이 나왔다. 반뇌 우세중, 실없어 보이는 청년이지만 그의 머리는 항상 무서울 정도로 회전이 빨랐다.

실제로 그의 머리에서 나온 생각은 일행의 어려움을 수도 없이 타개할 수 있게 했다. 이에 일행은 그에게 말은 안 해도 책사 대접을 해주고 있었다.

그런 그가, 가슴에 검상을 맞고 들것에 실려 오면서도 멍하게 웃어 반뇌라는 별호를 지니게 된 그가 지금 낯빛을 굳히고 있는 것이다.

"흐미, 반뇌 성님, 그래도 마 천호께서 시늉만 하고 나오면 된다고 그러잖았습니까?"

하귀 여문탁(呂聞倬)이 작은 눈을 빛내며 물어왔다. 반뇌는 숨을 들이켰다. 자신이 생각한 바가 제발 틀리길 바라며 말하기 시작했다.

"하귀 너는 우리가 어떻게 소뢰음사 중들이 우량하에 있다는 것을 알았다고 생각하나?"

"그거야 간자(間者)가 알려준 것 아니오!"

"그럼 우량하에는 간자가 없을까?"

"……."

"아니, 우량하 족은 간자가 아니라도 알 수 있을 것이네. 출정일과 출정 병력을, 그리고 우리들의 임무도."

고죽노인은 생각했다. 모를 수가 없을 것이다. 어떤 비밀도 새어 나가는 법이다.

하물며 그것도 연회에서 나온 말도 안 되는 술주정 같은 명령서는 호사가들의 입방아에 두고두고 올라갈 것이다.

"게다가 군사 천오백이 몰려온다면 네가 우량하의 야달목차라면 어떻게 하겠나?"

"얼씨구나 하고 싹 죽이면 되는 것 아뇨?"

하귀는 머리를 긁으며 말했다. 반뇌는 한숨을 내쉬었다.

"아마도 의심을 하겠지. 여태껏 그들이 유리한 점을 다 버리고 오기에……."

대답은 비연이 했고 그 말에 광검이 고개를 끄떡였다. 사실 그동안 유리했던 것은 무공도 숫자도 아니었다. 책략이 모두 수세(守勢)에 있었기 때문이다.

용현위의 군졸 수도 그들보다 적은데도 불구하고 효과적으로 막을 수 있었던 것은 낭인대도 있었지만 무엇보다도 수세를 위한 준비를 많이 했기 때문이다.

그러나 공세는 달랐다. 통상 두 배 이상의 병력이 필요했다. 만일 산성이라도 함락시킬라치면 거의 다섯 배 이상의 병력이 필요한 것이 상식이다.

반뇌도 그런 광검의 생각을 읽은 듯했다. 그가 작게 고개를 끄떡였다.

“의심을 한다면 결과는 한 가지입니다. 적의 본진을 칠 병력이 따로 온다는 말이 되겠죠. 더구나 항상 선봉에 서던 저희가 안 보인다면 말입니다.”

“쓰벌, 그러니까 니미 그냥 나오자는 거잖아! 땅만 밟고 나오자고!”

반뇌의 말에 상귀가 다시 발작했지만 반뇌는 한숨만 내쉴 뿐이었다. 그게 그리 쉬운 일이 아니었다.

“사냥을 할 때는…….”

굵직한 저음의 목소리가 구석에서 울렸다. 패도였다.

“퇴로를 막고 하는 것이 기본이다.”

“……!”

패도의 말에 상귀는 이를 악물었다.

모르는 게 아니다. 비록 용병이지만 그래도 군이다. 더군다나 대장이 간다. 그럼 아마 모두 갈 것이다. 꽁무니를 빼긴 정말 싫었기에 애써 부인하고 싶은 것이 상귀의 솔직한 마음이었다.

고죽노인은 그런 상귀를 바라보았다. 저놈의 마음을 알 것 같았지만 본인도 답답할 뿐이었다. 그는 반뇌를 바라보았다.

“방법이 없겠나, 우 공자?”

“…….”

고죽노인의 담담한 말에 반뇌는 고개를 숙였다. 그는 정말 이 순간만큼은 아무것도 생각할 수 없었다. 육도삼략에도, 손자병법에도, 그 어느 것에도 이런 경우의 해답은 없었다.

어색한 침묵만이 흘렀다.

“모두 들어라!”

무정은 고개를 들고 허리를 폈다. 결론을 내려야만 했다.

"낭인대 대장으로서 말한다! 빠지고 싶은 사람은 빠져도 좋다!"

조용한 침묵이 방 안을 휘돌았다. 모두 말이 없었다.

자신들은 낭인이었다. 돈을 받고 싸우는 사람들. 일반 군졸들처럼 얽매인 입장이 아니었다. 싸우기 싫으면 그냥 떠나면 그만이었고 실제로 많은 사람들이 그렇게 떠났다.

그렇지만 그들은 갈 수 없었다. 지금 눈앞에 떡하니 앉아 있는 저 인간, 무정이라는 이름을 갖고 있는 저 인간.

그들은 알고 있었다. 이 사람, 우리 대장은 혼자라도 갈 인간임을……. 결국 침묵은 깨졌다. 방구석 한쪽의 묵직한 음성 때문에.

"난 간다."

패도 구서력의 음성이 울려 퍼졌다. 그리고 그게 시작이었다. 비연 화수련이 뒤를 이었다.

"저도 가겠어요."

"헐헐, 어차피 살 날도 얼마 남지 않았는데 무슨 미련이 있겠나? 나도 가겠네."

"훗, 말은 없어도 제가 책사 아닙니까? 저도 가야죠."

"에이, 잔정이 있지, 지도 갈랍니다. 성님은 우짤라요?"

고죽노인과 반뇌, 우세중, 하귀 여문탁이 뒤를 이었다. 상귀 주서평도 인상을 있는 대로 쓰더니 결국 악을 써댔다.

"니미 쓰벌, 쓥새들! 아, 눈물 나오게 하네! 가자, 가! 시펄, 가! 가면 될 것 아냐? 지미럴!"

상귀는 독하게 한마디 뱉고는 뒤를 돌아보았다. 거기엔 멍한 눈을 가진 광검이 권태로운 표정으로 비스듬히 벽에 기대어 서 있었다.

“야, 씹새, 동태 눈깔! 넌 어쩔 건데?”

일행은 광검을 보았다. 광검은 부스스 벽에서 등을 뗐다. 그리고는 무정을 향해 말했다.

“조건이 있소.”

“…….”

“지금 나와 비무 한번 해주면 가리다.”

조금은 어이없는 대답에 모두 고개를 갸웃했다. 미치긴 해도 이 정도일 줄이야…….

며칠 후면 죽을 힘 살 힘 다 써야 되는데 비무를 신청하다니……. 일행은 대장에게 말하고 싶었다. 거절하라고. 그러나 무정은 간단하게 대답했다.

“나와라.”

말과 함께 무정은 내원 앞뜰로 나갔다. 광검도 자신의 검을 챙겨 따라 나갔다.

“쓰벌, 둘 다 미쳤어. 정신 나간 쉐이들이야. 내가 미쳤지, 저 쉐이들을 따라간다니……. 카아악, 퉤! 야, 패도 씹새야, 밖에 뱉었다. 쓰벌, 오늘은 긁지 마라, 지발.”

상귀는 문을 열고 침을 뱉으며 말했다. 그의 신형도 밖으로 나섰다.

뒤따라오던 패도에게는 그의 말이 들리지 않았다. 이미 투기를 내뿜고 있는 두 사람에게 시선이 고정되었기 때문이다.

3

약 이 장여 정도의 거리를 두고 광검과 무정은 바로 섰다. 광검은 천천히 검집에서 검을 뺐다.

'젠장, 확실히 더 커졌다. 얼굴이 따금거릴 정도라니······.'

광검은 눈앞의 인물이 쏟는 기운에 가슴이 눌리는 느낌을 받았다. 오 년 전까지만 해도 이 정도는 아니었다.

확실히 오늘 라마는 거의 몸 풀기밖에 안 된 것이 분명했다.

무정은 초우를 들어 도끝을 땅에 살짝 닿도록 늘어뜨렸다. 언제 어디서든지 이 자세가 적을 맞이하기 제일 좋았다.

무정의 눈에 광검의 몸 주위로 옅은 수증기 같은 기운이 넘실대는 것이 느껴졌다. 자신이 갖고 있는 기운과는 또 다른 것이었다

이윽고 광검의 눈에서 흐리멍텅한 기운이 사라지고 정광이 어리기 시작하자 그와 함께 그의 옷자락이 조금씩 부풀어 올랐다.

'저것이 강호에서 말하는 무공이란 것인가?

무정은 강호의 무공과 그 궤를 달리한다. 내공이란 것도 몰랐다.

다만 오 년 전부터 조원으로 맞은 낭인들로부터 내공이라는 것을 알았고 어렴풋이나마 자신도 내공 비슷한 것을 갖고 있다는 걸 자각했다.

자신의 힘은 의도적으로 나오는 것이 아니었다. 그저 전투에 들어가면 자연스럽게 자신도 모르게 몸에서 나오는 것이었다. 비록 지금껏 최대한도로 억누르며 진정시키고는 있지만.

스슷.

갑작스럽게 광검의 신형이 지면을 미끄러진다. 무정이 보이게 좌측으로 일 보 정도 움직이고 있는데 신형 뒤쪽으로 하중을 받치는 왼발목이 특이하다. 무정을 향해 있는 것이 아니라 정(丁) 자로 꺾여 있

었다.

속도를 중시하는 검격이 일반적인 것으로 볼 때 좀처럼 볼 수 없는 특이한 자세였다. 저런 방어 자세로는 속도가 나질 않기 때문이었다.

"……."

무정도 아무 말 없이 오른쪽으로 신형을 움직였다. 속임수일 가능성도 있지만 광검은 그런 잔재주를 부리는 자가 아니다. 나름대로 생각한 수가 있기에 저럴 것이다. 그때였다.

"차앗!"

남궁추의 검이 천돌혈 근처를 겨냥하고 날아들었다. 교묘하게 흔들리는 그의 검끝이 정확히 어딜 조준하는지도 모르게 흔들리며 빠르게 다가오자 무정의 눈에 이채가 서렸다.

생각보다 어설픈 공격이었다. 무정은 초우의 자루 끝에 오른손을 대고 길게 죽 뻗었다.

칠 척 이십 촌의 참마도가 뻗었다. 둘 사이의 간격을 좁히기도 전에 초우는 광검의 몸 앞에 있었다. 사정 거리에서 너무 차이가 났다.

순간 광검은 앞발을 들었다가 힘차게 땅을 구르며 검을 쥔 오른손을 흔들었다.

"……!"

무정의 눈이 살짝 커졌다. 한순간 광검의 신형이 흔들리는 듯하더니 순식간에 무정의 앞으로 폭사되었다. 광검의 얼굴에 득의의 웃음이 살짝 걸렸다. 상당한 속도였다.

여전히 왼발은 수세 그대로였다. 한 족장 이상 나가고 난 후에 왼발 뒤축을 축으로 발목을 비틀어 양발을 일 자로 만들고 발끝에 힘을 주어 퉁기듯 신형이 앞으로 나온 것이다.

그렇게 움직이자 광검의 신형이 모로 세워져 다가오기 시작했고 때를 같이해 광검의 오른손이 죽 나갔다.

타타타타타타탕!

순식간에 광검의 검이 초우의 넓은 검면을 연타하며 자신의 몸 바깥쪽으로 밀어냈다. 남궁추는 발끝에 다시 힘을 가했다.

파박!

땅을 차는 소리와 함께 간격이 순식간에 좁혀지며 드디어 검의 사정권 안으로 무정이 들어왔다.

남궁가의 비기(秘技) 쾌섬보(快閃步)가 펼쳐진 것이다. 무정은 아차 싶었다. 광검의 무공이 상당히 진보한 것이 역력했다.

거기다가 지금 남궁추는 정말 최선을 다하고 있었다.

이유는 단 한 가지. 낭인대주 무정은 광검의 입장에서 절대로 경시할 수가 없는 자였기 때문이다.

상대는 이십 년 이상을 이 지옥 같은 전장에서 살아남은 사람이다. 장기전으로 간다면 무슨 수를 쓸 게 분명했기에 선공은 필수였다.

그의 손에 힘이 배가되며 힘껏 내밀어지자 무정은 이를 악물었다. 모든 생각을 떨쳐 버린 채 광검의 움직임에 집중했다. 그러자 그의 몸 안에서 그동안 억누르고 있던 알 수 없는 힘이 구름처럼 피어올랐다.

광검은 눈을 의심했다. 무정의 신형이 자신의 검끝에 붙은 것처럼 보였다. 자신은 분명 검을 내지르고 있었다. 그것도 자신이 낼 수 있는 가장 빠른 속도로.

한데 무정의 신형이 뒤로 물러서고 있었다. 그와 함께 왼쪽 뒷덜미에서 섬뜩한 예기가 느껴졌다. 무정이 밀려나는 도를 신형을 뒤로 날리면서 오른손으로 당겨 초우를 잡아챈 것이다.

남궁추는 재빨리 고개를 숙였다.

후웅~

묵직한 도라고는 믿기지 않을 속도로 지나가면서 남궁추의 머리카락 몇 올을 공중으로 날리자 남궁추의 눈이 반짝였다. 그는 그대로 사타구니가 땅에 닿도록 다리를 벌리며 주저앉았다. 그리고는 검을 든 오른손을 몸 앞으로 당겼다가 다시 힘껏 내밀었다.

그의 검에는 푸른색의 옅은 기운이 넘실대고 있었다.

"거, 검기?"

패도의 눈이 커졌다. 대장이야 그렇다 치고 남궁추까지 검기를 쓸 줄은 몰랐다. 가슴이 뛰는 것을 느끼며 지켜보던 그의 손에 힘이 들어가기 시작했다.

무정은 흠칫했다. 공격이 여기서 끝나지는 않을 것이라고 생각했지만 그래도 이런 동작은 의외였다. 철처히 준비한 것이 틀림없었다.

그래서인지 동작이 조금 늦어지자 왼쪽 옆구리 부근으로 예기가 느껴졌다. 무정은 물러나기에는 이미 늦었다고 판단되자 오른발을 뒤가 아닌 앞으로 크게 디디며 허리를 힘껏 돌렸다.

팟!

간발의 차이로 옅은 혈흔이 옆구리에서 튕기듯 나왔다. 흘깃 본 무정의 눈에 앉아 있는 광검의 뒤로 쭉 뻗은 채로 검결지를 맺은 왼팔이 보였다. 그는 몸의 중심을 잡자마자 왼발을 몸 쪽으로 끌어당기며 오른발을 들어 그대로 돌려 찼다.

"헛!"

쉬잉~

광검이 헛바람을 들이키며 자신의 오른편으로 튕기듯이 굴렀다.

뇌려타곤이지만 그는 부끄럽지 않았다. 그것은 지켜보는 사람도 마찬가지였는데 춤처럼 멋들어지게 보이기 위해 배우는 무공이 아니었다. 더구나 지금 광검 앞에서 거리가 벌어지자 참마도를 치켜 올리는 인간은 맹세컨대 상식이 안 통하는 인간이었다.

무정은 도를 들었다. 여유있는 상대는 아니다. 광검은 전장에서 부딪친 그 어떤 사람보다 강했기에 그는 힘을 끌어올렸다. 초우의 도신에 묵빛 아지랑이가 피어올랐다.

"……!"

광검은 긴장했다. 드디어 저 묵기가 나왔다. 이를 악물며 자신의 검에 내력을 모두 실어내자 그의 검에서 더욱 진한 푸른빛이 이 촌 이상 검끝으로 흘러나왔다.

이윽고 무정의 도가 육중한 그의 몸무게를 싣고 내려쳐졌다. 무정의 신형이 보여주는 크기로 봐서 도저히 저 몸에서 나오는 속도라고는 볼 수 없는 빠르기였다.

쩌쩌저저정!

"우욱!"

지축을 울리는 소리와 동시에 광검의 잇새로 신음이 비집고 흘러나왔다. 두 팔이 떨어질 듯이 흔들렸다. 분명 공격은 한 번이었는데 타격은 수 번이나 지속되었다. 뿐만 아니라 그 타격에 가슴도 뒤흔들리고 있었다. 광검의 신형이 뒤쪽으로 일 장 이상 미끄러져 나갔다.

"…꿀꺽!"

목까지 차올라 온 기혈을 울대를 크게 놀리며 그대로 삼켰다. 울렁거리는 속을 진정시키고 신형을 추스린 광검은 무정을 찾았다. 한데 없었다.

그가 보이지 않자 광검은 빠르게 좌우로 눈을 돌리며 다시 뒤로 물러났다. 좌우에도 없었다. 섬뜩한 느낌과 함께 그의 고개가 들렸다.

"헛!"

거대한 검은 그림자가 자신을 덮치고 있었다. 묵빛 아지랑이가 맺혀 있는 도가 그의 이마에서 이 척 남짓한 거리를 두고 떨어지고 있었기에 피할 시간 따윈 없었다. 광검은 아직 기가 맺혀 있는 그의 검을 들어 비스듬히 부딪쳤다.

카가각!

귀를 거슬리는 소리와 함께 무정이 휘두른 초우의 진행 방향이 비스듬히 꺾였다. 광검은 또 한 번 가슴이 연타당한 듯 울렁거림을 느끼며 자신의 오른쪽으로 원호를 그리며 오른손을 휘둘렀다.

눈을 치켜뜨며 정신을 추스르자 현 상황이 순간적으로 일목요연하게 그려졌다.

이 싸움, 어쩌면 이 한 수로 이길 수 있다는 생각이 들었다. 광검은 회심의 미소를 지었다.

무정의 도는 저만치 튕겨져 있었고 다시 잡아 휘두를 시간이면 자신의 검이 빨랐다. 하나 광검은 미소를 지워야만 했다. 어느 틈에 그의 얼굴 한 치 앞에 검은 그림자가 다가와 있었다. 무정의 오른손에 끼워져 있는 묵빛 수투였다.

"……."

무정은 광검을 바라보았다. 떨리는 다리를 추스르며 이를 악물고 무정의 주먹만 바라보고 있었다. 무정의 주먹은 광검의 얼굴 한 치 앞에서 우뚝 서 있었고 왼손에는 초우가 굳건하게 잡혀 있는 채로 그 위에 광검의 검이 포개어져 있었다. 무정은 자세를 고쳐 잡았다. 비무는 끝났다.

아마 광검은 초우를 흘려내면 무정의 신형이 비틀거릴 것이라 생각한 것 같았다. 하긴 맞부딪칠 줄 알았는데 그대로 그 힘을 흘려 버린다면 당연히 무정의 신형은 비틀거렸을 것이다. 그리고 그 순간 광검의 검이 날아와 그의 승리로 끝났을 것이 자명하다.

그러나 무정은 광검의 동작을 읽었다. 검날을 비스듬히 숙이고 무정의 초우를 흘려 보내려는 동작을 한순간에 본 것인데 모든 것은 광검이 무정의 묵기를 너무 의식해서 생긴 일이었다. 그 힘을 와해시키기 위해 몸이 너무나 긴장했기에 한순간에 동작이 읽혀 버린 것이다.

그렇다고 해도 공중에서 한순간에 몸을 바꾸어 움직이는 무정의 균형 감각은 정말 놀라웠다. 광검은 그 순간을 다시 기억하며 그대로 서 있었다.

"삼 일 후 자시 경에 출발한다. 그때까지 준비하도록."

저음의 중후한 목소리가 광검의 귀에 천둥 치듯 들려오는데도 광검은 말이 없었다. 무정은 옆구리의 상처를 흘깃 보았다.

대수롭지 않게 여겼는데 피가 꽤 흐르고 있었다. 흉터야 온몸에 수백 개 이상 있으니 새로울 것도 없었다. 하지만 분명히 광검의 검은 닿지 않았다.

그 검이 머금은 기운이 스쳐 지나간 것만으로도 이 정도의 상처가 났다. 그는 광검의 검을 힐끔 보았다. 어디서나 볼 수 있는 싸구려 청강검. 하나 자신의 도는 저 검과는 달랐다. 대장장이 목 노야가 만든 보도 수준이었다.

웬만한 검은 그냥 부딪치면 박살이 나버렸다. 그러나 광검의 검은 그 검신에서 흐르는 기 때문에 무사한 듯했다.

무정은 다시 시선을 거두고 조용히 걷기 시작했다. 성큼성큼 걸어가는 그의 뒷모습은 곧 어둠에 묻혀 사라졌다.

광검은 허무했다. 나름대로 준비를 많이 했다. 대장의 무공 특성도, 그의 투로도 확인했다.

아니, 일정한 투로는 없었지만 그래도 단 한 가지 확실한 것은 반드시 대장은 선공을 한다는 것이었다.

그는 그 점을 노렸다. 일초식 후 연환 반격. 그것이 그의 생각이었고 일부러 어설픈 공격으로 대장의 공격을 유도했다.

그것은 어느 정도 성공이었다. 아까 자신이 했던 동작에는 제병섬격(劐兵閃擊)이라는 초식 이름도 붙였다.

"후우우우우우……!"

긴 한숨이 그의 입에서 흘러나왔다. 대장의 내력은 정말 알 수 없었다.

검 전체를 두드리는 불규칙한 타격, 그리고 그 묵기. 결과적으로 가슴을 진탕시킨 권력 이상의 힘은 예의 그 이상한 힘이었다.

"확실히 대단한 인물이야, 우리 대장이란 인간은. 아하하핫!"

공허한 웃음소리와 함께 광검은 신형을 돌렸다. 찰나간의 비무였지만 내력 소모가 상당했다.

삼 일 후 출발이니 부지런히 몸을 만들어야 했다. 그의 신형도 어둠에 묻혔다.

"카악, 퉤! 니미, 저 쇄이, 인제 미쳤구만, 미쳤어!"

좌우로 번갈아 가래침을 뱉으며 상귀가 이죽거렸다. 한 방 맞을 것 같을 때는 얼굴이 노래져서 다리까지 떨더니 한숨을 푹푹 쉬지를 않나, 그리곤 뭐가 좋은지 하하대지를 않나……. 상귀는 고개를 흔들었다.

"앗따, 성님, 광검 아니오, 광검! 성님은 그것도 모른다요?"

"에이, 씹새. 누가 몰라 그래? 쓰벌, 너 잘났다 그래, 이 씹새야!"

하귀의 대꾸에 한소리 툭 내뱉고는 상귀는 어둠 속으로 사라졌다. 하귀는 그런 상귀를 쪼르르 좇아갔다.

나머지 일행은 얼굴이 굳은 채로 한동안 그 자리에 서 있었다. 반 각도 안 되는 비무였지만 그 여파는 오래갔다. 그들은 오늘 무정의 또 다른 모습을 보았던 것이다. 비록 자신들의 대장이기는 하지만 이젠 두렵기까지 했다.

"저는 이만 들어가요."

비연 화수련이 작은 입으로 꾀꼬리처럼 말하고는 신형을 돌렸다. 그것을 시작으로 하나둘씩 사라졌다. 반뇌 우세중만이 숙소가 아닌 다른 곳으로 가고 있었다.

패도 구서력은 계속 서 있었다. 그의 머리 속에는 대장이 보여주었던 움직임이 계속 그려지고 있었다. 부드러우면서도 빠른, 그러나 결코 약하지 않은……. 패도는 그렇게 한참을 더 서 있었다.

제4장

함정 속에서

함정 속에서 1

용현에서도 칠십여 리 정도 떨어진 이곳은 야트막한 언덕이 눈앞에 길게 펼쳐져 있었다.

한낮의 초원은 숨 막히게 뜨거웠다. 오월이라는 것을 믿지 못할 정도로 흐르는 땀은 초원의 변죽스런 날씨를 증명하고 있었다.

이글거리는 땅 위의 아지랑이를 보면서 무정은 시간을 가늠했다. 대략 유시 초반 정도로 보였는데 아군이 공격하기로 한 시간은 유시 중반 이후. 자신들은 그 시간이 지나면 바로 잠입해야 했다. 이름 모를 언덕 사이로 멀리 우량하 족 병사가 서성이는 것이 보였다.

"잠시 후면 돌력한다. 준비하도록."

작지만 모두에게 들릴 만한 목소리로 무정이 말했다. 일행은 잠시 대장을 바라보곤 다시 전방을 보며 경계했다 .딱 한 사람만 빼고는.

"허참, 이것 보시게, 무 대장. 저기까지 걸어간단 말인가? 그러게 우리가 탄 말은 왜 멀리 놓고 온 것인가? 정말 답답해서 원!"

적진임에도 불구하고 톤이 높은 목소리가 흘러나왔다.

번쩍거리는 갑주를 입고 패검을 찬, 얼굴이 뽀얀 이십 대의 청년이었다. 청년의 이름은 위진천(종晋天). 위군성의 조카로서 백호장의 위치에 있는 자였다.

숙부의 후광으로 그 자리에 오른 그는 철부지 기질을 그대로 보여주는 단편적인 예로 자랑스럽게 위민왕의 면전에 대고 무훈을 쌓겠노라면서 이번 작전에 참여, 결국 특공의 임무를 띤 무정 일행의 감시역으로 왔다. 안 된다며 방방 뛰는 위군성을 뒤로하고.

"니미! 야, 이 씹새야! 가! 가서 아예 대놓고 지껄여라, 이 씹새야! 니네 대장 목 따러 왔다고! 니미럴!"

낮고 작지만 그르렁거리는 소리가 인상을 일그러뜨린 상귀의 입에서 흘러나오자 위진천은 자신의 실태를 깨닫고 얼굴을 붉혔다. 그러나 일개 낭인이 백호장인 자신에게 하대를 하자 눈썹을 파르르 떨었다.

"얼라? 성님, 이놈이 아직 정신 못 차리는 것 같은데… 대장, 공연한 일 생기기 전에 이놈 목부터 따죠?"

질세라 하귀가 눈을 좁히며 노려보자 위진천은 살그머니 고개를 숙였다. 생긴 것은 둘 다 영 부랑자인데 창술만큼은 상당한 실력임을 아주 잘 알기 때문이었다.

위진천이 그들을 본 것은 오늘 아침이다. 그는 출발하기 직전의 낭인대를 붙잡았다. 위진천이 볼 땐 한마디로 가관이었다.

대장 무정이야 혈귀라고 불리는 인간이기에 그렇다 치지만 거지 새끼 둘에 곰방대를 문 노인, 흐리멍텅한 눈의 청년과 빙글빙글 웃고 있는 놈, 태산 같은 큰 덩치에 엄청난 도를 지닌 놈, 게다가 눈에 번쩍 띄는 외모였지만 닭 한 마리 잡을 힘도 없어 보이는 계집도 있었다. 위진천은 혀를 끌끌 찼다.

"쯧쯧, 이런 쓰레기들이 낭인대라고? 아주 생긴 대로 노는구만?"

순식간에 주위는 얼어붙었고 무정조차 숨소리가 거칠어졌다. 그러나 옆의 마 대인이 있기에 가까스로 눌러 참았다.

마 대인은 굳은 안색으로 위진천을 소개했다. 자신들과 같이 갈 사람이라고. 감시자가 붙을 것은 짐작하고 있었다. 다만 저 정도의 인간일 줄은 몰랐다. 마 대인은 할 말을 마치고 게눈 감추듯 사라졌다.

무정은 바로 출발하기를 원했다. 그러나 위진천은 부득 할 말이 있다며 나섰다.

요는 자신보다 무공이 떨어지는 자는 출정이고 뭐고 바로 돌아가라는 것이었고 자신은 군문의 정통 창술을 익혔다며 시전하려 했다. 일행은 대장의 무공이 군문의 무공에서 나왔기에 일말의 호기심을 가지고 지켜봤다.

"합!"

낭랑한 소리와 함께 위진천이 시전한 것은 이화창(梨花槍)이었다. 이화창은 양가창법이라고도 불리우는데 대성하면 배꽃이 수많은 변화를 내며 헤아릴 수 없을 정도로 나온다고 했다. 그러나 위진천의 이화창은 좀 달랐다

아니, 많이 달랐다. 어깨에 잔뜩 힘이 들어간 채 뻣뻣하게 선 자세에서 팔만 왔다 갔다 했다. 그나마 그것도 전방에만 집중되어 있었고 창

날도 날은 잘 섰지만 너무 얇아서 검질 한 번이면 그대로 부서져 나갈 것 같았다.

게다가 그나마 배운 것도 별로 없는지 달랑 여섯 초식만 반복하고 있자 일행의 눈썹이 곤추서기 시작했다. 특히 장창을 쓰는 상귀와 하귀는 바로 반응을 보였다.

"니미, 이런 쓥새가 뒈질라고 환장했나? 할 짓이 없으면 저잣거리에서 노름질이나 할 것이지 감히 내 앞에서 쓰벌 같은 창질을 해!"

"성님, 이 쉐이 눈알을 확 뽑아버리죠?"

말과 함께 상귀와 하귀가 창을 꼬나 쥐고 달려나갔다. 상귀와 하귀의 무공은 어느 이름 모를 노인에게 일 년간 사사받은 것으로 타고난 운동 신경과 끈기로 상당한 성취가 있었다

특히 이들이 펼치는 자칭 상하합격구격술(上下合擊口擊術)은 이름은 좀 그래도 강호의 일류고수라도 어렵다고 생각될 정도였다.

딱 일 초였다. 하귀가 장창을 찌르며 놈의 창에 걸린 수실을 걸어 죄고 상귀가 창신으로 그대로 머리통을 날리는 데는.

빡!

"아악!"

위진천은 머리통이 깨지는 아픔을 느끼며 주저앉았다. 그리고 딱 반 각 동안 거의 죽지 않을 만큼 맞았다.

위진천은 아직도 맞은 곳이 욱신거렸다. 그는 황급히 두 불한당의 시선에서 몸을 빼더니 옆에 있는 비연을 향해 입을 열었다.

"이보시오, 화 소저. 그래도 내가 백부장……."

"입 다물고 그 번들거리는 투구나 벗어! 우리 위치를 다 보여줄 생각이 아니라면."

말을 자르고 들린 소리는 도저히 그 예쁜 입에서 나올 소리가 아니었다. 위진천은 멍하니 눈만 끔벅거렸다.

그러다 그는 슬쩍 그녀 옆에 있는 패도를 보았다. 칠 척의 거도를 잡고 있는 패도의 손이 꿈틀거리는 것 같은 순간 위진천은 잽싸게 투구를 벗었다. 안 그러면 목이 떨어지는 불상사가 생길 것만 같았다.

"아이, 쓸새가 이제야 말 좀 듣네. 니미."

"그라게 말입니다, 성님. 어딜 가도 꼭 쥐어 터져야 말 듣는 쉐이가 있기 마련이죠."

상귀와 하귀가 키득거리며 위진천을 긁었다. 상귀는 좀 더 놀려 주려고 입을 열었다가 다시 닫았다. 대장의 손이 들려졌기 때문이다.

"시간 됐다. 각자 은밀히 이동한다."

말과 함께 무정은 조용히 신형을 옮겼다. 그와 함께 모든 대원들도 얼굴을 굳히며 천천히 움직였다. 역시나 위진천은 맨 나중이었다. 그는 이리저리 둘러보다가 무정 쪽으로 다가갔다.

무정은 언덕 위에 배를 땅에 대고 누워 있었다. 일행은 최소 서로 삼 장 이상의 거리를 두고 납작 엎드려 있었다. 바로 뒤에 위진천이 헉헉거리며 다가오는 것을 빼고는 신속한 동작이었다. 무정은 언덕 아래에 길게 늘어선 파오들을 보았다.

중앙의 큰 막사 주위로 십여 장에 달하는 공간을 두고 작은 파오가 수십 개나 쳐져 있었다. 생각보다 규모가 크다고 생각한 무정은 공격 신호를 내리려다 멈칫했다. 왠지 너무 조용했다.

'최소한 오십 이상은 있을 줄 알았거늘…….'

눈앞에 보이는 병사 몇 명을 빼고는 아무도 없었다. 수도 없이 전투를 계속해 온 자신과 낭인대이다. 아무리 적은 수라고 해도 절대 무시할 수준은 아니었다. 그때였다. 반뇌 우세중이 조용히 다가왔다.

"대장, 틀림없는 함정입니다. 지금 몸을 빼야 합니다."

다급한 목소리로 반뇌는 재촉했다. 무정은 침음했다.

어차피 목숨을 내걸 필요는 없었다. 이미 마 대인으로부터 분명한 언질을 받은 후였다.

"닥쳐라! 무인이 적에게 등을 보이다니… 이런 무도한 놈을……!"

"조용!"

위진천이 패검을 꺼내면서 소리를 지르려 하자 무정은 그를 제지했다. 소리가 너무 커 들릴지 모르는 일이었지만 그러나 무정의 신경은 그쪽에 가 있지 않았다.

전면의 큰 막사 안에서 누군가 걸어나오고 있었다. 붉은색의 가사를 입은 노승과 몽고인 둘. 한 명은 경장 갑주를 걸친 자였고 또 한 명은 모자를 쓴 중년인이었다.

무정은 중년인이 머리에 쓴 모자의 양 옆으로 흰 털 뭉치가 길게 내려져 있는 것을 보았다. 육감으로 느낄 수 있었다. 아마도 그가 야달목차일 것이다.

무정의 눈이 야달목차의 눈과 마주쳤다. 그러자 이번엔 파오 안에서 경장갑을 걸친 병사들이 우루루 나타났다. 그때야 비로소 무정은 확연히 깨달았다. 함정에 빠지기 직전이 아니고 이미 빠진 것임을……. 그는 허리를 폈다. 그리곤 경악하는 위진천을 뒤로하며 천천히 일어났다.

"뭐 하는 거요? 지금 우리 위치를… 헉!"

위진천은 무정을 말리려다 눈을 동그랗게 떴다.

반뇌도 벌떡 일어섰다. 그는 좌우로 고개를 돌리더니 아예 사색이 되었다. 낭인대 전체가 일어나고 있었다.

위진천은 입만 벙긋거리고 있었다. 미친 자들이다, 미친 자들. 위진천은 그렇게 생각했다.

그때 그의 귀로 익숙한 소리가 들려왔다. 지축을 뒤흔드는 소리, 그리고 몸을 울리는 땅 울림. 마상 부대였다. 사방에서 뿌연 먼지와 함께 무엇인가가 이쪽으로 오고 있었다.

무정은 말발굽 소리를 들으며 착잡한 심정이 되었다. 이미 사방 멀리서부터 포위해 오고 있었던 것이다. 그러나 한편으로는 적이 안심이 되었다. 이 정도면 약 이삼천가량. 그렇다면 마 대인 쪽은 병력에서 별로 힘들지는 않을 것이라는 생각에. 하지만 점점 그들이 가까이 올 때 그는 생각을 바꿔야만 했다.

"중장갑이 없고 소뇌궁(小雷弓)에… 머리의 붉은 깃털! 오, 오이랏트!!"

반뇌가 울부짖듯이 소리쳤다 과거 대원제국(大元帝國)의 후예들, 위대한 칸의 후예들로서 피의 정복을 행한 무사들 오이랏트는 그들의 직계 후손이자 대명제국 북쪽의 가장 무서운 적이었다.

기마궁술의 표본이라고 할 수 있는 그들의 소뇌궁은 그들의 무기이자 상징이었다.

활의 안쪽에 짐승의 힘줄을 몇 겹으로 덧대어 만든 것으로 육칠십 장 이상의 거리에서도 살상할 수 있었으며 화살촉엔 정련한 쇠촉을 달아 두꺼운 갑주도 한 번에 뚫는 무기였다. 전군을 기마병으로 편성해 삽시간에 치고 빠지는 몽고족 특유의 전술을 실현시킨 마상 무기였다.

무정은 눈을 치켜떴다. 거기에는 야달목차가 자신들을 비웃고 있었다.

"……."

아무 말 없이 그는 어금니를 악물었다. 오이랏트의 화살이 날아오기 전에 결정을 내려야만 했다.

만일 저 오이랏트의 병사들이 궁을 쏴대기 시작한다면 싸워보지도 못하고 죽을 확률이 너무 높았다. 그렇다면 결론은 이미 나와 있었다. 난전(亂戰), 그 상황을 만들어야 했다. 그래야 궁수들이 활을 쏘지 않을 것이다.

그는 고개를 들고 숨을 크게 들이켰다. 질릴 정도로 푸른 하늘이 눈 속 가득 들어온다. 긴 휘파람 소리와 함께 무정은 지면을 박차고 달렸다.

뒤를 이어 낭인대 역시 군막을 향해 땅을 박찼다. 위진천만이 바들바들 떨며 주저앉아 움직일 줄을 몰랐다.

야달목차는 굳게 다문 입술로 전방을 주시했다. 설마 하니 이런 어이없는 작전이 실행될 줄은 몰랐다. 눈앞으로 예닐곱 명의 신형이 질풍처럼 다가오고 있었다. 비록 경호 병력 정도밖에는 없지만 두렵지는 않았다.

무엇보다 자신의 뒤에는 소뢰음사에서 무공을 배운 달리한(疸狸限), 찰극나(刹克那)가 있었고 그들의 사부인 마라불(魔羅佛)이란 재수없지만 무공이 대단한 중도 있었다.

결정적으로 사방에서 둘러싸고 있는 오이랏트의 병력 삼천은 든든

하다 못해 두렵기까지 했다. 그는 미소를 지으며 마라불을 바라보았다.

"마라불님, 수고를 부탁드립니다."

"음……."

고개만 살짝 까딱이는 마라불의 행동에 병사들은 무기를 쥔 손에 힘이 들어가는 것을 느꼈다. 그동안 저 중에게 놀잇감이 된 부족 여성만도 부지기수였다. 얼굴은 다 늙은 육십 대의 노인 주제에 무슨 여색을 그리도 밝히는지 당연히 병사들의 눈에 고울 리가 없었다.

마라불은 뭇 시선들을 무시하며 야달목차의 앞에 섰다.

"타마륵."

자신을 부르는 소리에 타마륵은 마라불의 옆에 섰다.

"저놈이냐?"

마라불은 턱짓으로 눈앞으로 달려오는 사내를 가리켰다. 타마륵은 고개를 돌렸다.

"흡!"

검은 머리를 길게 날리며 오른손에 참마도를 든 자, 꿈에서도 보기 싫은 혈귀 무정이었다. 문득 그의 눈에 잔 경련이 일어나며 헛바람이 터져 나왔다.

"멍청한 놈! 물러가라!"

마라불은 타마륵의 눈 속에서 두려움을 읽었다. 대소뢰음사의 제자가 두려움이라니, 게다가 저기 오는 저 긴 머리의 곰 한 마리는 경공조차도 다른 사람보다 떨어지는 듯 일행은 벌써 도착해서 손을 쓰건만 저 곰 같은 놈은 이제야 겨우 당도하였다.

마라불은 생각했다. 필경 마가난타가 당한 것은 암수 때문일 것이라고. 그는 두 손을 들어 가슴까지 올리며 마라혈해공(魔羅血海功)을 끌어올리기 시작했다.

어이가 없는 것은 오이랏트 족의 로얀도 마찬가지였다. 며칠 전 야달목차가 자신들의 부족장에게 고개를 숙이며 도와달라고 부탁할 때만 해도 약 삼천의 병력이 습격하는 줄로 알고 있었다. 그러나 이곳까지 병력을 인솔해 오면서 세작을 통해 들은 내용은 어이가 없는 것이었다.

아무리 일반 병사와 비교해 무공이 높은 낭인들이라지만 단 몇 명만이 쳐들어오다니, 그것도 일시와 시간까지 알려진 대로 정확히 맞추어서 말이다. 만일 이들 외에 타 병력이 없다면 야달목차는 자신들을 속인 것이다. 급하게 데려오느라 삼천의 병력밖에는 데려오지 못했지만 지금 이곳으로 후속 병력 일만오천이 더 오고 있었다.

"로얀 장군님, 공격 명령을……."

"기다려라, 기옌."

"……."

부대장 기옌은 고개를 갸웃했다. 몇 명 되지도 않는데 없애면 그만인 것을 괜한 시간을 낭비하는 것 같았다.

"어찌 되었든 우량하 족도 초원의 민족, 난전 상황에서 동족에게 활을 쏠 수는 없다."

기옌은 고개를 끄떡였다. 그러나 그에게는 동족 의식 따윈 없었다. 오이랏트 이외에는 모든 것이 적일 뿐이었고 그저 대장의 명령이니 복종하는 것이었다.

비록 로얀은 말은 그렇게 했지만 생각은 달랐다.

전쟁으로 소요되는 군비는 엄청나다. 역사적으로 볼 때도 함부로 군대를 일으켰다가 망한 국가의 예는 수도 없었다. 승패는 다음 문제였다. 요는 경제력이었다.

나라를 부강하게 해야 할 장정들이 군으로 징집되어 경제 활동 자체가 없어지기 때문이었다. 오이랏트 족도 마찬가지로 이번 출정에 상당한 금액이 들어갔다. 그런 금액을 들여 왔는데 고작 몇 명이라니 용서할 수 없었다.

'야달목차… 네놈이 그 모든 것을 배상할 수 있을 만한 능력이 있길 바란다.'

로얀의 눈에 조금씩 힘이 들어가기 시작했다.

2

무정은 눈앞의 상황을 확인했다. 적병의 수는 약 삼십여 명 정도. 주의할 것은 몇 사람뿐이었다. 우선 눈앞에 만도가 아닌 검을 쥔 두 몽고인들, 그리고 그 뒤의 늙은 승려, 얼마 전에 보았던 타마륵이 옆에 있는 것으로 봐서 그 스승이란 작자가 맞는 것 같았다.

다시 그 뒤엔 몇 명의 군졸과 조금씩 물러나는 야달목차가 보였다. 무정은 고개를 돌렸다.

낭인대원들은 잘해주고 있었다. 비연과 반뇌는 좌측을, 고죽노인과 상귀, 하귀는 우측을 맡고 있다. 그리고 무정의 뒤에는 광검과 패도가 바짝 붙어 있었다.

"대장, 저 노인네를 치쇼."

광검이 다가와 속삭였다. 그리곤 신형을 배가하면서 무정의 앞으로 나서자 무정은 초우를 왼손으로 옮겼다. 그리고는 빈 오른손을 허리 뒤춤으로 가져가 투환침 두 개를 꺼내 손바닥에 감추었다.

어느 틈에 패도가 최선봉으로 나왔다. 패도, 광검, 무정, 이렇게 세 사람이 나란히 서며 앞으로 달려나갔다.

패도가 공격을 시작했다. 일행의 선봉으로 나온 그는 육 척의 거도를 지면과 수평으로 그었다.

슈아아앙!

공기를 찢는 소리가 들렸다. 워낙 긴 사정 거리에 무거운 중병기라 달리한과 찰극나는 감히 검을 섞을 생각도 못하고 뒤로 분분히 물러섰다.

"핫!"

이어 낭랑한 울림과 함께 광검의 신형이 솟구쳤다. 아무래도 그대로 패도를 넘어 치고 나갈 기세였는데 그 높이나 동작이 유려해 무공이 상당하다는 것을 느낄 수 있었다.

찰극나와 달리한은 얼굴을 굳혔다. 이대로 두면 자신들의 스승이 위험하다고 생각했는지 찰극나는 달리한에게 눈짓을 보냈다.

달리한은 작게 고개를 끄떡이며 소뢰음사에서 배운 혈사검(血沙劍) 중 축지격일(縮地擊日)이란 쾌검의 초식으로 패도에게 달려갔다. 찰극나는 그대로 신형을 띄워 운참견혈(雲斬見血)이란 초식으로 검을 아래에서 위로 길게 쳐 올렸다.

차창!

찰극나와 광검의 검이 공중에서 부딪치는 순간 광검의 입 꼬리가 살짝 올라갔다. 찰극나는 불안한 마음에 검을 재차 휘두르려 했지만 검이 떨어지지가 않았다. 광검이 천근추를 전개하면서 그대로 검을 눌러 버린 것이다. 둘의 신형이 밑으로 꺼지듯 내려갔다.

무정은 광검이 자신의 앞을 막는 순간 작전을 감지했다. 전에도 해 본 것이다. 광검이 몸을 솟구치자 무정도 솟구쳤다.

이어 광검과 무정이 서로 부딪칠 즈음 광검의 신형이 쑥 꺼지자 무 정은 그대로 전면으로 날아갔다. 무정은 왼팔을 오른쪽 어깨 부근으로 옮겼다.

칠 척의 초우가 오른쪽 어깨 위로 높이 올라갔다. 그리고는 전방의 라마를 향해 날아갔다.

마라불의 눈이 커졌다 전장이라는 곳에선 언제나 변수가 있다. 하 지만 지금의 상황은 우연한 변수가 아니었다. 생과 사를 넘나드는 전 장에서 수십 번 이상 연출된 변수였다. 마라불은 경시하는 마음을 고 쳐 먹었다. 단숨에 삼 장 거리를 날아드는 저놈, 기세가 만만치 않았 다.

슈우!

공기를 가르며 들리는 소리가 중병기라고는 믿을 수 없을 만큼 빠른 공속이었다. 마라불의 눈앞에서 좌상에서 우하 쪽으로 발목을 노리며 휘둘러지는 듯하자 마라불은 살짝 신형을 솟구쳤다.

파앗!

도풍만으로도 땅바닥에 길게 선이 그어지고 있었다. 그 모습에 마라 불은 이채를 띠며 오른손을 뒤로 빼며 그의 성명절기(盛名絕技)인 사십 수의 혈뇌음장(血雷音掌)을 펼치려 했다.

제아무리 대단한 자라도 육성의 혈뇌음장이면 해결될 일이었다. 놈 의 참마도에서 이는 도풍이 마음에 걸렸지만 그는 아랑곳하지 않고 놈의 인중을 노렸다. 단 한 번에 승부를 내려는 것이었다.

그때였다. 공기를 가르는 둔탁한 소리와 함께 검은 그림자가 마라불의 눈에 빠르게 들어왔다. 무정의 오른손이었다. 공간이 어슴푸레 일그러지는 것을 봤을 때 자신이 눈치 채지 못했다는 것이 믿겨지지 않을 정도로 빠르고 강한 힘이 담겨 있었다.

마라불은 이를 악다물며 오른손을 눈앞으로, 왼손을 단전으로 돌려 방어한 채 호신강기를 끌어올려 마수무벽(魔手武壁)을 펼치고자 했다.

왼손의 참마도는 허초였다. 놈이 뒤로 물러서면 힘들겠지만 다행히 공중으로 신형을 띄웠다. 무정의 오른손이 휘둘러지는 왼팔의 탄력을 그대로 이어 받아 원호를 그리며 돌아갔다. 놈이 인중을 겨냥하다 놀란 눈을 하더니 손을 머리와 단전 쪽으로 돌렸다.

지금이었다. 그는 오른손에 쥐고 있던 투환침 두 개를 손에서 놓았다. 그것도 손목을 바깥 쪽에서 안쪽으로 힘껏 돌리면서.

파각!

“크헉!”

마라불의 입에서 고통에 찬 신음 소리가 흘렀다. 암기라니? 채 방어할 시간적인 여유도 없었다. 아니, 전혀 예상을 못했다.

주먹이 날아오기에 권각술인 줄로만 알았다. 설마 암기를 날릴 줄은 생각도 못했다. 애당초 얕잡아 본 것이 화근이었다. 무공이 얕은 놈이 아니었던 것이다.

방심의 결과 투환침 하나가 마라불의 오른손에 박혔고 또 하나는 그의 옆구리 쪽 기문혈 부근에 반 치 정도 박혔다. 반응이 늦었던 것이다. 하나 그렇다고 해도 자신의 몸에 상처를 낼 수 있다는 사실에 마라불은 그제야 방심한 것을 후회했지만 그의 생각은 더 이상 이어질 수 없었다.

아까와는 비교도 되지 않는 정체불명의 묵빛 투기를 담은 초우가 자신의 목을 향해 날아오고 있었다. 그는 사력을 다해 물러났는데 그것이 시작이었다. 도와 손, 발, 왼 어깨를 이용한 무차별 공격이 시작된 것이다. 선기는 다시 잡을 수 없었다.

마라불은 정신없이 뒤로 물러났다. 반격할 기회는 고사하고 오른손에 박힌 투환침을 뺄 시간조차 없었다. 권(拳), 퇴(腿), 박(膊), 슬(膝), 도(刀)의 연속적인 공격에 마라불은 속절없이 뒤로 밀려났다. 그의 몸에서 기이한 울림이 전해졌다.

저자의 공격에 담긴 힘이 이상했다. 손을 섞으면 섞을수록 가슴 한쪽에서 기이한 울림이 느껴졌는데 어느새 마라불은 밀리다 못해 우량하 족의 병사들이 있는 곳으로 약 십여 장이나 밀리고 말았다.

파파파파팡!

두 손으로 잡은 초우를 땅에 찍으면서 얻은 탄력으로 무정의 두 발이 힘찬 연환각(連環脚)을 토해냈다. 철각반을 찬 무정의 파괴력은 이루 말할 수 없을 정도였는데 막아도 손이 얼얼할 정도였다.

순간 마라불은 한 병사의 목덜미를 잡아채 무정에게 던졌다. 창촐간에 무정은 발을 휘둘렀다. 광대뼈 부근의 관료혈을 차인 병사는 그대로 공중으로 날아갔다. 땅에 떨어진 그의 목은 이미 부러져 있었다.

"……."

무정은 잠시 멈칫했다. 어떤 전투에서도 아군을 자신 대신에 희생시키는 법은 없었다. 전우는 소중한 존재다. 천금을 주고도 살 수 없는 것이다. 그런데 저 라마는 그런 생각도 없는 것 같았다.

무정의 머리칼이 점차 하늘거리기 시작했다. 그는 분노했다. 이런 자는 살아 있을 필요가 없다고 생각하며 숨겨왔던 힘을 풀어내기 시작했다. 그러자 그의 몸에서 묵빛 기류가 넘실대기 시작하며 동시에 칙칙한 살기가 그를 중심으로 퍼져 나가기 시작했다. 아군이든 적군이든 그의 살기에 다들 몸을 떨었다.

마라불은 겨우 한숨을 돌렸다. 그는 재빨리 투환침 두 개를 제거하고는 혈을 짚어 지혈했다. 분노가 치미는 얼굴로 덩치 큰 곰 같은 놈을 노려봤다.

심상치 않은 묵빛 기류가 넘실대는 것이 보였다. 도대체가 알 수 없는 놈이다.

"켈켈켈, 어린 놈! 한심한 놈이었구먼? 이만한 일로 발끈하⋯⋯."

마라불은 말을 끝맺지도 못하고 양손을 휘둘렀다. 곰 같은 놈이 이장 거리를 순식간에 좁히며 다가선 것이다. 속도는 배 이상 빨라져 있었고 공격력 또한 확연하게 느낄 만큼 강해져 있었다. 그의 참마도에서 나온 묵기는 지면에 세 치 이상의 홈을 파내고 있었다.

쩡! 쩌정!

공수가 교차되면서 검풍과 소음이 난무했다. 마라불은 이해할 수 없었다.

자신의 무공 수위는 중원의 장문인도 무시할 수 없을 정도이다. 그의 혈마장에 당한 사람은 셀 수도 없을 정도였고 본신 공력은 이미 일 갑자를 넘어 거의 이 갑자에 육박하고 있었다. 한데 동수라니⋯⋯.

이 도깨비 같은 놈은 대체 어디서 튀어나온 것인가?

검은 묵기로 감싸여진 무정의 권이 머리를 향해 날아왔다. 마라불은 왼손을 들어 정면으로 마주쳤다.

쩌엉!

마치 금속이 부딪친 것 같은 소리가 났다. 무정의 권은 마라불의 쫙 펴진 왼손의 반 치 앞에서 멈추어 있었다. 은은한 마라불의 공력이 무정의 권을 밀어낸 것이다.

"음!"

마라불은 신음성을 냈다. 자신의 왼팔을 타고 알 수 없는 힘이 팔을 휘감으며 가슴까지 밀려오고 있었다. 그놈의 이상한 공력 때문인데 아까부터 이 모양이다.

제대로 막고 있는데도 그놈의 이상한 기류가 몸을 타고 들어왔고 점차 쌓여가는 몸 안의 타격에 마라불은 눈빛을 굳혔다.

근접전은 무리였다. 그는 전력을 다해 연속 삼 장을 날리며 뒤로 날았다.

남궁추는 눈앞의 적이 즐거웠다. 어느 정도 검 쓰는 기술도 좋았고 내력도 충실했다. 주위를 둘러싼 오이랏트의 삼천 병력이 있었지만 죽는 것은 두렵지 않았다. 그저 이렇게 검을 섞는 시간이 즐거울 뿐이었다.

그때였다. 남궁추는 순간 엄청난 살기를 느꼈다. 놀라울 정도로 강한 살기가 주위에서 느껴지자 창졸간에 그는 손을 멈추었다. 그러자 눈앞의 적도 그런 것을 느낀 듯 손을 멈추고 남궁추를 견제하면서 힐끔힐끔 옆을 바라보았다. 남궁추는 아예 그쪽으로 고개를 돌렸다.

“……!”

놀라 눈을 크게 뜬 광검의 눈에 엄청난 묵빛 기류를 온몸으로 내뿜으며 돌격하는 무정의 모습이 보였다.

눈으로 잡기도 힘든 빠르기로 바닥에 세 치 이상의 흔적을 남기고 있었다.

‘제길, 봐주고 있었던 거냐?’

광검의 인상이 험악하게 구겨졌다. 저 정도 무위라고는 예측하지 못한 그는 무정이 끝까지 자신을 갖고 논 것이라 생각했다.

순간 찰극나의 눈이 번쩍 뜨였다. 놈이 방심하고 있다. 고개를 돌리다니……. 인정하기 싫지만 자신은 놈의 아래였다. 그의 검이 직선으로 남궁추의 목을 향해 나가며 입 꼬리가 올라갔다.

차앙!

찰극나의 눈이 휘둥그레졌다. 어디선가 보이지도 않는 검이 놈의 목 한 치 앞에서 자신의 검을 오른쪽으로 튕겨낸 것이다.

주위엔 그와 자신밖에는 없다. 놈의 검이 그것을 증명이라도 하듯이 왼쪽에 있었던 것이 오른쪽으로 옮겨져 있다. 놈의 얼굴이 다시 그를 향하고 있었다. 역팔자로 휘어진 눈썹을 하고서.

“제길! 봐주고 있었단 말이지?”

미친 듯 고래고래 소리를 지르며 광검이 다가섰다. 그러자 찰극나는 온몸에 까닭없는 한기가 이는 것을 느꼈다.

무정은 거대한 세 개의 기운이 몸을 향해 다가오는 것을 느꼈다. 가슴 쪽을 겨냥한 듯싶자 그는 재빨리 왼쪽 어깨를 앞으로 내밀고는 좌우로 흔들었다.

카가각! 카가! 카가가각!

그의 왼팔 갑주가 부서질 듯이 흔들렸다. 마라불이 노린 기운을 겨우 해소한 무정은 마라불을 찾았지만 그는 이미 오 장 밖으로 물러나 있었다.

마라불은 얼굴을 이죽거리면서 왼손 중지를 꼿꼿이 세워 무정을 향하고 있었다.

"켈켈켈켈, 너 같은 놈들을 상대하는 데는 확실히 이것이 최고지! 잘 놀았다, 곰 같은 놈아! 혈마지(血魔指)!!"

마라불의 음성이 가진 여운이 채 가시기도 전에 핏빛 혈광이 가는 실처럼 폭사되었다. 무정은 무의식적으로 오른손의 초우를 들어 올리며 왼손으로 그 뒤를 받쳤다.

까앙!

"…큭!"

도면으로 쳐냈음에도 불구하고 무정의 신형이 그대로 삼 척 정도 뒤로 주르륵 밀렸다. 장이라면 흘리고 피할 수도 있었겠지만 지법은 달랐다. 너무나 빠르고 내력도 집중되어 있어서 위력 또한 만만치 않았다.

더구나 쾌속함을 생명으로 하는 혈마지였다. 무정은 가슴이 진탕되면서 양손이 저려옴을 느꼈다.

난감했다. 하나 그의 두 눈만큼은 타오르고 있었다.

비연과 반뇌는 곁눈질로 계속 무정을 힐끔거리고 있었다. 그들의 눈앞에 있는 적들은 약 십여 명 정도. 각자 무공 수위는 별로였지만 합격술이 뛰어났다. 장창, 검과 도로 이루어진 이들은 착실한 수레바퀴처럼 잘도 돌아갔다.

한달음에 쳐내고 대장에게로 달려가고 싶었지만 어찌할 수가 없었다.

난감한 것은 반뇌가 더했다. 그의 무기는 이 척 삼 촌의 쌍검. 마상에서나 효과적인 단병이었고 전체 대원들 중 무공 수위가 제일 떨어지는 그였기에 수비하기에도 급급한 상황이었다. 비연은 흘끔 반뇌를 보았다. 그리고는 입술을 깨물었다.

"하앗!"

낭랑한 교성과 함께 비연의 검이 일변했다. 비연은 화산파 출신이었다. 그것도 천매검(千梅劍) 화문성(華文聲)이라는 현 화산 장문인의 무남독녀였다.

검에 관한 재능이 남달랐음에도 불구하고 비연에게 이십사수매화검법(二十四手梅花劍法) 이외는 배우지 못하게 했다. 여자라는 이유에서였고 이에 불만을 느낀 그녀는 화산을 떠났다.

그후 그녀는 여기저기 흘러다니다가 반뇌를 만났다. 반뇌는 가문은 모르지만 숙부의 마수를 피하기 위해서 세상에 나왔다고 했다. 우연히 비슷한 처지에 있던 두 사람은 이곳 전장까지 함께 온 것이다. 그리고 무정을 만났다.

차라라랑!

검날의 궤적이 변하며 힘차게 휘둘러진다. 현 상황은 잘못하면 반뇌도 다칠 만한 상황이었다. 조금씩 남녀 간의 정이 싹트기 시작한 두 사람이었기에 비연의 검이 변한 것은 당연하기도 했다.

화산의 이십사수매화검법은 화려함을 자랑한다. 검을 올리고 치고 내리는 동작이 부드럽고 표홀하기가 이루 말할 수 없었지만 지금 그녀의 검은 달랐다. 부드럽고 표홀하였지만 화려함은 버렸다.

더구나 검을 휘두르면서 조금씩 검극을 돌리듯이 쳐내어 상처를 더욱 크게 만드는 살기 짙은 검이었다. 그런 비연을 보며 반뇌는 쌍검에 힘을 주었다. 도움은커녕 짐만 될 수는 없었다.

무정은 난감했다. 도저히 피할 수가 없었다. 움직이면 움직이는 대로 혈마지는 자신을 조준하고 있었다. 가까이 다가간다는 것은 더욱 요원한 일이었다.

그는 이를 악물었다. 자그마한 신음이 잇새로 흘러나왔다.

상귀와 하귀는 속이 탔다. 이렇게 죽을 수는 없었다. 수십 년간 지속되는 변방의 전쟁. 상귀와 하귀는 그 통에 부모를 잃은 전쟁 고아였다.

여타의 고아들처럼 고아원 생활에서 둘이 겪은 것은 지독한 가난과 배고픔이었다. 결국 상귀가 고아원을 떠나자 하귀는 그런 그를 따랐다.

사천성에서 거지 꼴을 하며 살다 얻은 것은 주위 사람들의 철저한 경멸이었다. 십수 년을 전전긍긍하다 상귀는 하귀를 데리고 녹림이라도 갈까 해서 떠난 길에 웬 죽어가는 노인을 구하게 되었다.

노인은 이름을 밝히기를 꺼려 했다. 그는 은혜의 보답으로 그들에게 쌍장창법(雙長槍法)을 가르쳤다. 너무도 오묘한 창법이기에 한 사람이 익히는 것을 나누어서 둘이 배웠다. 그때부터 둘은 언제나 합격(合擊)을 했으며 최소한 낭패는 보지 않았다.

아쉽게도 노인은 일 년 정도만 세상에 미련을 두었다. 그 후 그들은 몇 년간 더 수련을 쌓다 돈을 벌기 위해 이곳 낭인대에 왔다.

오 년간 일한 보수도 그대로 있고 게다가 전리품으로 챙긴 것들도 상당했다. 이대로 죽는다면 너무 억울했다.

"니미 쓰벌, 이 쏩새들! 저리 안 치워! 이 쌍!"

상귀가 소리를 지르며 육 척에 이르는 장창을 들고 공중으로 도약했다.

"이 쉐이들이 성님 말이 말 같지 않냐, 엉?"

질세라 하귀도 팔을 휘두르며 아래쪽의 적들을 쓸어갔다.

고죽노인은 감정이 격해진 상, 하귀를 보면서 조용히 한숨을 쉬었다. 말만 거칠지 여린 놈들이다. 길거리 고아들에게 슬그머니 돈푼이나 쥐어주는 것을 본 게 한두 번이 아니다. 문득 그는 고향인 해남도(海南島)가 그리웠다.

그는 어려서부터 남해 삼십육검에 낙점될 만큼 두각을 보였다. 하지만 그는 검을 고집하지 않았다. 오직 강하고 효과적인 것을 바랐고 그런 바람은 그로 하여금 검을 버리고 단창을 들게 했다.

해남도는 특이하리만큼 그런 아집이 강해서 결국 이러한 점이 전통에 어긋난다는 이유로 쫓겨나다시피 나오게 되었고 그는 자신의 믿음을 관철시키기 위해 수련 장소를 찾다가 이곳 낭인대까지 오게 된 것이다.

그의 노력은 어느 정도 결실이 있었고 그것은 지금의 상황이 증명했다.

우량하 족에서 고르고 골라 합격술만은 전수시킨 적병들을 수적 열세에도 불구하고 시종일관 압도하고 있었다. 숨 쉴 틈 없는 공격과 방어의 연속이었다. 그는 잠시 무정의 기척을 느꼈다.

육십 평생을 살아오면서 이런 경험은 없었다. 별다른 심법도 무공 초식조차도 없는 그가 이미 자신의 경지를 훨씬 뛰어넘고 있었다. 무엇보다 그는 좌절하지 않았다. 그 점이 고죽노인이 무정을 따르게 하는 이유이다.

아마도 비록 지금은 고전하고 있지만 좌절하고 있지는 않을 것이라 생각했다. 오히려 그보다는 자신이 위험했다.

'무정, 뭐 하나? 자네가 살아야 우리가 사는 것을……'

마음속으로나마 고죽노인은 무정을 응원했다. 그리곤 오른손의 단창을 더욱 현란하게 보여주었다.

3

거리는 이제 이 장 정도 좁혀졌다. 하지만 무정은 더 이상 가까이 갈 수 없었다. 벌써 대여섯 개의 혈마지를 고스란히 몸으로 받아냈다. 직격으로 맞은 것은 아니었지만 이미 몸의 곳곳에서 피가 흘러나오고 있었고 머리가 어지럽기 시작했다.

이대로는 안 될 것 같은 마음에 무정은 흔들리는 신형을 잠시 추스렸다. 그리고는 뒤로 일 장여를 물러섰다.

마라불은 그가 뒤로 물러서자 일순 긴장했다. 저 괴물 같은 놈이 뭔가 수를 낼 작정인 것이 분명했다.

그는 초반에 혈마지를 날리면서 득의했었다. 왜 진작 이 생각을 못했는지 알 수 없었다. 하지만 혈마지를 계속 날릴수록 가슴이 섬뜩해졌다. 놈의 몸이 혈마지에 서서히 반응했던 것이다.

마지막으로 공격할 때는 비록 맞기는 했지만 옆구리 쪽으로 일부러 흘려 맞았다. 게다가 거리는 되려 좁혀지고…….

그런 그의 눈에 놈의 참마도가 머리 위로 들어 올려지는 것이 보였다. 그리고는 주위 공기를 끌어당기듯 참마도의 도신에 어린 묵빛 기류가 줄기줄기 뻗쳐 나갔다. 아지랑이 수준이 아니었다.

"저, 저건……?"

경악성과 함께 마라불은 온 내공을 끌어올렸다. 그리곤 팔을 들었다.

혈마륵의 팔이 들리는 순간 무정은 땅을 박차고 나갔다.

한줄기 검은 그림자가 활이 쏘아진 듯 순식간에 일 장을 좁혔다. 그의 눈에 혈마지의 붉은 줄이 늘어나듯 나오는 것이 보였다.

순간 무정은 왼발을 힘차게 땅에 찍으며 허리를 틀었다.

파앗!

왼쪽 옆구리 쪽으로 엄청난 강기가 스쳐 지나가자 살점이 뭉텅 뜯겨져 나갔다. 그는 이를 악물고 다시 오른발을 박찼다.

무정이 왼발로 땅을 찍은 것은 다음 도약력을 얻기 위해서가 아니었다. 오른쪽으로 수평 이동하기 위해서였다. 전진하는 힘을 이기고 방향을 트는 것은 엄청난 모험이었고 무엇보다도 그의 눈이 반응이 느려져 머리가 어지러웠다.

게다가 무정은 목까지 차올라 오는 핏물을 억지로 삼켰다. 마라불의 필생의 공력이 담긴 혈마지는 그의 기혈을 역류시켰다.

"타아아아압!"

무정은 멈출 수 없었다. 그가 가진 모든 힘을 소진한 것이기에 기회는 단 한 번뿐이었다.

그는 오른발로 땅을 찍어 도약력을 얻자마자 그 탄력을 그대로 초우에 실었다. 그의 눈에 초점이 돌아오자 마라불의 손에 다시 핏빛 혈광이 맺히는 것이 보였다.

무정은 힘껏 팔을 내렸다. 머리 위의 초우가 바람을 가르며 힘차게 내려쳐졌다.

"……."

마라불은 분명히 보았다. 자신의 혈마지는 분명히 발출되었다. 그의 눈앞으로 형태도 불규칙하게 다가오는 저 묵빛 기류는 혈마지에 의해 관통되어야 했다. 한데 그렇지가 않았다. 마치 종이를 수백 장 구긴 듯한 저 기류는 자신의 혈마지를 이리저리 튕겨내더니 엉뚱한 곳으로 날아갔다. 믿을 수 없는 일이었다.

당황한 혈마륵은 자신이 할 수 있는 모든 내력을 모두 쥐어짜 올렸다. 이윽고 무정의 묵빛 강기는 마라불의 호신강기와 충돌했다.

쩌어어어엉!

"크아아아악!"

단말마의 비명과 함께 마라불은 힘없이 뒤로 날아갔다. 그냥 도강이나 도기류가 아니었다. 부딪치는 순간 수백 개의 장력이 불규칙한 힘으로 온몸을 두드리며 그의 몸 안에서 공명했다.

마라불의 입가로 검은 선혈이 쉼없이 흐르며 그의 신형은 뒤로 일 장여를 날아 바닥을 뒹굴었다.

좌아아악!

어느 순간 푹석한 대지에 미끄러져 뒹굴던 그가 멈추었다. 온몸이 부서질 듯한 고통 속에서 무언가 보였다.

"……."

그의 한 치 앞으로 자신이 무정에게 던진 병사의 꺾여진 얼굴이 들어왔다. 그 순간 얼마 전 타계한 자신의 스승이 몇 년 전에 하던 말이 떠올랐다.

"이 세상 어디를 가도 소뢰음사의 무공은 강하다. 중원 어디를 가더라도
우리의 적수는 없다. 하나 한 가지 조심해야 될 것이 있다. 그것은 전단격
류(戰單擊類)의 무공이다. 전단격류는 그 연무 방법이나 파훼법이 존재하
지 않는다. 그만큼 연성하기도 힘들단다. 하나 분명히 전단격류는 세상에
존재한다. 이미 익힌 사람도 있다고 생각한다. 비록 그는 아니라고 하지
만……."

마라불은 눈앞의 목이 꺾여진 병사의 투구에 비추어진 나약한 자신
의 모습을 보았다. 한없이 초라한 노인의 모습……. 그의 두 눈에 눈물
이 고였다. 허무했다.

"전단격류는 누구도 상대할 수 없다. 상대가 강하면 강할수록 그의 육체
는 한계를 벗어난다고 하더라. 만일 전단격류가 현세(現世)한다면 그 모습
은 알 수 없는 투기의 집합이라 하더구나. 전단격류는 형(形)이 없다. 검(劍)
도, 도(刀)도, 창(槍)도, 권(拳)도, 지(指)도 될 수 있고 심지어 궁(弓)도 될
수 있단다. 아이야, 훗날 네가 전단격류의 무공을 만나거든 처음부터 전력을
다해야 할 것이니라.
헐헐, 하나 과연 전단격류의 전인이 나올지는 누구도 모를 일이다. 스스로
도 모른다고 하니… 아마 만날 일도 없을 것이다. 헐헐."

마라불은 갑자기 서러워졌다. 자신을 가르쳤던 사부. 갑자기 사부가
보고 싶었다. 그는 입속으로 조용히 중얼거렸다.
"스, 스승님, 제자… 만났… 습… 커억! 전… 단격… 류… 완성
하……."

마라불은 채 끝까지 말을 잇지 못했다. 이미 그의 혼은 육신을 떠나고 있었다.

서장 소뢰음사의 마불삼존(魔佛三尊) 중의 일 인인 그가 머나먼 감숙 땅 끝 자락에서 맞이한 초라한 죽음이었다.

*　　　*　　　*

전장은 어느덧 정리되어 가고 있었다. 고죽노인은 일찌감치 달려와 무정의 상세를 살피고 있었고 그 뒤에는 찰극나와 달리한의 목을 날린 광검과 패도가 있었다.

비연과 반뇌는 방금 마지막 적을 쓰러뜨렸고 상귀와 하귀는 장창을 흔들며 달려오고 있었다.

야달목차는 사색이 되었다. 설마 저 혈귀가 마라불을 이길 줄은 몰랐다.

강호라는 곳, 개개인으로 본다면 신선 같은 자들, 백여 명의 군사와 단 한 명의 고수가 비등하다고 귀에 못이 박히도록 들었다. 그래서 무리가 되었지만 고수를, 그것도 최고의 절정고수를 불러들였다. 대가는 컸다. 그동안 가지고 있던 거의 모든 것을 소뢰음사에 주었다.

그리고도 이 모양이라니……. 야달목차는 주위를 돌아보았다.

남은 것은 몇 명의 군졸과 저기 마라불의 시체를 붙잡고 엉엉 울어대는 정신 나간 타마륵이란 놈뿐이다. 그는 앞을 보았다. 떨리는 신형을 바로잡기 위해 온몸의 신형을 휘청이는 흉터투성이의 사람이 보였다. 비록 사 척에 이르는 도신을 땅에 깊숙이 박고 지탱해 서 있지만 분명히 죽은 것은 아니었다. 그리고 그 옆의 놈들은 상처도 거의 입지 않은 것 같았다.

야달목차는 고개를 돌려 오이랏트를 보았다. 이젠 그들만이 유일한 희망이었다.

오이랏트의 대장군 로얀은 믿을 수가 없었다. 수적 열세는 일단 접어두더라도 그 라마의 무공은 자신이 봐도 무서울 정도였다. 그런 자를 죽인 저놈을 그냥 둘 수 없었다. 결국 그도 그의 낭인대도 명군이었다. 자신들의 적중 가장 무서운 적일 수도 있었다.

"기옌!"

"옛, 장군님!"

"전군 궁격(弓撃) 준비!"

기옌은 다시 의아한 눈으로 로얀을 바라보았다. 궁격이라니? 몇 안 되는 놈들, 그대로 진군하여 밟아버리면 그만인 것을……

"못 들었나? 궁격을 준비햇!"

"옛, 장군님!"

기옌은 우각수(牛角手)를 불었다. 물소 뿔로 만든 우각이 길게 두 번, 그리고 짧게 한 번 울렸다. 그러자 삼천의 궁사들이 하마하며 소뇌궁에 살을 먹였다.

"준비되었습니다, 장군님!"

허리를 숙이며 보고하는 기옌에게 로얀은 고개를 까딱였다. 그리고 조용히 손을 들었다.

야달목차는 신호수 소리에 아연해졌다. 이 신호는 분명 궁격을 준비하는 소리였다. 오이랏트는 자신이 필요없다고 판단한 셈이었다. 야달목차는 뒤로 돌아 달리기 시작했다.

로얀은 저 멀리서 야달목차가 도망치는 것을 보았다. 이대로 발사하면 그도 무사하지 못했다. 잠시 갈등하던 그는 도망치는 야달목차를 보고는 얼굴을 싸늘히 굳히며 일말의 망설임없이 손을 내렸다.

"발사!"

씨웅~ 씨씨웅~

로얀의 수신호를 받아 기옌이 외친 고함에 삼천 발의 화살이 하늘을 덮었다. 이제 방원 십 장 이내는 벌집이 될 것이었다.

무정은 손가락 하나 까딱할 수 없었다.

온몸의 기혈이 들끓고 있었고 입 안에서는 끊임없이 피가 흘렀다. 몸이 망가지는 것을 돌볼 수가 없었다. 그냥 땅에 박힌 초우를 잡은 채로 무릎을 꿇고 움직이지 않았다.

"아, 쓰벌! 대장, 정신 좀 차려! 니미, 다 죽게 생겼구만 넋 놓고 있을 거야?"

무정은 앉아 있는 자세 그대로 상귀의 말을 들었다. 움직여야 했다. 그러나 정말 손가락 하나 까딱할 수 없었다.

"갈! 이눔, 상귀! 네놈이 정말 대장을 죽일 셈이냐!"

어느새 다가왔는지 고죽노인이 눈을 부라리며 소리쳤다. 그의 눈에 노기가 서려 있었다.

상귀는 흠칫했다. 맨날 티격태격하긴 해도 상귀는 고죽노인과 죽이 잘 맞았다. 그는 한 번도 고죽노인이 이런 반응을 보인 것을 본 적이 없었다.

고죽노인은 놀란 토끼눈을 한 상귀를 보고 미안했는지 차분히 설명해 나갔다.

"이 녀석아, 대장은 지금 기혈이 역류되고 있어 억지로 누르고 있는 거야. 이럴때 누군가 조금만 충격을 준다면 걷잡을 수 없게 돼. 우린 그냥 지켜보는 수밖에 없는 거야. 알겠냐, 이눔아?"

곰방대로 머리를 툭 치면서 고죽노인은 말을 맺었다. 그는 비교적 무정의 상태를 이해하고 있었다. 그러나 완전히는 아니었다.

기혈이 역류한 것은 맞지만 그것은 울혈일 뿐 내상은 아니었다. 무정의 몸을 둘러싼 묵기는 혈마지의 위력을 상당 부분 감소시켰다. 그것보다 현재 무정의 내부는 완전히 빈 상태라는 것이 더 문제였다.

무정의 힘은 내력에서 기인한 것이 아니었다. 그는 단전이라는 것이 없었다. 아니, 있기는 했지만 정말 미미한 정도에 불과했다. 대신 몸의 곳곳에 그런 역할을 하는 곳이 생겨 있었다.

동작의 최초 단계에서는 무정은 일반인과 다를 게 없었다. 그러나 그것이 몸의 여러 곳을 거치면서 증폭하며 엄청난 타력을 갖게 되는 것이 무정의 무공이었다.

따라서 그의 무공은 체력과 근력이 제일 중요한 기반인 것인데 아까 마라불과의 일전에서 그는 자신도 제어하지 못할 힘을 운용하여 증폭했고 그것이 무리한 근육의 움직임을 가져와 온몸의 근육들이 이완(弛緩)되고 수축이 되지 않는 상태였다.

즉 힘의 시발점이 없어지게 된 것이다.

기혈이 역류하기는 했지만 그것은 순수한 혈마지의 타격에 충격이 있었을 뿐 내공이 힘의 근원이 아닌 무정에게는 억지로 힘을 쓸 정도의 기력은 남아 있었다. 문제는 지금 몸이 움직여지지가 않는다는 것이었다.

“니미, 아, 그럼 지금 저놈들은 어떡하고? 저 활 겨누는 것 안 보여?”

상귀가 사방에 삿대질을 해가며 길길이 날뛰었다. 그때였다. 수많은 화살비가 하늘 높이 솟구쳤다.

“…….”

광검은 입술을 깨물었다. 누군가는 이제 대장의 역할을 해야만 했다. 우연이었을까? 일행의 눈이 그와 마주치자 광검은 고개를 끄떡였다.

“비연과 반뇌는 전방, 고죽노인과 상귀는 후방, 나는 좌측, 패도는 우측, 하귀는 … 대장 옆에서 최종 호위를 선다!”

빠르게 말을 마친 광검은 자리로 이동했다. 그에 따라 일행도 방위를 점했다.

화살비는 이제 하향하기 시작했다. 이제 저 화살을 막아야만 하는 것이다.

“차아앗!”

일갈과 함께 광검의 손에서 빛이 발해지기 시작했다. 그의 가문 비전인 창천검법(蒼天劍法)이, 두 번 다시 펼치기 싫었던 검술이 다시 펼쳐졌다.

그것을 시작으로 각자 모두 최고의 기술을 펼쳐 내기 시작했다.

로안은 믿을 수가 없었다. 그 비의 화살을 막다니……. 그것도 이미 세 번씩이나. 확실히 인정해야 할 것은 인정해야 했다. 개개인의 실력은 저들이 위였다.

그것도 엄청난 차이로 말이다. 로안의 눈이 더욱 굳어졌다. 그는 다시 손을 들었다.

"발사 준비!"

기옌은 그에 따라 다시 구령을 울렸다. 그의 우렁찬 음성이 초원을 울렸다.

"아니다, 기옌."

"옛?"

로얀은 기옌을 불렀다. 기옌은 의아한 표정으로 되물었다.

"연사(連射)를 한다. 숫자는 화살 한 통 분량이다."

"…옛? 우각수! 우각수, 어디 있나?"

긴 우각 소리가 일정한 간격으로 계속 터져 나왔다.

궁사들은 말에서 내렸다. 그들은 화살을 땅에 꽂기 시작했다.

광검의 얼굴색이 변했다. 전에도 궁수들이 저렇게 하는 것을 본 적이 있었다. 연사였다.

"크핫핫핫하!"

광검의 메마른 웃음이 초원을 내달렸다. 이젠 정말 끝이다.

그동안의 단사(單射)는 순간만 잘 노린다면 되는 것이었지만 연사는 달랐다. 쏘는 사람조차 정확도를 몰랐기에 그만큼 막기도 힘든 것이 연사였다.

패도는 광검의 웃음을 들으면서 생각했다. 자신의 가문 하북(河北)의 구가는 팽가(彭家)의 그늘에 가려 있었다. 그들의 오호단문도(五虎斷門刀)는 일절이었다. 무가(武家)이지만 멸시받는 무가, 천생의 힘을 타고났지만 기술이 없었다.

그는 그래서 떠났다. 세상의 이름난 도법을 견식했지만 부족했다. 그 무엇도 자신의 문제를 해결하지 못했다. 그러다 이곳에서 무정을 만났다. 자신과 비슷한 체격, 힘. 하지만 그는 달랐다. 기술도 있었다.

패도는 무정에게 배우고 있었다.

패도의 입 꼬리가 올라갔다. 기왕 이렇게 된 것 그동안의 심득을 실험해 보기로 마음먹었다. 비의 화살이 떨어지는 가운데 패도는 몸을 움직였다.

정(靜)적인 가문의 도법인 거도십삼세(巨刀十三勢)가 아닌 부드럽게 움직이며 검무(劍舞)를 추듯 자신만의 검을 휘둘렀다.

무정을 보고 배웠다지만 전혀 무정과는 다른 도법이었다. 사방 일장 이상의 공간에 부러진 화살들이 쌓이기 시작했다.

하귀는 패도의 움직임을 봤다. 예전의 그의 모습이 아니었다.

대장이 아니라 광검과 비슷한 느낌이지만 아직 연성된 것은 아닌 듯 철탑 같은 느낌은 그대로였다. 그러나 온몸의 관절을 이용하듯 부드럽고 빠르게 거도가 휘둘러지고 있었다.

하귀는 불현듯 호승심이 일었다. 그는 하늘에서 떠오르는 화살의 비를 보며 힘차게 발을 놀렸다. 순간 그의 신형이 솟구쳤다.

"차핫!"

허공에 수많은 동그라미가 그려졌다. 그의 창은 팔 척이 넘었다. 오척이 좀 넘는 키로 그렇게 많은 동그라미를 그린다는 것은 상당한 기술이었다. 그는 최소한 열두 개 이상의 동그라미를 그렸다.

투둥! 투두둥! 투두! 투투!

수많은 격타음이 난무했다. 그러나 화살은 워낙 많이 떨어지고 있어 하귀는 계속 뛰어오를 수밖에 없었다. 대장이 무릎을 꿇고 있다고 해서 작은 것이 아니었다. 그는 계속 뛰면서 공간을 점유했다.

네다섯 번쯤 뛰었을까? 하귀는 체력이 딸리기 시작했다. 합격을 주로 했던 그에게는 무리였다.

하귀는 이를 악물고 뛰었다. 그 순간 한 개의 화살이 창의 동그라미를 뚫고 들어왔다. 이대로 가면 대장의 머리가 뚫릴 것이기에 그럴 수는 없었다. 이를 악문 하귀는 결심했다.

무정은 간신히 고개를 들었다. 그의 눈에 저마다 화살 한두 개 이상씩은 몸에 박힌 일행이 보였다. 지친 기색의 하귀가 손을 놀리는 것도 똑똑히 보였다. 답답한 순간이다.

그 순간 하늘에서 화살 한 대가 하귀의 방어를 뚫고 무정의 얼굴로 날아드는 것이 보였다. 무정은 움직이고자 했지만 몸이 말을 듣지 않았다. 그저 무정은 이만 앙다물 뿐이었다.

"이야아압!"

갑자기 귓가에 하귀의 목소리가 들려왔다. 순간 무언가 검은 그림자가 그의 눈앞을 막았다. 하귀의 발이었다.

푸욱!

화살은 하귀의 장딴지를 관통하고는 무정의 눈앞에서 반 치가량 사이를 두고 멈추었다.

투두두둑!

그의 얼굴에 하귀의 피가 튀었다. 부르르 떠는 화살 끝이 하귀의 피를 머금은 것을 무정은 똑똑히 보았다.

하지만 화살비는 끝난 것이 아니었다. 하귀는 균형을 잃고 떨어지며 그대로 무정의 머리 위로 몸을 실었다.

푸푹! 푹!

잇달아 몇 개의 화살이 하귀의 몸에 박혔지만 화살은 계속 떨어지고 있었다. 하귀는 고통에 몸을 떨었다. 그때였다.

투투투퉁!

허공에서 화려한 창의 원이 그려졌다. 상귀였다.

그는 왼쪽 어깨와 넓적다리에 화살을 맞고 있었는데 하귀를 보는 그의 눈에 핏발이 서 있었다.

"야, 이 씹새! 이 멍청한! 아, 안, 안 일어나, 이 새끼야!"

상귀의 눈에서 눈물이 흘렀다. 코 흘릴 적부터 같이 살던 놈이다. 그 누구도 그를 대신하지 못했다.

어느덧 화살비는 멈추었다. 상귀의 울부짖음이 일행의 마음속에 칼날처럼 비집고 들어왔다.

4

무정은 하귀의 몸을 느꼈다. 그의 오른쪽 어깨에서 두근거리는 하귀의 심장이 느껴졌다. 이후 최소한 세 번 이상의 충격이 느껴졌다.

보지 않아도 알 수 있었다. 자신을 대신해 하귀가 화살을 맞은 것이다. 무정의 눈에 핏물이 고이며 온몸이 부들부들 떨리기 시작했다.

발끝에 힘을 주었다. 억지로라도 그는 힘을 주었다. 그의 몸이 떨리면서 하귀의 신형이 오른쪽으로 쏟아지며 떨어졌다. 그의 고통스런 얼굴이 보이는 듯했다.

순간 그의 단전 부근이 따스해져 왔다. 아주 작은 그의 단전이었지만 그곳에서 약간의 힘이 느껴졌다. 그 작은 힘이 무정의 온몸으로 실처럼 가늘게 퍼졌다.

으드드득!

몸을 거치면서 힘이 불어나기 시작했다. 이곳저곳 몸속의 통로를 거치면서 그 작은 힘들이 증폭되며 이완된 근육들이 다시 제자리를 찾아가기 시작했다.

시작은 아주 작은 것이었지만 사지에 도달한 힘은 절대로 작은 힘이 아니었다.

"이눔아, 상귀야! 잠시 비켜봐라! 어서 하귀의 상처를……!"

고죽노인은 상귀의 신형을 밀치며 하귀를 막 안으려다 동작을 정지했다. 그의 눈에 무정의 오른손이 보였다. 꽉 쥐어진 채 부들부들 떨리고 있는 오른손이…….

"무, 무 대주!"

"응?"

광검의 눈이 커졌다. 하귀의 신형이 흔들리며 밑에 있던 무정이 움직이기 시작한 것이다.

고죽노인이 얼른 하귀의 신형을 무정의 등에서 끌어내리고 응급 조치를 시작할 때였다.

"으아아아아아아악!!"

쩌어어엉!

단말마의 절규와 함께 무정의 초우가 허공에서 도신을 번쩍였다. 그가 일어선 것이다. 도저히 움직일 수 없던 무정이 일어섰다.

쉴 새 없이 흔들리는 그의 몸이 위태로워 보였다. 긴 머리카락 사이로 언뜻 보이는 그의 눈만 붉은 혈광을 머금은 채 빛날 뿐이었다.

"대, 대장!"

상귀는 넋 나간 표정으로 무정을 바라보았다 그러나 무정은 그를 보고 있지 않았다.

그는 눈을 돌려 하귀를 바라보고 있었다. 화살을 맞고 헐떡이는 하귀를……

우두두둑!

무정이 어금니를 악물고는 이윽고 눈을 돌려 적장으로 보이는 자를 찾았다. 그리곤 서서히 걷기 시작했다.

이미 한 차례의 화살비는 끝났다. 로안은 두 번째 연사를 지시하고자 했다.

그때 그의 눈에 긴 머리의 사내가 일어서는 것이 보이자 로안의 눈이 번쩍였다. 아마도 저자가 대장일 것이다. 그는 아랫입술을 지그시 깨물며 한참을 생각하다 말에서 내렸다. 그리고는 자신의 궁을 꺼냈다.

대천뇌궁(大天雷弓). 그의 활 이름이다. 육 척의 거대한 활로 그는 활에 사 척짜리 쇠 화살을 먹이고는 손을 뒤로 잡아 젖혔다.

키이이이이잉!

시위가 뒤로 힘차게 당겨졌다. 오른쪽 눈가 가까이까지 힘차게 당기자 양 어깨에 뻐근함이 극명하게 느껴졌다.

이감. 이 느낌이다. 단 한 번도 대천뇌궁은 자신을 실망시킨 적이 없었다.

이제 이 시위를 놓으면 눈 깜박할 사이에 저자는 쓰러질 것이다. 너무도 당연한 일이기에 적장을 스스로 잡는 데도 불구하고 아무런 느낌이 없었다.

궁수들에게 신호를 해 저자를 죽일 수도 있었다. 하나 전투는 오늘만 있는 것이 아니다. 저들을 죽이고 바로 감숙으로 가야 한다. 병사들의 사기를 생각한다면 로얀 자신이 무정을 죽이는 것이 제일 좋았다.

명군의 혈귀를 죽인 사람 밑에 있는 것으로도 병사들의 사기는 올라갈 것이기에.

"후웅!"

로얀의 오른손이 시위를 놓았다. 커다란 파공음과 함께 화살이 발사되었다.

씨이잉!

엄청난 속도로 공기를 가르는 소리가 들렸다. 곡선도 아닌 직선으로 근 육십여 장에 이르는 거리를 날아갔다.

그자가 궁을 드는 순간부터 집중하고 있던 무정은 피해야 한다고 생각했다. 엄청난 크기의 강궁을 보는 순간 그 위력이 능히 짐작되고도 남았다.

온 정신을 집중하기 시작했다. 우선은 봐야만 했다. 흔들거리는 신형은 두 번째 문제고 온 힘을 다해 미간 쪽에 집중하기 시작했다.

"……!"

한데 뭔가 이상한 힘이 몸 안에서 일어나고 있었다. 단전 부근에서 작은 힘이 올라오더니 차분히 치달아 올라왔다. 가슴과 목을 지나 미간까지 올라오며 점점 힘이 커졌다.

이 힘이었다. 이 힘 때문에 그가 일어설 수 있었다. 그리고 지금 그 힘은 점점 커져 가고 있었다.

순간적으로 무정의 신형이 흔들렸다. 머리가 깨지는 고통에 눈을 질끈 감자 순간 고통이 사라졌다.

무정은 다시 눈을 크게 떴다. 어느 순간 화살의 속도가 점점 느려지는 듯했다.

믿을 수 없게도 자신의 왼쪽 눈을 향해 날아오고 있는 화살이 확실하게 보였다. 그는 이상하다고 생각하면서 오른쪽으로 고개를 살짝 돌렸다.

이런 속도라면 몸을 움직여 피하는 것은 물론 손으로 쳐낼 수도 있을 것만 같았다. 화살이 천천히 그의 왼쪽 귓가를 지나갔다.

“……!”

광검은 어이가 없었다. 이번 화살은 아까 궁수들이 쏜 화살에 비하여 강도나 속도가 비교도 안 되는 것이었다. 자신조차 피할 수 없을 것 같았다.

한데 비틀거리던 대장의 모습이 순간 흐릿해지더니 사라져 버렸다. 그는 달려나가려던 신형을 멈추었다.

어이가 없기는 로얀도 마찬가지였다. 그는 궁사 출신으로 대장이 된 자로 궁사들의 희망이었다.

오백 보 밖에서도 양의 눈을 맞추었고 백 보 안에서는 움직이는 무엇이든 맞힐 자신이 있었다. 그는 얼굴을 굳히며 다시 궁을 들었다.

팡! 파팡!

두 개의 활이 연사되었다. 거의 차이가 없는 화살이 무정에게 날아왔다.

무정은 필사적으로 몸을 움직이며 걸었다. 근육이 윙윙거리는 것이 느껴졌다. 걸으면 걸을수록 빠르게 그의 근육에 힘이 들어가기 시작했다.

이상한 점은 초우의 무게가 거의 느껴지지 않는다는 것이었다. 그때 무정은 자신을 향해 날아오는 두 개의 화살을 보았다. 무정은 다시 정신을 집중했다.

역시나 화살은 느리게 느껴졌다. 하나는 머리, 하나는 가슴이었다. 무정은 왼쪽으로 한 걸음 뛰었다.

씨시시싱!

두 발의 철시가 허공을 갈랐다. 헛되이 날아간 화살은 땅바닥에 힘없이 떨어졌다. 땅바닥에 먼지를 내며 튕기듯이 날아가더니 무정 일행 쪽으로 계속 땅에 튕겨지며 날아갔다. 정말 대단한 힘이었다.

콰악!

화살이 멈추었다. 누군가의 발이 화살과 땅을 같이 밟고 있었다. 고죽노인의 발이었다.

"……."

아무 말도 없이 고죽노인의 눈이 무정의 뒷모습을 바라보고 있었다. 굳은 얼굴로 손에 쥔 단창을 떨릴 정도로 꽉 쥔 채로.

로얀의 얼굴이 백지장처럼 굳어졌다. 분명히 놈은 움직였다. 아니, 움직였다고 보는 순간 사라지더니 옆에서 나타났다. 귀신같은 신법이었다. 그는 손을 들었다.

"궁수 부대 사격! 목표는 저 흑의인! 모든 것을 제쳐두고 집중 공격!"

씨시시시싱!

수많은 화살이 무정에게 집중되었다. 쏟아지는 화살에 무정이 보이지도 않을 정도였다. 패도는 박차고 나가려 했다. 그러나 광검의 손이 그의 앞을 제지했다.

"저길 봐라, 패도."

패도는 그의 손끝을 보았다. 거기엔 없었다. 무정이 있어야 할 곳인데 그는 보이지 않았다. 언뜻언뜻 검은 그림자가 보이긴 했다.

패도는 멍해졌다.

"저게… 그 이형환위(移形換位)… 라는 건가?"

나지막한 패도의 목소리에 광검은 머리를 흔들었다. 이해할 수가 없었다.

대장은 거의 산송장이었다. 그런 사람이 저렇게 싸울 수 있을까? 이형환위라는 것은 본 적도 없었다. 하늘을 날았다는 소림사의 전전대 고승이라면 가능할까? 광검은 고개를 흔들었다.

"나도 모르겠다, 모르겠어. 허허허."

공허한 광검의 웃음이 울려 퍼졌다. 겨우 응급 조치가 된 하귀조차 대장의 모습에 혀를 내둘렀다.

"에이, 치사하게……. 저렇게 잘만… 뛰댕기면서……."

"카악, 퉤! 조용히 해, 씹새야! 뒤지기 싫으면… 체력을 아껴! 쓰벌, 방쉐이 같으니!"

눈을 부라리며 지껄이는 상귀의 얼굴에 하귀는 숨을 헐떡이며 조용히 웃었다. 지저분한 상귀의 얼굴에는 두 줄기 허연 선이 눈밑으로 길게 나 있었다.

고죽노인은 그런 두 사람의 모습에 미소 지었다. 그의 시선이 무정에게 옮겨졌다.

"전단격류(戰單擊類)의 무공이 있다고 들은 기억이 있네."

무정의 신형이 점차 빨라졌다. 화살은 그에겐 아무 소용이 없었고 되려 무정은 기척도 없이 어느새 궁수 부대의 지척에 도달했다. 고죽노인의 목소리가 계속 울렸다.

"수련 방법도 없는 기록상의 이름이라 하더군……."

무정이 드디어 궁수 부대 안으로 뛰어들었다. 아니, 뛰어든 것 같았다. 신형이 보이질 않으니 확신할 수는 없었다.

"수많은 전장에서 목숨을 담보로 얻는다고는 하지만……."

그의 도가 번뜩인 것 같았다. 보이지 않는 가운데 도광이 번뜩이고 핏물이 튀어 오르더니 부연 피안개가 점차 짙게 피어올랐다.

"아무도 본 적이 없기에 나도 믿지 않았네."

혈무가 점점 커지며 적장에게 다가가고 있었다. 로안의 당황한 얼굴이 보였다.

"만일 정말 불패의 전단격류라는 무공이 있다면……."

적장 로안은 말에 오르려 했다. 하지만 할 수 없었다. 이미 말의 목이 깨끗하게 잘려 나가고 있었다.

"정말 있다면……."

적장의 모습이 일행의 눈에 들어왔다. 그는 백회혈부터 회음혈까지 양단되고 있었다.

"그건 아마 무정 대주가 아닐까 하네."

그제야 무정의 모습이 보였다. 그의 몸은 피로 칠해져 있었다. 엄청나게 솟아오르는 묵빛 기류는 검은 안개를 보는 것 같았다. 핏물에 젖어버린 머리칼은 몸의 이곳저곳에 착 달라붙어 있었고 그의 가슴은 쉴 새 없이 들락거리고 있었다. 초우가 머금은 혈광만이 은은했다.

이미 해는 넘어 어둑해지고 있는 초원에서 무정의 두 눈만이 야수마냥 번쩍였다. 그저 미동도 없이 조용히 서 있을 뿐이지만 무정의 모습은 지옥에서 현신한 한 마리의 야차와도 같았다.

부대장 기옌은 정신을 차릴 수가 없었다. 저건 인간이 아니었다. 기척도 모습도 없었고 신궁이라는 로얀 대장도 한 칼에 당했다. 그는 허겁지겁 뒤로 물러섰다.

순식간에 이미 백여 명 이상의 병력을 잃었기에 사기는 크게 떨어졌다. 하지만 단 한 명의 적에게 이렇게 될 수는 없는 일. 그는 정신을 차리고 이를 악물며 소리쳤다.

"궁수! 정… 위치… 공……."

콰앙! 콰콰쾅!

막 공격을 명령하던 기옌은 귀청을 찢는 폭음에 사방을 둘러보았다. 남쪽에서 거대한 먼지구름이 엄청난 소음과 함께 피어났다. 기옌의 머리 속이 아찔해졌다.

화포였다. 그렇다면 몰려온 적은 일개 변방의 수비대가 아니다.

"어림군(御臨軍)!"

명나라 최강의 부대. 황실 직속으로 강력한 화포를 일만여 문이나 준비하고 있었다. 기옌은 이를 악물었다. 화포는 그들에게 있어 가장 큰 적이다. 그는 우각수를 불렀다.

"퇴각! 퇴각이다! 이대로 본대와 합류한다!"

긴 우각 소리가 끊임없이 울렸다. 그와 함께 명나라 북쪽 변방의 최대의 적 오이랏트가 뿔뿔이 흩어져 갔다.

"이거였나, 반뇌?"

광검은 여기저기 화살에 박혀 주저앉은 반뇌를 보며 입을 열었다. 반뇌는 아무 말 없이 조용히 웃었다. 며칠 전 무정이 광검과 비무하던 날 야간에 어딘가 다녀온 것을 일행은 기억했다. 어딜 다녀왔는지 물어도 히죽 웃을 뿐 아무 말이 없던 반뇌였다.

"쓰벌, 올 거면 좀 빨랑 오지. 니기미……."

입가에 환한 미소를 지으며 상귀가 투덜댔다. 긴장이 풀어지는 듯했다. 어깨와 허벅지가 그제야 쑤셔오기 시작했다.

멀리서 몇 필의 인마가 먼지를 일으키며 다가왔다. 마 대인과 수하들이었다. 마 대인은 그들 앞에 멈추었다.

"무정은, 무정은 어디 있나?"

다급한 마 대인의 말에 패도는 조용히 거도를 들었다. 그의 칼끝에 무정의 신형이 보였다. 저기 칠십여 장 밖에 무정이 서 있었다. 마 대인은 말을 몰았다.

무정은 적장을 벤 후 조용히 서 있었다. 그는 이제 정말 움직이기도 싫었다. 무슨 일이 있었는지 기억도 없었다.

갑자기 어디선가 말발굽 소리가 들려왔다. 반사적으로 고개를 들자 묵빛 기운이 일렁이기 시작했다. 그가 생각하기도 전에 이미 그의 몸이 반응하기 시작한 것이다.

하나 기운은 곧 사라지고 초우도 내려갔다. 잊을래야 잊을 수 없는 인물, 마 대인이었다. 무정은 고개를 좀 더 들었다.

일행이 마차에 옮겨지고 있었다. 저 아래서 상귀가 무정을 향해 창을 흔들고 있는 것이 보이자 무정은 고개를 끄덕였다. 갑자기 칙칙해진 어둠의 축축함이 뺨에 늘어붙고 있었다. 그는 눈을 감았다. 그리고는 고개를 떨구었다.

"무정! 무정! 정신 차려라! 정아! 정아야!"

말에서 내린 마 대인은 얼굴색이 하얗게 변했다. 무정은 선 채로 기절해 있었다.

　　무정과 일행을 실은 마차는 감숙성을 향해 달렸다. 빨리 몰라는 마
대인의 호통 소리에 마부는 연신 식은땀을 흘렸다. 수많은 사람들이
흘린 피로 함뿍 젖은 이 대지는 감숙성 부근의 어느 이름없는 초원이
었다.

제5장

전장을 떠나다

전장을 떠나다 1

쪼로롱! 쪼롱!

귓가로 새들의 울림이 느껴졌다. 몽롱한 의식 속에서 들리는 새소리에 차츰 의식이 가닥을 잡아가는 듯 굳게 닫혀 있던 눈꺼풀이 조금씩 움직이고 있었다.

겨우 눈을 뜬 무정은 정신을 차릴 수가 없었다. 희뿌연 눈앞의 풍경이 조금은 생소해 보였고 이곳이 자신의 숙소인지, 혹은 다른 곳인지 알 수 없었다.

아마도 누워 있는 채로 꽤 시일이 지났을 것 같은데… 좀 더 눈을 밝은 곳에 적응시키기 위해 그는 천천히 눈을 떴다 감았다를 반복했다.

"……."

이윽고 완전히 눈을 뜨자 주위의 풍광이 한눈에 들어왔다. 눈이 조금 아파왔지만 상관없었다.

천장에 보이는 서까래가 낯익게 느껴졌다. 작은 대나무 탁자와 의자 두 개, 그 위에 자신의 무구와 유등 하나가 있었고 그 옆에 한눈에 보이는 초우(初友). 그것은 지금 탁자 옆에 비스듬히 등을 기대고 있었다.

자신의 방이다. 적이 안정이 된 그는 서서히 몸을 일으켰다.

"우… 욱!"

온몸의 근육이 아우성쳤다. 무정은 씁쓸한 표정을 지었다. 마지막으로 기억나는 것은 마 대인의 얼굴뿐 어떻게 이곳까지 오게 되었는지 전혀 기억이 없었다.

일단은 일어나야 했다. 온몸이 축 처지는 게 아무래도 너무 오래 누워 있었던 것 같았다. 무정은 인상을 쓰면서 억지로 몸을 일으켰다.

우두두둑!

근육이 제자리를 찾아가는 파육음(破肉音)과 함께 무정은 침상에서 일어나 걸터앉았다. 창가에 비추는 햇살로 보아 아마도 아침 같았다. 조그만 이름 모를 새소리가 끊임없이 들려오는 것이 그런 생각을 더욱 확실하게 해주었다.

무정은 자신의 몸을 돌아보았다. 거의 온몸이 면포(綿佈)로 감겨 있었고 성한 곳은 목 윗부분뿐이었다. 그는 무의식적으로 손을 들어 자신의 오른 뺨 위로 가져갔다.

늘 그랬듯이 손끝으로 구불구불한 상처가 만져지자 갑자기 그는 웃음이 나왔다. 즐거워 웃는 웃음이 아닌 조금은 허탈한 소리 없는 웃음이 방 안을 맴돌았다.

덩그러니 혼자 남겨진 방 안에 감도는 고요가 그를 뒤돌아보게 했다. 손가락 끝의 징그러운 감각이 소름 끼칠 정도로 섬세하게 느껴졌다.

이 상처 때문이었다. 모든 것은 여기서 시작되었다. 이 상처를 준 사람을 베기 위해 도(刀)를 들었다. 이 상처를 잊기 위해 무공을 배웠고 이 상처 때문에 놀림받지 않기 위해 글도 배웠다. 그리고 세월이 흘렀다.

그와 함께 모든 것이 바뀌었다. 지금은 상처 따윈 신경도 쓰지 않는다. 도? 도는 눈앞에 보이는 것을 무조건 베기 위해 쓴다. 무공? 전장에서 살기 위해 수련한다. 글? 남들 하는 만큼은 해야겠다고 생각했다. 그 내용이야 어찌 되었던 『대학』까지 읽던 중이다. 갑자기 그는 머리를 흔들었다.

이번 전투가 그를 뒤흔든 것 같다. 정신적으로도 육체적으로도 상당한 변화가 왔는데 그도 그럴 것이 이제껏 수많은 전장을 누비고 살아남았어도 그렇게 사람을 한꺼번에 많이 죽인 적은 없었다.

하귀 때문에 이성을 잃었다. 하귀의 부상에 그는 화가 났었고 그 분노는 초우에게 피를 함뿍 머금게 해주었다. 하나 그러고 나서 지금 자신이 느끼는 감정은 도대체 무엇인지 무정은 알 수 없었다.

귓가에 들리는 사람들의 비명, 머리에 선명히 떠오르는 붉은 피, 그리고 가슴 안쪽의 저 멀리서 울리는 이질적인 감각, 모멸감(侮蔑感)……. 단 한 번도 무정이 느끼지 못한 감각이었다. 무정은 멍한 눈으로 눈앞의 문을 바라보더니 천천히 일어나 걸어갔다.

바깥 날씨는 따스했다. 오월의 아침 햇살을 온몸으로 느끼며 그는 우물가로 다가갔다. 그리고는 온몸을 감싼 면포를 풀어헤쳤다.

촤아아아!

차가운 지하수가 정신을 일깨우자 그는 눈앞이 확연하게 또렷해지는 것을 느꼈다. 찬물을 뒤집어쓰기에는 아직 좀 싸늘하게 느껴지는 날씨지만 하늘만은 높고 푸르게 보였다.

그런 하늘 아래 한 인물이 보였다. 오 장 너머의 시립문에 팔짱을 끼고 기대고 있는 인물. 비루한 남삼을 입고 영웅건 사이로 까치머리를 한 청년은 광검 남궁추였다.

"정신이 들면 이거라도 걸치지 그래? 비연이 있었으면 정말 좋은 장면인데… 클클."

장난기 가득한 얼굴로 무정의 아랫도리에 시선을 주던 광검은 손에 쥔 검은 천을 내밀었다. 무정은 몇 번 물을 더 뿌린 후 천을 받았다. 허리 아래 둘둘 두르고 무정은 언제나 습관처럼 우물가에 걸터앉았다.

헐떡이는 그의 크고 넓은 가슴이 번들거렸다. 광검은 그런 무정을 잠시 바라보다가 무정의 옆에 걸터앉았다.

"보름 동안 누워 있었수. 우리가 마 대인에게 구출된 후부터."

"……."

짐작은 했지만 상당한 시간이 흐른 것이다. 무정은 메마른 어투로 물었다.

"다른 조원들은… 떠났나?"

"후, 대장이 없는 낭인대가 무슨 힘이 있겠나? 해체되었네. 그리고 이젠 전장도 진정이 된 듯하고. 일도 없을 것 같고 해서 다들 떠났네. 하나같이 안부 전해 달라더군."

"……."

고개를 끄덕이던 무정은 괜스레 가슴 한쪽이 허전해지는 것을 느꼈다. 이상한 감정이다. 비록 싫든 좋든 그들은 동료였고 사선을 함께 넘었지만 이곳은 전장. 그런 감정은 사치에 지나지 않았다.

언제 죽을지 모르는 전장에서는 누구도 자신을 완전히 드러내지 않는다. 그것이 동료를 잃었을 때 느끼는 슬픔과 허전함을 조금이나마 적게 해준다. 그저 친하지 않으니 슬플 것도 없다는 식의 자기 위안이 었다.

무정 역시 수많은 전장에서 그러한 점을 깨닫고 있었고 자신도 그렇게 해왔다. 한 부대가 손실되면 또 다른 부대로 편승되는 그런 삶을 살아왔다. 그렇기에 무정은 자신의 감정을 이해할 수 없었다. 알 수 없는 모멸감에 이어 허전함이란 감정이 들다니…….

"나는 그 말을 전하기 위해 남아 있었네. 오늘 대장을 봤으니… 나도 떠나겠어. 사실… 아들 놈 본 적도 오래되었고……."

"결혼… 했나?"

"핫핫, 했지. 그것도 꽤 빨리 했지. 아들 놈이 이제 일곱 살이니……."

무정이 출정하기 전 군문을 나서겠다는 말은 받아들여졌다. 일행이 돌아오는 마차 안에서 마 대인은 저간의 사정을 설명하고 낭인대를 해체했다. 사정을 짐작한 무정은 고개를 끄떡였다.

"그리 이상한 표정은 짓지 말게. 비록 광검이라 불리기는 해도 기실 나도 보통 사람일 뿐이니……."

무정은 남궁추가 결혼했을 것이라고는 생각하지 못했다. 그러고 보면 낭인대 중 그가 가장 모르는 인물이 있다면 남궁추와 고죽노인이었다.

담담한 광검의 말에 무정도 담담히 고개를 끄떡였다. 광검은 잠시 무정의 얼굴을 보다 일어섰다. 그리고 돌아서며 말을 이었다.

"나는 안휘성(安徽省) 남궁세가(南宮世家)의 셋째라네. 이제 세가로 돌아가니 언제 한번 들르게나."

광검의 몸이 사라지면서 그의 음성도 사라졌다. 무정은 고개를 들어 하늘을 바라보았다. 철 지난 꽃들이 잔 바람에 공중에서 흐느끼고 있었다. 이리저리 몸을 움직이는 그것들의 움직임이 왠지 무정의 눈에 한가득 들어왔다.

*　　　*　　　*

"후욱!"

연무장의 중앙에서 무정의 지친 호흡이 들려왔다. 어느덧 그가 일어난 지도 근 한 달이 되어가고 있었다. 무정은 요즘 작전에 투입되지 않았다. 그 자신도 더 이상 전장에 나서고 싶은 생각이 없었는데 왠지 마음 한구석이 허전한 것이 의욕이 일지 않기 때문이다. 사실 더 이상 싸울 이유도 없었고.

우량하 족의 야달목차는 오이랏트의 화살에 목숨을 잃었다. 그의 부하들도 뿔뿔이 흩어졌고 본진 삼천 대(對) 천오백의 주력 부대 싸움은 마 대인이 어림군(御臨軍)의 화포와 화포수를 구해왔을 때부터 명군의 승리였다.

마 대인은 이후 무정에게 달려갔고 오이랏트는 이를 정예 어림군의 공격으로 오해를 해 본진에 알려 회군하여 돌아갔다.

오이랏트야 감숙에서도 한참 위쪽인 고원 근처에 터를 잡고 사는 사람들이었고 국경 근처에서 도발해 왔던 우량하 족이 지리멸렬하게 되니 사실상 휴전(休戰)이 된 셈이다.

많은 사람들이 전장의 이슬로 사라졌지만 기적 같은 일도 일어났다. 위진천과 타마륵이 살아난 것이 그 대표적인 것으로 각자 몇 발의 화살을 맞았지만 천운(天運)이었는지 둘은 목숨을 건졌다.

어차피 소강 상태(小康常態)의 국면에 접어든 전장이기에 타마륵을 죽여 소뢰음사를 적대시할 필요는 없었다. 마 대인은 그렇게 타마륵을 치료하고 놓아주었다.

타마륵은 마라불의 시신을 화장해 유골(遺骨)을 만들어 가지고 돌아 갔다. 위진천은 멍한 상태에서 구조되었는데 심적 고통이 큰 듯 아직 도 부상이 낫지 않았다며 군문의 복귀를 거부하고 있었다.

무정도 이젠 군의 일보다는 무공에 매달렸다. 그가 아는 무공은 군 에서 배운 무공 외에는 없었다. 그는 오로지 그것만을 갈고닦았다. 그 렇게 무정은 자신의 무공을 하나하나 돌아보기 시작했다.

문득 무정의 시선이 초우로 향했다. 지금 초우는 칠 척 이십 촌의 크 기가 아니었다. 약 사 척 이십 촌 정도의 묵직한 도가 되어 있었는데 뒤의 창대 부분이 돌려 조립하는 용도로 만들어져 있었다. 문득 그는 섬서 영중의 목 노야가 생각났다.

목 노야의 눈이 찢어질 듯 커졌다. 그의 흰 수염이 부르르 떨리고 있 었다.

"무정, 자넨 이 참마도가 얼마나 대단한 것인 줄 알고 하는 소리인 가?"

"……."

소리없이 무정의 고개가 끄떡여졌다. 정말 잘 알아서 그런 것은 아 니었고 비록 기물이지만 마음으로 느끼는 친구로서 잘 안다는 뜻이었 다. 목 노야는 그런 무정을 보며 한숨을 쉬었다.

"그런 사람이 자루를 잘라 달라니… 도대체 무슨 생각인 거야?"

노인은 고함을 버럭버럭 지르며 소리쳤다. 하지만 무정은 단호했다.

그것은 마 대인의 권유였다. 강호에서는 참마도를 잘 쓰지 않는다. 혹여 쓰더라도 말이나 베는 하류로 취급하기 일쑤였고 그런 선입관은 가지고 다니는 사람도 같이 뭉뚱그려 생각되었다. 무정이 눈을 뜨자 마 대인이 제일 먼저 권유한 것이 그것이었다.

목 노야는 갑자기 두 손으로 참마도를 힘겹게 들었다. 그리고는 옆에 놓여져 있는 산수(酸水) 통에 집어넣었다. 잘 안 되는 듯 놀랍다는 표정으로 통을 지켜보다 사람을 시켜 산수를 더 붓게 하고는 눈을 떼지 못했다.

이윽고 뭔가 된 듯 고개를 끄떡이며 통에 담가진 초우를 보다가 목 노야는 초우를 들어 올려 무정의 눈앞에 내려놓았다.

터덩!

"……."

무정의 눈이 커졌다. 탁자 위에 올려진 사 척 길이에 육 촌 너비의 초우는 그 도신에 엄청난 수의 산수화 무늬가 그려져 있었다. 은은한 묵광이 나는 백철인 줄 알았는데 그것이 아니었다.

그 문양은 자신이 차고 있는 무구류에도 있는 문양이지만 무늬의 간격이 자신의 것과는 비교가 안 될 정도로 촘촘하게 박혀 있었다.

"이 참마도는 일반적인 명검, 명도와는 비교가 안 되네. 이 문양을 보게. 그리고 그 간격을. 이건 최소한 금속을 오만 번 이상 접고 두드려야 하네. 그러면서도 절대 깨지거나 눌어붙어서도 안 되고. 난 지금껏 이런 도를 본 적이 없고 앞으로도 볼 수 없을 것이네. 물론 이 같은 재질의 자루도 마찬가지일세. 그런데 잘라 달라니… 그게 말이 되는가?"

목에 핏대를 세운 목 노야는 거의 애원 수준이었다. 금속을 오만 번 이상 접고 두드릴라치면 최소한 십 년 이상 걸린다. 게다가 이런 매끈한 표면을 가지려면 족히 사오 년 이상은 숫돌에 갈아야 한다.

그래야 강도와 표면, 그리고 무엇보다도 무게 중심이 정확히 맞는 도가 되는 것이다. 누가 만든 것인지는 모르지만 이 참마도는 한 장인(匠人)의 일평생이 담긴 것이나 마찬가지였다.

"……."

목 노야의 말에 무정의 눈이 잠깐 흔들렸다. 그러나 갈등하는 듯 잠시 시간을 두고 아무 말 없더니 곧 다시 예전의 눈빛을 찾았다. 흔들리지 않는 의지의 표현이었다.

"휴, 알았네, 알았어. 삼 주 후에나 다시 오게."

눈치를 살피다 무정의 의도를 짐작하고 목 노야는 체념한 듯 한숨을 쉬며 손을 흔들었다. 제자들을 모두 불러 모아야 하는 일이었다. 육십을 바라보는 그 혼자는 무리였고 당분간 다른 일에는 손을 떼야 할 것이다.

무정은 작게 고개를 까딱였다. 그리곤 몸을 돌렸다.

삼 주 후 그가 왔을 때 목 노야는 보이지 않았다. 대신 수석제자(首席弟子) 관산(寬傪)이 그를 맞았다. 목 노야는 무리를 해 쉬고 있고 자신이 모든 것을 일임받았다고 했다.

그는 눈을 돌려 탁상 위에 올려진 초우를 보았다. 사 척 이십 촌의 길이에 손잡이 끝에 주먹보다 조금 작은 구슬이 달려 있었다.

외견상으로 보이는 것은 그 정도가 다였다. 그 외에 날이 예리하게 서 있다는 정도? 무정이 초우를 잡았다.

“…….”

무정의 눈에 감탄의 빛이 일었다. 마치 예전 장창 길이의 초우를 쓸 때처럼 무게 중심이 정확하게 맞았다. 자루를 잘라내어 어느 정도 힘들 것이라고 생각했으나 전혀 그런 감은 없었고 마치 처음부터 이 정도의 길이인 듯했다. 과연 섬서제일장(陝西第一匠)으로 불리는 목 노야의 솜씨였다.

“그 구슬은 보통 구슬이 아닙니다. 일 촌 정도의 두께에 안쪽에는 연납(鉛鈉)이 들어 있습니다. 그 연의 무게를 가감하여 중심을 맞춘 것입니다. 사부님의 모든 것이 담겨 있다 해도 과언이 아닙니다.”

관산의 입이 조용히 열렸다. 그 말에 무정은 손잡이 끝의 구슬을 자세히 보았는데 조그마한 틈도 없었다. 정말 대단한 솜씨였다. 그때 관산의 손이 무언가 내밀었다. 초우의 잘려진 자루였다.

“사부님께서는 자루 자체의 질도 상당히 좋아 버리기는 아깝다고 하시면서 이것도 만드셨습니다. 여기 이 부분을 참마도에 끼워보십시오.”

관산의 말에 무정은 자루를 받아 나선형의 강선이 있는 곳을 초우의 손잡이에 대고 돌렸다.

끼릭끼릭.

금속의 마찰음이 들리며 다시 칠 척 이십 촌의 초우로 변했다. 자루 끝에는 또 하나의 구슬이 붙어 있었다. 그 구슬의 길이 때문에 육 촌 정도가 더 길어지기는 했지만 역시 무게 중심을 맞춘 듯했다.

전체 무게는 세 근쯤 더 무거워 진 것 같았지만 무정에게는 별 어려움이 없었다.

새로워진 초우의 모습에 무정은 만족한 웃음을 지으며 품속을 더듬었다. 자신이 가진 모든 것을 내놓을 작정이었다. 무기 이전에 친구이기에. 한데 관산의 손이 올라가더니 좌우로 흔들며 입을 열었다.

"사부님께서 돈은 받지 말라 하셨습니다. 그저 당신이 손을 대셨다는 것만 기억해 달라 하시더이다."

관산은 손을 흔들며 말을 마치고는 곧장 안채로 들어갔다. 최고의 것에 손을 대어 다시 최고의 것으로 돌려놓는 것. 장인들에게는 꿈의 경지였다. 창작(創作)보다도 더욱 힘든 것이 바로 이러한 보수(補修)였던 것이다.

문득 무정의 뇌리에 만족스러워하는 목 노야의 얼굴이 보이는 듯했다. 그는 품속에서 손을 뺐다. 그리고는 초우를 들어 자세를 잡더니 옆에 있는 집채만한 바위를 긁었다.

쩌엉!

엄청난 소리와 함께 단단한 화강암이 두 치 두께의 홈을 만들었다. 그는 왼쪽으로 일 보를 옮겼다. 그리고 이번엔 초우의 자루를 빼내어 옆에 내려놓고는 자세를 취해 다시 내리그었다.

쩌엉!

또다시 화강암에 홈이 파였다. 동일한 자세, 동일한 힘으로 내려친 일격에 무정은 잠시 그 흔적을 바라보다 초우를 도갑에 넣고 자루를 챙겼다. 그의 고개가 내원 쪽으로 깊숙이 숙여졌다가 일어섰다. 그리고는 몸을 돌렸다.

목 노야는 눈에 뿌연 안개가 서린 듯 앞이 잘 보이지 않았다. 그는 두 손을 뻗어 각기 한 줄씩 손가락을 대고 밑으로 훑었다.

같았다. 마치 그림을 그린 듯 그의 손끝에서 동일한 도의 잔떨림이 느껴졌다. 완벽하게 무게 중심이 맞춰진 것이다. 그의 눈에서 눈물이 흐르기 시작했다. 형언할 수 없는 환희의 눈물이었다.

무정은 대가를 치른 것이 아니라 보여주고 남겨준 셈이었다. 이 흔적은 당신의 업적을 세상에 알려주겠다는 무언의 약속이었던 것이다.

"고맙… 네, 무정."

목 노야는 목이 메었다. 그는 한참을 그 앞에 서 있었다. 어느새 안채에서 그의 제자들이 하나둘씩 모여들기 시작했다.

장인을 꿈꾸는 그들은 무정의 칼질이 남긴 의미를 알고는 조용히 허리를 숙이기 시작했다. 섬서제일장(陝西第一匠)에서 천하제일장(天下第一匠)으로 불리우게 될 자신들의 사부에 대한 무한한 공경의 표시였다.

2

무정이 짧아진 그의 초우를 오른손으로 들자 다섯 관의 초우가 가볍게 들려졌다. 칠 척의 참마도일 때도 자루 끝을 잡고 휘두른 그였기에 이 정도 무게는 아무것도 아니었다. 그는 군문의 도법을 시전하기 시작했다.

원래 군문의 무공은 일정한 틀이 없었다. 물론 투로나 초식 등은 비록 간결하나마 있지만 대문파의 그것과 비교하면 초라해 보일 정도로 우스운 이름에 너무나도 간결했다.

하나 군문의 무공은 실전을 위주로 하는 것을 최우선으로 한다. 실전에서 자연스럽게 나오는 것을 그 목표로 삼는 것인데 이러한 점은 여타 대문파의 목표와 다르지 않았다.

군문의 무공은 초식과 그 초식의 운용은 일정한 틀을 갖고 있지만 실전에서는 그렇게 사용하지 못하도록 한다. 즉 항상 초식과 투로를 연습하며 숙달시키는 것이 곧 혼탁한 전장에서 유연하고 창의적인 운용을 가능하게 한다는 것이었다. 이러한 것은 어떠한 군사 관계 서적에서도 항상 쓰여 있는 교과서적인 문구였다.

그러나 솔직히 그것은 말로는 쉬운 일이었으나 실전에서 가능한 자는 아마 군문을 통틀어 무정 정도일 것이다.

그렇게 무정이 연무하는 연무장의 한 켠에서 마 대인은 조용히 지켜보고 있었다. 그가 생각하기에도 무정의 무공은 정말 대단한 것이었다.

자신도 제독검십사세(堤督劍十四勢)를 극성으로 익혀 강호 내에서는 일류의 반열에 겨우 출사할 정도지만 그것은 바탕에 자신의 가문에 내려온 무량심법에 의한 내공이 있기 때문이었다.

그것도 이제 오십을 넘긴 나이에 일류로 겨우 올라선 것인데 저기 보이는 무정은 이제 이십 대 중반에 거의 절정 수준에 올라 있었다. 그의 입가에 대견스럽다는 미소가 걸렸다.

무정의 전신이 긴장하기 시작했다. 형(形)은 형일 뿐이다. 실전처럼 하기 위해선 상대가 필요했다.

문득 그는 찬바람이 그의 긴 머리를 감아 올리는 것을 느꼈다. 그와 함께 이제 막 피고 저물어가는 수많은 꽃잎들이 담을 넘어 날아들자 무정의 눈이 번뜩였다.

정신을 집중하기 시작한 무정의 주위로 질식할 듯한 살기가 피어오르며 그의 양 미간 사이와 양 골반, 그리고 단전이라 불리는 곳과 양 어깨에 따스한 기운이 느껴졌다. 특하나 단전 부근의 느낌은 지난번 전투 이후에 새로 생겨 확연하게 느껴지는 증상이었다.

형식도 규칙도 없이 흩날리는 꽃잎들의 움직임이 그에게는 한없이 느리게만 느껴졌다. 일순 신형이 움직이며 그의 애병 초우가 허공을 갈랐다.

마 대인은 자신의 눈을 의심했다. 흐릿한 검은 그림자가 장원 한가득 메워졌다. 알 수 없는 묵기가 수많은 꽃잎들을 감아 올렸다. 그리고는 흐릿한 도광……

수많은 꽃잎들이 바스라졌다. 십여 장의 연무장에 꽃가루처럼 반짝이는 바스라진 꽃잎들이 비단을 펼친 듯 펼쳐졌다.

"……."

마 대인은 멍하니 서 있었다. 기척도 소리도 없다. 무정의 무공에 대해서는 부상 입은 낭인대원들의 증언을 통해 이미 알고 있었다. 자신조차 그 기척을 알 수 없는 상대. 마 대인은 이미 그의 일검조차 받을 수 없다는 것을 깨달았다.

이윽고 무정의 신형이 나타났다. 처음 있던 자리 그대로……. 그가 움직였다는 것은 바닥에 보이는 수없이 많은 발자국을 보면 알 수 있었다.

짝짝짝짝!

무정은 초우를 내렸다. 마 대인이 와 있다는 것은 이미 알고 있었다. 하지만 목표를 정한 상태에서 그냥 있기가 어색해 그는 그대로 신형을 뽑아 발도한 것이었다. 그는 조용히 허리를 숙였다.

"굉장하구나, 무정. 네가 이 정도일 줄은 몰랐다."

마 대인은 다가오며 말문을 열었다. 무정은 잘못을 들킨 어린아이처럼 쑥스러워했다. 마 대인 앞에서는 언제나 어려운 그였다.

흡사 아버지 같은 존재. 그가 바로 마 대인이었다.

"……."

"헛, 녀석. 그래, 처음 보는 것 같은데 초식 이름은 있느냐?"

"……."

무정은 쓴웃음을 지었다. 초식 이름이 있을 리 없었다. 그냥 움직이면서 연속 동작으로 이리 저리 베고 찌른 것이니. 마 대인의 눈에는 그게 초식처럼 보였나 보다.

"헛헛, 없는 모양이구나. 천천히 생각해 보거라. 이젠 군문의 무공을 넘어선 너의 무공이 된 듯하니……."

"…그리하겠습니다."

무정은 무뚝뚝하게 대답하고 허리를 숙였다. 그러나 그의 내심은 달랐다. 무언가 기분 좋은 느낌이었다. 나의 무공이라……. 이제 자신의 것이 생긴 것을 인정해 주는 데서 약간의 흥분이 느껴졌다.

나만의 것. 그런 생각이 무정의 마음속에서 자리 잡기 시작한 것이다. 단체를 중하게 여기는 군문으로부터 서서히 멀어져 가는 무정이나 정작 그는 그것을 느끼지 못했다.

"대청으로 오려무나. 차나 한잔 하자꾸나. 할 말도 있고 하니."

"예, 대인."

말과 함께 마 대인은 신형을 돌렸다. 무정도 깊이 고개를 숙이고 자신의 방으로 돌아갔다. 땀에 흠뻑 젖은 옷을 갈아입을 요량이었다.

여느 때처럼 대청은 정갈했다. 마 대인과 무정은 서로 마주 앉았다. 마 대인의 손이 탁상 위에서 조심스레 잔을 감싸 쥐었다. 마 대인은 왠지 모르게 분위기가 변한 것 같은 무정을 바라보았다.

한 자루의 잘 벼른 칼이라고 해야 할지, 언제나 그런 긴장감이 느껴졌던 무정이었는데 지금은 조금 달라져 있다. 비록 조금이긴 하지만 그런 느낌이 들었다.

"군문을 떠나겠다고 했었다."

담담한 목소리가 울렸다. 마 대인은 여전히 웃는 낯으로 무정을 대했다. 무정은 고개를 살짝 숙였다.

"강호로 나가볼 생각이냐?"

"…그렇습니다, 대인."

무정의 대답에 이번엔 마 대인이 고개를 끄덕였다. 오히려 늦은 감이 있는 것이 지금까지 그는 자신을 억제하고만 살아왔기 때문이다.

게다가 이젠 더 이상 군에서 무정의 역할은 없었다. 마 대인조차 이곳에서 섬서 도지휘사사 위민왕의 직속으로 배정받았다. 승진이라면 승진일 수도 있었는데 그것은 낭인대의 상귀가 결정적인 역할을 했다. 그는 잠시 추억을 더듬었다.

"너, 이 쓰벌 쏩새! 잘 만났다! 이 개쉐이, 꼼짝 말고 딱 서 있어! 이 쓰벌 쉐이야!"

위민왕과 위군성의 안색이 변했다. 특히 위군성의 안색은 파리하다 못해 푸르뎅뎅해졌다. 그들은 지금 용현천호소에 와 있었다. 성공적으로 임무를 마친 낭인대를 치하하러 온 것이었다.

한데 그들의 막사에 들어오자마자 어디선가 거친 욕설이 흘러나왔다. 위군성은 지은 죄가 있어 가슴이 철렁했는데 설마 위민왕의 면전에서 이럴 줄은 몰랐다.

그가 소리가 난 쪽으로 고개를 돌리자 어깨와 허벅지를 면포로 동여

맨 거지 꼴의 인물이 장창을 꼬나 쥐고 달려오는 것이 보였다.

빠각!

"크어어어억!"

시원한 격타음과 함께 위군성의 눈앞에 수많은 별이 반짝였다. 차마 죽일 수는 없었는지 상귀가 장창을 거꾸로 잡고 창대로 위군성의 머리에 일격을 가한 것이다.

위민왕은 반사적으로 뒤로 멀찍이 물러났다. 저 더벅머리의 기세가 심상치 않았다.

"카아악, 퉤! 쓰벌! 어쭈? 안 일어나? 그럼 안 때릴 줄 아나 부지? 니기미, 쓰벌!"

"카악! 커윽! 커컥! 큭! 아아악!"

땅바닥에 널브러진 위군성의 신형 위로 상귀의 장창이 위아래로 힘차게 놀려졌다. 그때마다 위군성은 참으로 다양한 효과음을 내고 있었다.

"상귀! 무슨 짓인가? 위민왕 앞이네! 진정하고 그만 하게!"

엄중한 목소리로 마 대인은 상귀에게 고함쳤지만 말뿐이었다. 몸으로는 어떤 행동도 하지 않았다.

솔직히 그럴 생각도 없었다. 지금 시체처럼 누워 있는 무정을 생각하면 하마터면 자신도 검을 뽑을 뻔했으니…….

"카아아아악! 퉤엣! 마 대인, 말리지 마쇼! 내 오늘 개값 한번 물겠소, 니기미! 어딜 가, 이 쉐이야!!"

"끄악! 헉! 마, 마대……! 아아악! 사, 살려……! 어걱!"

틈을 봐 꾸물꾸물 신형을 옮기던 위군성은 그것을 눈치 챈 상귀에게 다시 두들겨 맞고 말았다.

상귀는 그야말로 눈에 뵈는 게 없었다. 그는 장창을 두 손으로 잡고 머리 위로 넘겨 온 힘을 다해 힘차게 팔을 내리려 했는데 갑자기 그의 장창이 무엇인가에 잡힌 듯 움직이지 않았다.

뒤를 돌아보는 상귀의 눈에 광검의 왼손이 자신의 창을 잡고 있는 것이 보이자 상귀의 인상이 험악해졌다.

"이런 쓰벌 동태 눈깔! 어거 안 놔! 야, 이 쐽새야! 놓으라고!"

"진정해라, 상귀. 그래 봐야 별 소용 없다."

"뭐, 이 쐽새야? 그럼 날 보고 어쩌란 거야? 다들 이 꼴이 됐는데 나 보고 구석에 처박혀 죽은 듯이 있으라 이거냐? 엉?"

두 눈을 부라리며 상귀는 부르짖었다. 틀린 말이 아니다.

광검 자신도 이자가 저 문을 열고 들어왔을 땐 자신도 모르게 눈에 독기를 품으며 검 자루에 손을 대고 있었으니까. 하지만 그렇게 다룰 수는 없었다. 잘못하면 상귀가 다칠 수도 있었기에.

그는 발걸음을 옮기며 상귀의 앞에 섰다. 눈앞에 눈치만 살피고 있는 위민왕이 보였다.

"저하, 한 말씀 드리겠소."

광검이란 칭호에 어울리게 존칭과 하대를 같이 쓰는 남궁추의 태도는 경을 칠 수도 있는 것이나 위민왕의 귀에는 그런 것쯤은 상관없었다. 그의 시선은 여전히 바닥에 널브러져 있는 위민성을 향해 있었다.

"이번 일은 명백한 위 책사의 잘못이오. 그리고 그것은 곧 저하의 잘못이기도 하오."

"……!"

광검의 말에 위민왕은 정신이 퍼뜩 들었다. 확실히 부하들의 잘못은 그 윗사람에게도 책임이 있다. 그런 것은 굳이 설명하지 않아도 알 수 있는 것이다.

비록 승리하기는 했지만 어림군의 화포까지 사용한 마당이라 일의 전후를 살피려는 조정의 움직임이 심상치 않았다.

어리숙하다 못해 바보 같은 작전이 시행되었다는 것이 드러나는 것은 시간문제였기에 실은 오늘 위험을 무릅쓰고 위군성과 온 것도 이들의 입을 막기 위해서였다.

"본인은 이번 일이 영명하신 황제 폐하의 귓전에 들어갈까 두렵소이다만… 저하는 안 그러신가 봅니다?"

위민왕은 저 반쯤 정신 나간 친구의 말에 점점 끌려들었다. 인정하기 싫지만 옳은 말이다. 부황이신 영종(英宗) 폐하에게는 아홉 명의 태자가 있었다. 황후의 소생은 아니고 모두 비의 소생들이다.

황후는 원자가 없었다. 오직 희명(熙明) 공주 한 명만 생산했을 뿐인데 왕의 총애가 대단했다. 하나 여자이기에 그는 별 신경을 쓰지 않았다.

자신은 이후 둘째이다. 이제야 막 기를 펴기 시작할 때인데 일이 이렇게 소문나 버리면 곤란했다. 셋째 순후(徇后)가 요즘 왕의 눈에 들기 위해 기를 쓰고 있다는 소문이 들리던 차였기에 그는 눈을 반짝였다.

"그대에게 무슨 생각이 있을 듯한데……."

위민왕의 말에 광검은 씨익 웃었다. 그리곤 다가와서 귀에 대고 말했다.

"책임을 물어 그를 파직시키시오. 그리고 그 자리에 마 대인을 채용하시오. 그럼 소문은 없을 것이오. 감숙성과 섬서성을 통틀어 그는 최고의 지장(智將)이자 맹장(猛將)이오. 아마 세인들이 저하를 보는 시선이 달라질 거요. 사람 보는 눈이 있다고 말이오."

조용히 귓속으로 속닥거리고 광검은 한 걸음 물러났다. 위민왕은 머리 속이 환해졌다. 제법 괜찮은 생각 같았다.

"흐흠, 보아하니 그대도 뭔가 바라는 것이 있는 듯한 눈치인데… 뭔가, 도대체?"

광검의 입술이 올라갔다. 거래가 성립되었다. 보아하니 위민왕도 한 눈치 하는 인물이었다.

그의 손가락이 뒤쪽의 상귀에게 향했다. 상귀는 지금 분을 삭이며 위군성을 노려보고 있는 중이었는데 광검은 그를 가리키며 말했다.

"저 친구, 그냥 못 본 걸로 해주시오."

"……."

위민왕은 의아했다. 돈이나 재물을 많이 달라는 소리는 들어봤어도 이런 소리는 들은 적이 없었다.

그렇지 않아도 이번 일을 마지막으로 자신의 곁에서 내칠 인물이었다. 윗전에서 나오는 소리가 너무나 신경 쓰였기 때문이다.

위민왕의 얼굴이 밝아졌다. 뭔가 결심한 듯 천천히 고개를 끄떡이더니 그의 시선이 천장으로 향했다. 하늘도 안 보이는데 시간을 가늠하는 듯하더니 그는 그대로 신형을 천천히 문 쪽으로 돌려 걸어가기 시작했다.

"어허, 시간이 벌써… 마 대인, 어서 갑시다."

"예? 아, 옛, 전하."

얼떨떨한 마 대인은 위민왕을 따라나섰다. 흡사 아무것도 들리거나 보이지 않는 듯 그는 그렇게 유령처럼 마 대인과 함께 문밖으로 사라졌다.

상귀는 그 모양을 보고 싱긋 웃었다. 위민성은 섬뜩한 느낌에 반사적으로 문 쪽을 바라보았다. 그곳에는 광검이 천천히 문을 닫고 있었다.

철컥!

은근히 자물쇠를 걸어버리는 광검이었다.

다음날 마 대인은 한 통의 봉서를 받았다. 그것은 그를 섬서위총천호장(陝西衛總千戶將)에 명함과 동시에 위민왕의 책사로 임명한다는 임명장(任命狀)이었다.

회상에서 깨어난 마 대인은 눈앞의 무정을 다시 바라보았다.

그도 떠나는 마당에 무정을 잡아 무얼 하겠는가? 마 대인이 두 장의 봉서를 내밀자 무정은 고개를 들었다.

마 대인은 그중 하나를 집어 들었다.

"이것은 그동안의 녹봉을 계산한 것이다. 꽤 될 터이니 나가다 내원에서 환전해 가도록 해라. 그리고……."

마 대인은 또 다른 봉서를 집어 들었다. 그는 잠시 봉서를 바라보았다.

"이것은… 내 집에 갈 것일세. 사천(四川)의 서창(西昌)에 있는 마가장(瑪家莊)에 전해줄 수 있겠나?"

무정은 고개를 깊숙이 숙였다. 아마도 이것을 최우선으로 해야 할 것이다. 무정은 그리 생각했다.

마 대인은 갑자기 품속으로 손을 넣었다. 그리곤 검은 철패를 꺼내었다.

"허, 내 정신 하고는. 이것도 가져가라. 반드시 필요할 것이다."

무정은 얼떨결에 두 손을 내밀어 받았다. 손바닥만한 둥근 패였다.

거기에는 '용현천호소천호(龍玄千戶所千戶)'라 써 있었고 뒷면에는 '섬서위도지휘사사제수(陝西衛都指揮使司制授)'라고 써 있었다.

군문임을 증명하는 철패였다. 단, 문제는 천호장 이상만이 가지는 것이 문제였다.

"……!"

무정의 눈이 커졌다. 이것은 마 대인의 것이다. 자신이 가질 수 있는 성질의 것이 아니었다.

어떤 검문도 통과하며 위, 소에 가면 숙식도 해결할 수 있는 호패였기에 무정은 다시 내밀었다. 받을 수 없었다.

"헛헛, 아니다. 무슨 생각 하는지 다 안다. 실은 네 신분을 천호장으로 올렸단다. 어차피 군문을 떠나는데 그런 서류상의 문제야 해결할 수 있었다. 또 나는 이제 섬서로 가니 이 패는 더 이상 필요도 없고… 새로 부임하는 사람에게는 다른 패를 줄 것이니 개의치 말고 가져가거라. 더구나 네 무기와 갑주는 군문의 것, 비록 군을 떠난다고는 하나 군문과 어느 정도의 연은 맺는 것이 좋을 것이다."

무정은 잠시 굳어 있었다. 마 대인의 눈빛을 보면서 그는 왠지 받지 않으면 안 될 것 같았다.

잠시 그렇게 생각하던 그는 결국 품속에 철패를 갈무리하고는 깊이 고개를 숙였다.

"허허허헛, 정말 녀석 하고는. 도대체 강호에서 어찌 살려고 그리 숫기가 없느냐?"

너털웃음을 지으며 마 대인은 일어서자 무정도 따라 일어섰다.

"밤이 길면 꿈도 긴 법이다. 쓸데없는 꿈이라면 빨리 깨는 것이 좋겠지. 정아, 바로 출발하도록 해라."

마 대인은 웃으며 천천히 대청을 나갔다. 그간 수고했다는 말도 몸 조심하라는 말도 없었다. 하나 무정은 그 모든 말을 이미 들은 것이나 진배없었다.

무정은 다시 한 번 깊이 고개를 숙였다. 아마 그가 마 대인에게 받은 은혜는 갚기가 쉽지 않을 것이다.

무정은 신형을 돌렸다. 떠나기로 한 것, 이미 마 대인의 말도 들었으니 이대로 떠나는 것이 좋을 듯했다. 무정은 천천히 걸어나갔다.

"아참, 정아, 상귀와 하귀가 고죽노인과 함께 사천성 성도에서 터를 잡고 있다고 하더구나. 가는 길이니 한번 만나보려무나."

"……."

조용하게 들리는 소리에 무정은 신형을 멈추었다.

상귀와 하귀, 고죽노인이라……. 그들은 항상 다투면서도 친하게 지냈다. 결국 같이 있게 될 것이라고 생각했는데도 실제 그렇게 산다니 신기했다. 무정의 입가에 보일 듯 말 듯한 미소가 그려졌다.

무정은 다시 걷기 시작했다. 대청을 나선 그의 머리 위로 칠월 하순의 햇살이 쏟아졌다. 왠지 새롭게 보이는 주위 풍경에 무정의 마음은 가벼워졌다. 시원한 바람이 그의 전신을 감싸듯 흐르는 가운데 천천히 그의 신형이 사라져 갔다.

혈귀(血鬼) 무정의 강호 출도였다.

제6장

어색한 강호행

어색한 강호행 1

처음 무정이 느낀 감정은 난감함과 어색함이었다.

군문을 벗어난 무정은 조금은 새로운 마음으로 남으로 내려갔다.

눈앞에 보이는 모든 것이 생소했다. 자그마한 촌락도, 이름 모를 야산도, 그리고 그 산의 나무들조차 새롭게 보일 정도로 무정은 편안하고 기분 좋게 느껴졌다.

그러나 무정을 보는 사람들은 그렇게 생각하지 않는 듯 무정을 경계의 눈초리로 쳐다보았다.

대표적인 예로 그가 객잔에 들어서면 그 안의 사람들이 나가 버리는 사태가 며칠 동안 반복되었는데 무정은 그때마다 난감했다.

무정은 모르겠지만 그에게서는 은연중 살기가 흘러나오고 있었다. 늘 긴장하며 전장에서 살다보니 살기가 자연스럽게 흘러나오고 있었던 것이다. 게다가 검은 피풍의로 온몸을 감싸듯이 두르고 있다지만 육 척이 넘는 산만한 덩치에 기다란 흑발, 등 뒤에 비죽이 나온 초우의 손잡이를 보면 사람들의 그러한 반응은 당연한 것이었다.

이제 무정은 아예 객잔에 들어가지 않았다. 차라리 노숙을 하는 것이 더 편하고 익숙했다. 그는 그렇게 감숙성에서 벗어났다.

그러나 감숙을 넘어 사천성으로 들어오자 무언가 조금 색다른 것들이 눈에 들어왔다.

우선 사람의 얼굴이었다. 감숙보다 국경이 멀기에 이곳은 전쟁이란 것을 아예 모르는 것처럼 느껴졌다. 힘든 일을 한 듯 지친 얼굴도 있었지만 삶의 터전을 잃어본 그런 부서진 얼굴은 아니었다.

누군가를 위하여, 그 사람을 위하여 힘든 일을 했다는 것을 보여주는 그런 생기있는 얼굴이었다.

지금도 마찬가지다. 무정이 현재 들어선 곳은 감숙을 바로 벗어나 처음 맞는 마을다운 마을이었다.

엄원(广元)이라 불리는 이곳에는 사람들도 꽤 있었는데 총총히 걸음을 재촉하는 사람들을 보며 무정은 고개를 들었다.

어느새 날이 어두워지자 무정은 객잔을 찾았다. 왠지 이곳의 사람들은 감숙성의 사람들과 다를 것 같았는데……. 저 멀리 원일(元一)객잔이라는 간판이 보였다. 엄원의 하나뿐인 객잔이라 간판에 써놓았지만 여기저기 객잔이 있었다. 그래도 무정은 생각을 굳히며 말고삐를 고쳐 잡았다.

"어서옵……!"

점소이 소량은 팔 년의 경력을 자랑했다. 어떤 손님이든지 척 보기만 하면 일층 손님인지 이층 손님인지, 혹은 숙박할 손님인지를 한눈에 짐작할 수 있었다. 하지만 그는 지금 문을 열고 들어오는 손님에게는 확신이 서질 않았다.

육 척이 훨씬 넘어 보이는 키에 뒤의 문이 안 보일 정도로 산만한 덩치, 파풍의인 듯 온몸은 검은 천으로 둘둘 감았지만 언뜻 보이는 팽팽히 퍼진 옷 주름은 엄청난 근육 단련을 해왔음을 증명했고 등 뒤에 비죽이 나와 있는 저것은 틀림없이 검이나 도, 그것도 무식하게 큰 것임을 단박에 알 수 있다.

게다가 결정적으로 파풍의 아래로 적나라하게 보이는 저 철각반과 흑발에 가려져 있기는 해도 머리칼 사이로 언뜻 보이는 얼굴의 상처는 근냥 일반 무림인인지 아니면 도적 떼의 한패인지 도무지 소량은 판단할 수가 없었다.

"자리있나?"

묵직한 저음의 목소리가 흐르자 소량은 퍼뜩 정신을 차렸다. 어찌 되었든 비위를 맞추는 게 순서였다.

"아, 이런. 헤헤, 손님, 이쪽으로!"

힘찬 대답과 함께 소량은 손을 내밀며 그를 이층으로 안내했다. 일층에 다른 사람과 같이 합석시킬 수는 없을 것 같았기 때문이다.

일, 이층 객잔에는 제법 손님이 있었는데 무정은 단연 그들의 시선을 끌었다. 그는 약간 어색한 감정을 느끼며 점소이가 권하는 자리에 앉았다.

이층의 구석진 자리였다. 아직은 사람들이 낯선 듯 무정은 등 뒤에 아무도 없는 구석으로 가 앉았다.

그는 점소이에게 간단한 요기와 잠자리를 부탁했다. 점소이는 내심 산적은 아닌 듯싶자 안도의 한숨을 쉬며 쪼르르 내려갔다.

무정은 허리춤의 작은 전낭을 만져 보았다. 무정의 녹봉은 상당했다. 약 오백 냥의 은자에 마 대인이 백 냥을 더 주었다. 총 육백 냥의 거금이지만 가지고 다니기 불편하여 이십 냥 정도만 찾고 나머지는 전장에 그냥 맡겨둔 상태였다.

무정은 새삼 마 대인의 마음 씀씀이가 고마웠다. 그렇게 무정이 잠시 상념에 젖어 있을 때였다.

"참, 요즘은 개나 소나 무공한답시고 설치니… 이거야 원……."

"이르다 뿐입니까? 곰 같은 덩치에 큰 칼만 있으면 다 고수인 줄 아니……. 아, 얼굴에 상처만 있으면 금상첨화지요."

"하하하! 문 형의 말씀이 정말 옳습니다! 하하하하!"

무정은 상념을 접었다. 그가 고개를 돌려 맞은편 탁자를 보자 청년들과 처자들, 그리고 한 명의 사태가 눈에 들어왔다.

남자 다섯에 여자 셋. 깨끗한 옷차림에 정갈한 눈을 보니 소위 말하는 명문의 제자들 같았다.

"어허, 초면에 이 무슨 실례들입니까? 외양만 보고 사람을 판단하시다니……."

"……."

점잖은 질책 소리에 몇몇을 제외한 일행의 눈이 가늘어졌다. 특히 맨 처음 시작한 문사건을 쓴 살팍한 인상의 소유자는 노골적인 적의를 드러냈다. 일순 그들을 바라보는 무정의 눈이 깊게 가라앉았다.

"려군아, 아무래도 네가 다녀와야겠구나. 정중히 이쪽으로 모시거라. 아무래도 사과드려야 할 것 같구나. 아미타불……."

"네, 사부."

낭랑한 목소리와 함께 려군이라는 낭자가 일어서더니 가볍지만 부드러운 걸음걸이로 무정에게 다가갔다.

"무사님, 실례가 안 된다면 잠시 합석해도 될는지요? 사부님께서 저희 자리로……."

자리를 권하던 려군이라는 소녀는 그의 눈길이 자신의 얼굴에 머무는 것을 느꼈다. 무정의 시선은 소녀의 얼굴에서 떠나질 않았다.

낯익었다.

무언가 낯익은 감정이 그의 마음에서 일고 있는데 그것을 쉽게 끄집어내지 못했다.

려군은 그리 못나지는 않았지만 그렇다고 절세미인도 아니었다. 평범한 몸매에 평범한 얼굴, 그리고 평범한 무공. 그를 아는 강호의 청년들은 그녀를 거들떠보지도 않았다.

려군은 무정의 시선이 느껴지자 얼굴이 붉어지는 것이 느껴졌다. 그런 그녀의 고개가 살짝 숙여졌다.

"흥, 소인배 놈들은 여자면 그저 치마만 두르면 그만이지. 아니지. 려군 정도에 호감을 느낀다면… 혹시 저자, 색마 아냐?"

"호호호, 가 언니 말씀처럼 색마일지도 모르겠네요. 색마는 음침한 얼굴이 특징이니……. 제가 한번 저자의 긴 머리칼을 밀어볼까요?"

"아, 그 참 좋은 생각이구나, 혜 동생. 뭐하면 언니가 아예 목을 쳐줄 테니 정갈히 살펴보렴!"

"흣, 언니두. 저렇게 지저분한 목이 뭐가 필요해요? 한 푼어치도 안 되는 것을."

왠지 시비가 일 것 같은 분위기에 객잔 안은 갑자기 쥐 죽은 듯 조용해졌다. 한데 두 여인의 교성이 주루를 울리자 무정의 얼굴이 그들을 향했다.

한 여인은 한여름의 매화처럼 고고했고 또 한 여인은 막 피어나는 봉숭아처럼 화사했지만 하는 말들은 시궁창의 오물에 가까운 모습을 보여주었다.

"당혜(唐彗), 네 이게 무슨 망발이냐? 입 다물고 있거라!"

갑자기 한 남자가 일어섰다. 청색 의복에 문사건을 단정하게 쓴 이십 대 초반의 영기가 돋보이는 청년은 사천당문(四川唐門)의 둘째 공자 당패성(唐霸惺)이었다.

그는 지금 후회막급이었다. 사천성의 네 거파, 즉 아미(峨嵋), 청성(靑城), 점창(點蒼), 당문(唐門) 사람들이 한꺼번에 모인다는 것은 쉽지 않았다. 사실 이 모임도 지금 사천성에 색마(色魔) 요위굉(了偉宏)이 나타났기 때문이다.

한데 문제는 색마의 그림자도 못 본 데다가 같이 하는 사람들의 면면이 너무 마음에 안 드는 것이었다. 아미파야 원래 자신들의 일에 관여하지 않으면 일체 관심을 두지 않는 성격의 불문(佛門)이니 문제가 없었지만 청성의 교검(巧劍) 문세음(文勢音), 사제인 무변검(武變劍) 종음(倧愔)과 점창의 대제자인 점창신수(點蒼信手) 고주석(固主晳), 그의 사매 화검지점(花劍之點) 가기연(可奇娟)은 도대체가 안하무인이었다. 게다가 자신의 사매인 당혜까지 이렇게 물들어 버리니 이러다 막내인 당소국(唐蘇鞫)까지 물들면 큰일이었다.

"어찌 처음 뵙는 사람에게 이리 무도하더냐? 당장 사과하거라! 어서!"

당패성이 눈을 부라리며 소리치자 분위기가 일변했다. 그의 일행은 모두 눈썹이 역팔자로 휘어 있었는데 아미파의 조일(朝日) 사태만이 고개를 끄덕이고 있었다.

자신의 사매에게 말했으나 사실 자신들에게 한 말이나 다름없었다. 살팍한 인상의 문사건을 쓴 점창의 고주석은 바로 발끈했다.

"아니, 당 소제! 이게 지금 누구를 겨냥하고 말……?"

고주석은 채 말을 다할 수 없었다. 엄청난 살기가 자신에게 폭사되었던 것이다.

몸조차 가누기 힘든 살기를 떨치며 그는 애검의 손잡이에 손을 올렸다.

한데 살기를 느낀 것은 그만이 아니었다. 모두 질식할 듯한 살기에 부르르 떨며 분분히 무기에 손을 대고 있었다.

고주석은 주위를 살폈다. 달리 변한 것은 없었으나 단 하나, 저 삼류 곰 같은 놈이 일어나 있었다. 한데 그의 등에 식은땀이 흘렀다.

이 정도의 살기라면 저자는 고수이다. 절대로 자신의 하수가 아니라 생각하며 주의를 기울이기 시작했다.

그러나 그는 몰랐다. 점창의 장문인(掌門人) 팔황일검(八荒一劍) 가자성(可仔星)조차도 눈앞의 사내에겐 안 된다는 사실을.

무정은 까닭 모를 분노를 느꼈다. 그는 자신이 대응하지 않으면 그뿐이라고 생각했다. 철저히 무시할 생각이었다. 한데 눈앞에 있는 려군이라는 여인을 본 순간 무엇인가 자신을 잡아끄는 것이 느껴졌다. 그때 한 여자가 눈앞의 여인을 헐뜯는 소리가 들렸다.

꽤 예쁘장하게 생긴 얼굴이었다. 하나 무정에겐 그것이 그리 중요하지 않았다.

무정은 그 여인과 일행이 갑자기 죽이고 싶도록 보기 싫어졌기에 그는 일어섰다. 그러자 탁자를 둘러싼 남녀들이 분분히 놀란 표정으로 무기를 쥐는 것이 보였다. 그것을 본 무정의 마음은 이젠 살의로 변했다.

“…….”

무표정한 얼굴로 그들이 있는 다탁을 향해 무정은 천천히 걸어갔다.

이미 이층 주루는 거의 비다시피 했다. 무림인의 싸움 중에 무고한 사람도 속절없이 죽는 것을 본 게 한두 번이 아닌 듯 모두 일층으로 가서 사태를 바라보고 있었다.

그녀는 흔들리는 마음을 겨우 진정할 수 있었다. 애당초 이들의 입을 막지 못한 것이 못내 후회되었다. 이런 살기는 설사 마기(魔氣)로 온몸을 감싼 사람이라도 내기 힘든 것이었다. 오로지 그냥 사람을 죽이면 생기는 본능적인 살기였던 것이다.

조일 사태는 조용히 앞으로 나섰다. 어찌 되었든 그는 연장자이고 배분도 있었기에 뒷짐 지고 여유롭게 지켜볼 상황은 아니었다. 더구나 상대가 어떤 자인지조차 모르고 있는 상태니…….

“시주, 잠시 걸음을 멈추시지요.”

은은히 올린 불문의 금강선공(金剛善功)을 담아 사태는 나직하게 일행을 일깨웠다. 일행은 무정의 압박에서 잠시나마 정신을 차렸고 무정 또한 걸음을 멈추었다.

“시주에게 행한 결례는 제가 대신 사과드리겠습니다. 시주, 그만 마음을 푸시지요.”

나직한 사태의 목소리는 항마후(降魔吼)의 기운이 서려 있었다. 듣는 사람으로 하여금 한줄기 청량함이 일 정도인 것으로 보아 사태의 무공도 그리 만만치는 않은 것 같았다.

무정은 잠시 서서 생각에 잠기다가 사태의 말에 기분을 꾹 억누르기 시작했다. 그러자 숨 막힐 듯한 살기가 서서히 걷혔다.

“이, 이런……!”

가기연은 마음이 조금 진정되는 것을 느꼈다. 그러자 그녀는 자신이 이런 부랑자 같은 놈에게 겁을 먹었다는 것에 자존심이 상하기 시작했다. 그녀의 눈이 역팔자로 휘기 시작하며 독기 서린 말투가 튀어나왔다.

"흥! 꼴에 남자라고 발끈하기는……."

가기연이 내뱉은 말이었다. 뒤돌아서려던 무정의 신형이 굳어지더니 눈이 다시 침잠해졌다.

노기가 짙은 눈을 하면서 아까보다도 훨씬 강한 살기가 폭사되었다. 대관절 이 여인이 왜 이토록 자신에게 무례하는지 모르겠지만 그만큼이나 그 여인을 향해 참을 수 없는 분노를 느끼며 서서히 걸어가기 시작했다.

2

조일 사태는 긴장했다. 아무래도 무슨 사단이 일어날 것 같아 급히 본신 내력 전부를 끌어올린 후 무정을 막기 위해 손을 올렸다.

스슷!

바람 소리인가? 한줄기 청량한 공기의 흐름만이 작은 소리를 내는 가운데 조일 사태의 눈이 커졌다.

"……!"

없었다. 무정은 거기 없었다. 대신 등 뒤에서 기괴한 육음(肉音)이 들렸다.

우둑!

조일 사태는 급히 뒤돌아보았다. 그리고는 경악했다.

무정은 저 같잖은 여인이 말을 내뱉는 순간 몸을 움직였다. 인당혈과 몸의 관절에서 따스한 기운이 돌았다. 이젠 생각보다 몸이 먼저 느꼈다.

역시나 모든 것은 느려져 있었다. 그는 단 두 걸음만에 가기연에게 달려들었다. 그리곤 오른손을 들어 그녀의 목을 반쯤 꺾었다. 그가 보기에는 모두 멍하니 자신이 서 있던 곳을 쳐다보고 있는 것 같았다.

"이, 이럴……."

더듬거리며 혼잣말을 중얼거리던 고주석은 믿기지가 않았다.

자신을 말하는 별호 점창신수. 그것은 사일검을 수련하고 나서 장문인께 얻은 별호였다. 떠오르는 태양도 베는 극쾌(極快)의 검. 그런데도 눈앞에 있는 괴인의 움직임은 보지 못했다. 그의 검은 검집에서 고작 이 촌가량 빠져 있었다.

그의 눈에 아름다운 자신의 사매가 묵빛 철갑의 손에 목이 잡혀 반쯤 꺾여 있는 것이 보였다.

사매는 더 이상 아름답지 못했다. 꽃 같은 입에서는 침이 질질 흐르고 있었고 낯빛은 백지장처럼 하얗게 변했다. 두 손은 괴청년의 묵빛 수투에 매달려 바둥대고 있었다.

"…이해가 되지 않는다……."

무정이 입을 열자 묵직한 목소리가 중인들의 귀를 울렸다.

"왜 네놈들이 사람을 이리 대하는지……."

그의 눈이 고주석을 향했다. 고주석은 사매의 목숨이 경각에 달려 있음에도 뒤로 반 걸음 물러섰다.

"난 감숙에서 왔다."

이번에는 종음을 향했다. 무변검 종음은 다리를 떨기 시작했다.

"그곳의 전장에서 십 년을 넘게 싸웠다."

다시 그의 시선이 문세원을 향하자 그는 목 울대를 크게 놀리며 침을 삼켰다. 지금 검을 잡고 있는 자신의 손이 가늘게 떨고 있는 것도 모를 정도로 긴장하고 있었다.

"그런 내가 목숨을 걸고 싸운 이유가……."

당패성과 무정의 시선이 마주쳤다. 당패성의 두 손은 땀으로 번들거리고 있었다.

"너희 같은 연놈들을 위해서라곤……."

당혜는 주저앉았다. 무정과 눈이 부딪치는 순간 그녀는 맥이 풀리는 것을 느꼈다.

"생각하기도 싫다!"

그의 눈에서 새파란 살기가 다시 한 번 폭사되면서 몸에서 묵빛 기류가 폭사되었다. 가기연은 그 눈을 보는 순간 의식을 놓았다. 그녀의 눈은 이미 검은자위가 보이지 않았다.

툭! 투둑! 주르르!

그녀의 하체에서 무엇인가 바닥으로 떨어졌다. 극심한 공포에 오줌을 지린 것이다. 무정은 손을 털었다.

쿠웅!

허물어지듯 가기연은 쓰러졌다. 화검지점이라는 점창파의 아름다운 여검사가 일순간에 추악한 모습으로 변해 버렸다.

그러나 아무도 그녀를 돕는 사람은 없었다. 무정의 오른손은 여전히 공중에 떠 있었기에 어느 순간 자신의 목이 저기 잡힐지 모르는 것이었다. 함부로 움직일 수가 없음은 당연했다.

"……."

당패성은 무정의 몸에서 눈을 뗄 수가 없었다. 파풍의 안쪽으로 드러난 그의 몸은 정말 대단했다. 여인의 머리보다도 큰 팔 근육과 번들거리는 묵빛 수투, 그리고 이제야 보이는 수많은 자상들. 사내는 지독한 실전 경험을 쌓은 것이 분명했다.

문득 그 팔을 보면서 당패성은 생각했다. 언젠가 가주에게 무공 고하가 있는 사람이 목숨을 건 승부를 했을 경우 무공이 높아도 반드시 이길 수 없는 이유를 물었을 때 가주 천밀무격(天密武擊) 당세극(唐勢極)은 이렇게 말했다.

"실전에서는 변수가 많기 때문이다. 특히 수많은 사람들과 싸워서 얻은 경험을 가진 사람에게는 초식조차 없다. 그런 상대를 만만히 보고 어떻게 해보려다가는 생각하는 순간 이미 당하지. 그는 몸이 먼저 말을 할 테니……."

갑자기 가주의 말이 생각난 당패성은 이 사람이 바로 그런 사람이라 생각했다. 잠시도 방심해서는 안 되는 상대였던 것이다.

무정이 갑자기 몸을 돌렸다. 그리곤 다시 걸어가기 시작했다. 점소이를 불러 무정이 자신이 묵을 방을 묻자 점소이는 떨리는 걸음으로 안내했다.

방으로 올라가다 아직도 서서 떨고 있는 려군을 보았다. 잠깐 그녀를 일별(一瞥)한 그는 방문의 고리를 잡았다. 그리고 문을 열었을 때 뇌리를 스치는 생각이 있었다.

'그렇군. 그녀… 같았군.'

화, 아주 어릴 때 죽었던 그의 여동생. 왠지 려군은 그런 그녀의 모습을 담고 있다. 이젠 기억의 저편에서 사라진 인물인 그녀가 려군을 통해 또렷히 비추어지고 있었다.

천천히 걸어가던 무정이 방 안으로 들어가자 방문이 닫혔다. 그러자 그동안의 살기가 마치 거짓말처럼 씻은 듯이 사라졌다.

하나 남아 있는 당패성 일행은 굳은 표정으로 여전히 움직이지 못하는 가운데 가기연만이 차디찬 객잔 바닥에 모로 누워 숨을 할딱이고 있었다.

무정은 잠을 이룰 수 없었다. 여인 미려군의 생각이 머리 속에서 떠나지를 않았다.

"후~"

긴 한숨과 함께 무정은 상체를 일으켜 침상에 걸터앉았다. 그리고는 아까의 일을 되짚어보았다.

군에서는 모든 것이 거칠다. 행동도 그들의 말도. 무정은 그런 분위기에서 이십 년을 넘게 살았기에 몇 마디의 언사에는 도발은커녕 관심도 가지 않았다.

한데 무정은 그 순간 흥분했다. 그답지 않았다.

"후~"

연이어 터지는 나직한 한숨과 함께 머리 속이 복잡했다. 려군이라는 여인의 생각이 왠지 떨쳐지지를 않았다.

무정은 열어놓은 창밖으로 시선을 고정했다. 교교(皎皎)한 달빛이 어두운 방 안을 비추고 있었다. 그는 불을 아예 켜지도 않은 채 언제나 야영하던 습관대로 어두운 방 안에 홀로 있었다.

오랜 습관처럼 무정은 그냥 그렇게 앉아 있었다. 그때,

똑똑.

"……?"

문을 두드리는 소리에 무정은 반사적으로 몸을 일으켰다. 그의 몸이 무의식적으로 왼쪽 어깨를 앞쪽으로 향한 비스듬한 자세를 취하며 초우를 오른손에 쥐었다.

"……."

문 앞의 불청객은 아무 말도 없었다. 무정도 아무 말 없이 경계의 눈빛을 반짝이기 시작했다.

당연했다. 이곳에는 자신을 찾아오기는커녕 아는 사람도 없었으니 거의 적일 확률이 높았다.

"험험, 무사님, 아까 봤던 당패성이라고 합니다. 여쭐 것이 있는데… 잠시 들어가도 되겠습니까?"

헛기침과 함께 낯익은 목소리가 들려왔다. 분명히 저 목소리의 주인공은 아까 자신과 시비가 붙었던 탁자에 있던 사람 중 한 명이다. 무정이 오감을 집중하자 문앞에 다섯 명쯤 있는 것 같았는데 그중 단 한 명만이 미약한 살기를 흘리고 있었다.

무정은 조금 긴장했다. 전장이었으면 생각할 필요도 없이 베면 그만이지만 이곳은 전장이 아니다. 함부로 피를 볼 수는 없었다.

"들어… 오시오."

묵직한 저음의 목소리와 함께 무정의 초우가 도갑에서 한 치 정도 벗어났다. 준비는 완료되었다.

문 바깥쪽에서 마음을 졸이던 당패성은 무정의 허락이 떨어지자 적이 안심이 되었다. 강호는 무서운 곳이다. 친구는 몰라도 적을 만들어

서는 안 되는 것이다. 그런 의미에서 일행으로 맞은 구성원은 최악이었다. 친구는커녕 거의 적을 만들 것이 확실한 인원 구성이다.

임무는 완수하지 못했어도 당패성은 이제 자신의 일행이 깨지기를 바랐다. 그래서 그는 일행에게 방으로 가서 이 일을 무공이 아닌 말로써 풀어보자고 말했다.

결과는 극명하게 나타났다. 예상대로 점창과 청성은 표독한 눈을 빛내며 사라졌다. 이후 그는 자신의 사제, 사매와 아미의 조일 사태, 미려군을 데리고 무정이 있는 곳으로 온 것이다. 그는 천천히 문을 열고 들어갔다.

"……."

방에 들어선 일행은 숨을 멈추었다. 컴컴한 어둠 속에 새파란 눈동자를 지닌 사내가 사 척이 넘는 도를 들고 있었다. 게다가 도가 도집에서 한 치가량 빠져나와 있는 게 완전히 전투에 임박하기 직전의 군인을 보는 것 같았다.

"아미타불. 시주, 저희는 싸우러 온 것이 아니오이다. 모쪼록 오해가 없으시기를……."

나직한 불호성과 함께 조일 사태가 허리를 굽히자 무정은 조금 난처해졌다.

종교라는 것은 절대 무시할 성질의 것이 아니다. 군문에서도 종교는 소중히 생각한다. 일반 사람들도 불심이 깊으면 존중해 주는 것이 관례인데 하물며 스님이라면 더 말할 나위가 없었다. 더구나 지금 저 여승은 고개까지 숙이고 있으니……. 일각의 시간이 흘렀다.

딸깍.

초우의 도신이 도갑으로 완전히 숨었다. 그와 함께 무정이 바로 서

자 어쩌나 큰 체구인지 좁은 방 안으로 들어오는 달빛조차 가려지는 것 같았다.

"일단 앉으시지요."

무정의 입에서 조금은 정중한 목소리가 흘러나왔다. 그리곤 품속에서 부싯돌을 꺼내 유등에 불을 붙였다.

딱.

한 번의 소리에 바로 유등에 불이 붙었다. 상당히 능숙한 동작에 당패성의 눈이 빛났다.

한 손으로 호두를 쥐듯이 해 커진 유등을 보니 확실히 군문의 경험자임이 분명했다. 강호인이라면 화섭자를 썼을 것이다.

당패성은 유등이 놓여 있는 탁자 가까이로 다가갔다. 그리곤 조일 사태에게 눈길을 보냈다. 조일 사태는 눈빛의 의미를 파악했다.

"자, 시주, 우선 저희를 소개하는 것이 순서겠지요. 저는 아미의 조일이라고 합니다. 아미타불……."

조일 사태의 말을 시작으로 각자 자신을 소개하기 시작했다. 처음 말을 붙인 청년은 일수십격(一手十擊) 당패성이었고 그 옆은 사제 당혜, 어려 보이는 소년은 사제 당소국이라 했다.

그리고 화를 닮은 여인은 아미의 속가제자인 미려군이라 했다. 무정은 고개를 끄떡였다.

"무정이라 하오."

간단한 무정의 대꾸에 당혜는 꿈틀했다. 어디서 저런 건방진 자세가 나오는 것인가? 그것도 감히 당문의 사람들 앞에서……. 명성있는 무림인들조차 당문에 이토록 무례하지는 않았다.

"홍! 감히 당문 제자 앞에서 이토록 무례하게 나오다니… 당문이 우

습게 보이나요?"

표독한 목소리였지만 그래도 일말의 두려움이 이는지 반말은 아니었다.

당패성은 머리가 지끈거렸다. 당혜는 본가 출신이 아니라 방계 출신이었다. 그렇기에 인정받으려는 마음에 남보다 독하게 몸을 움직였다.

이에 독수화접(毒手花蝶)이라는 명호도 얻었지만 생각은 편협과 오만으로 쌓여가고 있었던 것이다. 그는 당혜를 쏘아보며 조용히 무정의 눈치를 살폈다.

"……?"

뜻밖에도 무정은 가만 있었고 게다가 고개를 돌려 조일 사태를 바라보았다. 아까 주루에서와는 완전히 다른 반응에 당패성은 조용히 가슴을 쓸어내렸다.

"한데 스님, 무슨 말씀이 있으신지요?"

게다가 조일 사태에게 말까지 걸고 있었다. 갑자기 당패성의 안색이 변하기 시작했다. 무정은 당혜를 무시하고 있는 것이다.

"이자가 감히 내 말을 무시해?"

당혜가 새파란 눈을 빛내며 부들부들 떨었다. 그녀는 아까 점창의 가기연이 개망신을 당한 사건을 깨끗이 잊은 듯 살기를 풀풀 날리며 무정을 노려보고 있었다. 하나 무정은 여전히 그녀를 보지 않았다.

"이, 이… 이익!"

당패성은 낭패한 기분이었다. 외마디 신음성과 함께 그녀의 손이 이미 품속으로 들어가 있는 것을 보자 그는 다급히 그녀의 손을 잡아채려 했다.

팡!

갑자기 공기를 찢는 북 하는 소리가 당혜의 얼굴 반 치 앞에서 일어
났다. 당혜의 얼굴 살이 세찬 경풍에 흉측한 모습으로 뒤로 밀리더니
급기야 고개가 뒤로 확 꺾였다가 돌아왔다.

"헉!"

답답한 신음과 함께 어안이 벙벙한 그녀는 흩트러진 초점을 바로 잡
으려 애썼다. 비틀거리며 겨우 초점을 잡은 그녀는 자신의 얼굴만한
주먹이 눈앞에 있는 것을 보았다.

철갑으로 둘러싼 무정의 왼손이었다.

"한마디만 더 해라."

주르륵 그녀의 코에서 피가 흘렀다. 그녀는 머리 속이 하얗게 변했
다.

"이번에는 죽는다!"

차디찬 무정의 말에 당혜는 이제야 한 장면을 떠올렸다. 가기연의
목이 반쯤 꺾이고 실례를 했던 장면.

코피를 닦을 생각도 못하고 멍하니 무정의 왼손을 쳐다보는 당혜의
품속에 있던 손이 눈에 띄게 떨렸다.

조일 사태는 간이 오그라드는 느낌이었다. 자신의 무공은 장문인에
게도 그리 처지지 않는 것이다. 정순한 내력도 이미 일 갑자는 가볍게
넘고 있었는데도 무정의 출수를 눈치 채지 못했다.

아까 주루에서와는 상황이 달랐다. 그때는 창졸간의 일이라 경황이
없었지만 지금은 충분히 대기하고 있음에도 막지 못하자 그녀는 조용
히 침읍했다.

놀라긴 다른 사람도 마찬가지였다. 특히 당패성은 더했다. 그는 그
림자조차도 못 봤다. 게다가 바로 옆에 있음에도 불구하고 자신의 혜

아를 말리는 손보다도 건너편의 무정이 더 빨랐던 것이다. 그는 갑자기 자신의 무학 성취가 덧없게만 느껴졌다.

무정도 약간은 의외였다. 그저 짹짹거리는 것이 귀찮아서 내뻗은 일 권이었다. 무의식적으로 그녀의 코앞에 주먹만 갖다 댐으로써 입만 막을 생각이었다.

한데 갑자기 주먹이 자신이 정한 임의의 점으로 잔상(殘像)을 남기며 빨리듯 나가는 것이었다. 무정은 잠시 눈을 감았다. 생각을 계속하며 이 느낌을 기억하고 싶었지만 지금은 때가 아니라고 생각하며 주먹을 거두었다.

창백한 얼굴의 당혜는 두 귀가 멍멍한 것이 정신을 차릴 수가 없었다. 문득 옆의 당소국이 면포를 내미는 것이 보였다.

그제야 코밑의 축축한 느낌에 그녀는 반사적으로 면포를 코에 갖다 댔다. 코피라니…….

무림인에게 이것은 중대한 증상이다. 진원지기(眞元之氣)가 손실된다든가 주화입마의 증세로도 볼 수 있었다.

그녀는 얼른 운기해 보았다. 하나 전혀 이상이 없었다. 저자는 내력이 아닌 권압만으로도 코의 혈관을 터뜨린 것이다.

권압(拳壓), 혹은 권풍(拳風)은 실상 그리 대단한 것은 아니다. 일례로 촛불 정도를 끄는 것은 숙련된 외공만 가지고도 충분히 가능한 일이다. 하나 그녀가 당한 것은 그런 유가 아니었다. 유령처럼 날아오는 주먹은 공기를 밀면서 해낸 것이 아니라 공기를 찢은 것이다.

그 절대의 속도가 내력도 없이 빠르기로만 주먹으로 공기를 찢고 그 파동이 지금 자신의 귓속까지 공명하고 있었다.

당혜는 확실히 저자가 자신의 위에 있다는 것을 알고는 손에 힘이 빠졌다. 그것도 현격한 차이가……. 그런 그녀의 귓가에 당패성의 전음이 들렸다.

"이제야 느꼈느냐? 본가는 절대로 저자를 적으로 돌려서는 안 된다. 그것이 지금 내가 너희들과 이 방에 있는 이유다."

당혜는 정신이 번쩍 들어 상황을 파악한 후 고개를 살짝 숙였다.

사실 이 정도면 당패성도 많이 참은 것이다. 아무리 현명하고 올곧은 인간이라 해도 문파를 걸고 말하는데 이렇게 나온다면 참지 않는 것이 정석이다. 설령 죽더라도 말이다. 당패성의 전음은 계속되었다.

"자존심을 접어라. 강한 가지는 멋대로 자라 잘리기 마련이다. 강하고 크게 자라 벨 수 없을 정도가 되지 못했다면 지금은 고개를 숙여라. 그것이 당문과 너를 위한 것이다."

당혜는 목면으로 코 주변을 깨끗이 닦은 후 목면을 돌려주며 흘깃 옆의 당소국을 보았다. 녀석도 같이 전음을 들었는지 굳은 얼굴로 고개를 살짝 끄덕였다.

그녀는 결심했다. 그리곤 일어섰다.

"고인을 몰라 뵈었습니다. 손속에… 사정을 두신 것에 감사드립니다."

확실한 사과였다. 속으로는 피눈물을 흘렸지만 겉으로는 고개를 숙였다. 정말 자존심이 상할 대로 상한 당혜였다.

일행은 모두 놀랐다. 당패성과 당소국은 이렇게 빨리 마음을 돌린 것에 놀랐고 조일 사태와 미려군은 정반대의 예상이 나온 것 때문이었으며 무정은 급변한 분위기 때문이었다.

무정은 또다시 난감했다. 그렇지 않아도 무의식 중에 코피를 터뜨려 꺼림칙했는데 사과까지 받으니 자신이 무슨 산도적이나 되는 것처럼 느껴졌다. 그는 씁쓸한 미소를 지으며 오른손의 초우를 공중에 수직으로 들어 올렸다.

갑자기 일어나 도를 치켜 올리는 무정의 모습에 모두 긴장했다. 반사적으로 당패성 일행도 모두 일어서며 만일의 사태에 대비했지만 출수도 살기도 없었다.

"……."

조용한 적막 속에 무정의 고개가 살짝 숙여졌다. 그러자 도병과 머리가 부딪치며 탁 하는 작은 소리가 들렸다.

"사과받을 정도의 일은 아니었소. 본의 아니게 몸을 상하게 한 점 미안하외다."

"……."

그제야 일행은 사태를 이해했다. 당패성은 저것이 군문의 인사법과 비슷함을 느끼며 무정이 자신들에게 화해를 청한다는 뜻으로 해석했다.

긴장이 풀어진 듯 그가 조용히 웃으며 앉자 나머지도 당패성을 따라 얼떨결에 앉았다. 무정도 서서히 초우를 내려놓고 막 앉으려는데 마침 창문으로 한줄기 차가운 바람이 불었다.

"엇!"

일행은 또 한 번 크게 놀랐다. 그의 긴 머리칼이 벽을 휘도는 바람에 날려 올라가 그의 얼굴이 완전히 드러났는데 그는 생각보다 엄청나게 어렸다.

이십 년을 전장에서 살았다기에 최소한 오십은 넘은 줄 알았는데 보니 이십 대 후반 정도로 보였다. 또한 한쪽 얼굴은 흉측한 상처로 얼룩져 있지만 다른 한쪽은 상당히 준수한 면을 보여주었다.

아니, 솔직히 잘생기지는 않았지만 약간 부드러운 인상이었다.

특히 정광은 빛나지만 전체적으로 보이는 눈의 쓸쓸함은 도저히 전장에서 살아온 사람같이 느껴지지 않을 정도로 매력적이었다. 일행은 모두 입을 벌리고 무정을 쳐다보았다.

특히 당혜와 미려군은 지금까지 무정이 보여주었던 행동은 까맣게 잊은 듯 두 볼이 살포시 발개졌다. 무정은 조용히 앉았다.

"흠흠, 아미타불……."

나직한 불호가 실내를 흔들자 일행은 모두 정신을 추스렸다. 특히 당혜와 미려군은 붉어진 얼굴을 숨기기 위해 고개를 푹 숙였다.

"핫핫핫! 이것참……."

낭랑한 웃음과 함께 당패성은 무정을 보았다.

"노형이… 그렇게 젊을 줄은 정말 생각도 못했소. 난 어디 은거 고인인 줄 알았는데… 핫핫핫!"

"그렇습니다. 저조차도 저분을 제 윗분으로 보았으니… 아미타불……."

조용한 미소와 함께 조일 사태가 말했다. 당혜와 미려군은 여전히 고개를 숙이며 말이 없었고 어린 당소국은 이제 호기심 어린 시선으로 무정을 쳐다보기 시작했다.

당패성은 지금이 분위기가 가장 좋다고 생각했는지 갑자기 점소이를 불렀다.

"어쨌거나 저희가 무 형에게 실례한 것은 죄송하게 생각합니다. 벌로써 제가 한잔 사겠습니다. 허락해 주시겠습니까?"

눈을 반짝이며 당패성이 본격적으로 분위기를 주도하려는 심산인 듯 말했다. 무정은 살짝 웃음 지었다.

군문에서 무정이 만나본 사람은 정말 많았다. 그중에 당패성 같은 인물도 있었음은 당연했고 이런 자들은 솔직히 가까이 하면 피곤해지는 부류였다. 장단을 맞추면 맞출수록 힘들어지는 부류. 당패성이 그런 부류의 사람으로 생각되었다.

"당 형이 그렇게 하고 싶다면 그렇게 하시오. 단, 나는 그리 술을 좋아하지 않소. 아마 많이 못 마실 거요."

당패성의 눈이 잠깐 굳었지만 웃는 얼굴은 그대로 유지했다. 힘만 센 철부지 강호 초출의 풋내기인 줄 알았더니 그게 아니란 것을 직감했다.

그는 머리 속에서 무정을 구슬려 이용하려는 계획을 지웠다. 이런 자들은 다루기가 쉽지 않다는 것을 잘 알기에 직감적으로 친하게 지내는 것만이 최선이라 생각했다.

"핫핫, 걱정 마시오, 무 형. 벌주로 저 혼자 다 마시고 가면 되잖소? 핫하하하!"

어느새 말을 놓기 시작하는 당패성을 보고 무정은 여기까지라고 생각했다. 이 이상은 당패성도 깊게 자신에게 접근하지 않을 것이다.

무정은 고개를 끄떡였다. 그러자 당패성은 크게 기뻐하며 들어온 점소이에게 술과 안주를 시켰다.

"아미타불, 오해가 풀린 것 같군요. 정말 다행입니다. 허허허, 부처님의 홍복입니다."

조일 사태가 웃으며 연신 불호를 헤아렸다. 무정은 잠시 창밖을 바라보았다. 완연한 달빛이 중천에 떠 있는 것이 밤은 언제나 그렇게 지속될 듯 한없는 어둠만을 머금고 있었다.

제7장

핏빛 강호

핏빛 강호 1

째잭! 쨱쨱!

밝아오는 여명을 맞이하는 새소리에 무정은 눈을 떴다. 아니, 그는 일찍 일어났다고 생각하며 눈을 떴으나 이미 해는 중천 가까이 떠 있었다.

아무래도 술 때문인 듯했다. 조절한다고 하면서 마신 술이었는데도 상당히 마신 것 같았다. 무정은 몽롱한 기분을 추스르기 위해 기억을 더듬었다.

그들이 이곳에 함께 있었던 것은 색마 요위굉 때문이라 했다. 얼마 전까지만 해도 하남(河南)과 호북(湖北)에서 악명을 떨치던 자인데 화산, 무당, 소림까지 가세하자 어느새 이곳 사천까지 흘러온 것 같다고 했다.

특히 요위굉은 불공을 드리는 각처의 사찰에 침입해 간살(奸殺)하는 것을 즐기며 무공은 종잡을 수가 없어서 정확한 수위는 알 수 없지만 어느 때는 일급 이상의 실력도 보였는데 특히 방수가 있었다고는 하지만 사대금강(四大金剛)의 손에서 오백여 초를 버티고 사라질 때는 정말 대단했다고 한다.

어쨌든 이젠 공적으로 몰려 있지만 단단한 청강석(靑剛石)을 두부 썰 듯 날리는 그의 귀견수(鬼見手)는 상당한 조예로 평가되고 있었고 당패성 일행은 그가 이곳에서 감숙으로 이동한다는 소문에 지금 길목을 지키는 중이었다.

일수십격(一手十擊) 당패성은 어제 자신과 싸울 뻔했던 사람들에 관해서도 말했다. 청성과 점창파 사람들이라 했는데 그중 청성파는 별다른 해를 본 것이 없기에 잠잠할 수도 있겠지만 점창은 가기연이 크게 다친 것은 아니지만 무정이 손을 대었기에 조심하라고 했다.

"점창은 지독합니다. 무 형을 가만 두지 않을 것이 확실합니다. 어쩌면 지금 오고 있을지도 모릅니다. 조심해야 할 겁니다."

당패성의 말이 여운처럼 머리에 맴돌았지만 걱정 따위는 하지 않았다. 부딪치면 그뿐이었고 만일 싸운다면 전력을 다할 뿐이다. 아직 무정의 사고방식은 군인이었기에 간결하게 생각하고는 머리를 흔들었다.

시간이 지나니 확실히 많이 진정되었다. 그는 탁자에 몸을 기대며 탁자의 주전자를 들어 물을 마셨다. 미적지근하지만 갈증은 풀 수 있었다.

"하~아~"

목에서부터 뱃속까지 시원하게 뚫리는 기분에 감탄사를 내뱉으며

그는 다시금 어제 일을 생각했다. 모르는 사람과 이렇게 몸이 휘청거
릴 정도로 술을 마시다니 그들이 만일 자신을 죽이려 했으면 자신은
죽었을 것이다. 실수였다.

하지만 한편으로는 그렇게 마음 졸이며 살고 싶지 않았다. 긴장은
전장에서로 족하다고 생각하며 지금 이곳은 전장이 아닌 강호이기에
그런 생각을 더욱 강하게 했다.

문득 그는 어제의 기이한 느낌도 생각해 냈다. 당혜의 눈앞에서 일
어났던 그 동작들. 그는 일어나 자세를 취하며 최대한 빠르게 손을 뻗
었다.

파앗!

공기를 밀며 그의 우수가 쭉 뻗었다. 이게 아니었다. 그는 다시 한
번 어깨에 힘을 준 뒤 휘둘렀다.

"후웃!"

비슷하기는 하지만 이것도 아니다. 빨리듯이 나간 느낌, 그런 느낌
이 아니었다. 무정은 눈빛을 굳히고 온몸을 늘어뜨린 자세에서 다시
정신을 집중하기 시작했다. 상상 속에서 임의의 점이 눈앞에 나타났
다.

"친다. 빠르게… 최대한 빠르게……."

중얼거리며 집중하자 양 미간에 따스한 기운이 서렸다. 그와 함께
그의 몸에서 묵빛 기류가 서서히 일기 시작했다. 그때였다.

애애애애앵!

열린 창문으로 이름 모를 벌레 한 마리가 날아들었다. 흡사 춤을 추
듯 공중을 빙빙 돌더니 우연히도 무정이 정한 임의의 지점 근처를 배
회하였다.

순식간에 점이 이동했다. 움직이는 벌레의 궤적에 맞추어 자신도 모르게 타점이 형성되자 무정의 주먹이 반사적으로 나갔다. 그의 머리 속에선 이곳은 전장이었고 움직이는 모든 것이 적이었다.

스팡!

"……!"

벌레가 사라졌다. 아니, 무정의 권에 의하여 가루가 되었다.

바로 이 느낌, 이 속도였다. 평소의 무정보다도 반 배 이상 빨라진 것 같았다. 어젯밤 느꼈던 것은 바로 이것이었다. 그는 몇 번을 더 시전해 보았으나 잘 되지 않았다. 그래도 어느 정도는 가능할 것 같았다.

무정은 조금은 괴이한 현상을 느꼈다. 자신의 권이 일직선으로 나가는데도 그 주위에는 떨리는 주먹의 잔상이 맺히고 있다. 자신의 주먹이 전후좌우로 조금씩 흔들리며 잔상을 일으키는 듯 보였다.

"……."

자세를 취하고 조용히 눈을 감자 어느새 무정의 주위에는 수많은 상상 속의 적이 있었다. 한꺼번에 덤비는 그들을 향해 무정이 권을 날리기 시작하자 차근차근 한 명씩 그의 권에 사라지고 있었다. 그렇게 반 시진 가까이 연공이 계속되자 그의 몸이 땀으로 번들거리기 시작했다.

"휴우~"

긴 한숨과 함께 무정이 손을 내렸다. 구릿빛으로 빛나는 몸은 땀으로 번들거리고 있었다. 무정은 수투를 들어 이마의 땀을 닦았다.

이상하게 의식을 하면 잘 되지 않았다. 한 시진 동안이나 권력을 단련했으나 제대로 된 것은 처음의 몇 번에 불과했다. 그는 고개를 주억거리면서 차라리 느낌만이라도 기억하는 것이 낫겠다는 판단에 다시 한 번 눈을 감고 어느 정도 정리된 처음의 느낌을 기억했다.

보이지도 않는 속도로 부드러운 손이 공기를 찢는다. 그의 권이 수 많은 잔상을 남기며 뻗어나갔다. 그것이었다.

부드럽게 몸에 힘을 빼고 자연스럽게 공기의 결을 파듯이 훑고 간 손놀림, 자신이 목표한 곳에서 들리는 파공음(破空音)……. 한데 위력이 없었다.

그의 권이라면 이미 호신강기도 뒤흔드는 위력이다. 물론 묵빛 강기가 빚어낸 결과지만 그 매개체가 권이라는 것은 변하지 않는다. 하나 그것에 비한다면 이것은 공기만 찢을 뿐 아무 위력도 없는 것이나 진배없었다. 속도가 기존에 비해 거의 반 배 이상 빨라진 것이 그나마 위안이 된다고나 할까?

그는 고소를 머금으며 피풍의를 걸쳤다. 모든 물건을 갈무리하고 문을 나섰다..

하지만 무정은 자신도 인식하지 못한 것이 있다는 것을 몰랐다. 군의 무공은 일체의 군더더기가 없는 빠름을 추구한다. 그런 빠름에 정교함, 그리고 순간적으로 가해지는 힘이 주류를 이룬다. 무정의 무공도 그런 유였다.

방패를 들어 몸을 막아보라. 절대로 팔 힘만으로는 성공 못한다. 팔과 어깨, 다리와 허리, 목 등 신체의 여러 부분이 함께 움직인다. 자신이 이를 인식하지 못할 뿐 몸은 이미 인식하고 있는 것이었다.

무정의 묵기도 반응을 하지 않은 것이 아니라 이미 반응했지만 지금은 실전이 아니기에 몸이 눈에 뜨일 만한 반응을 하지 않는 것뿐이었다.

이미 공기를 찢는 무정의 권은 그의 몸에 충분히 각인되었고 그 위력도 마찬가지였다. 성공한 단 몇 번의 권은 지금 그 증거를 보이고 있었다.

쩌적! 쩍!

온 방 안의 벽들이 둥글게 으스러지며 금이 갔다. 무정의 신체는 그만큼의 힘을 내보낸 것이며 보이지 않는 권의 위력은 벽을 타격했고 무정이 방문을 닫는 순간 서서히 바스라져 갔다.

점소이 소량은 안도의 한숨을 쉬었다. 저 산도적 같은 인간이 나갔다. 어젯밤 비록 별 사태는 없었지만 하마터면 큰일 날 뻔한 것을 생각하면 정말 식은땀이 절로 났다. 그는 한 고비 넘긴 것에 대해 천지신명께 감사했다. 그때였다. 뒤쪽에서 무언가 무너지는 소리가 들렸다.

쩌적! 와지끈!

반사적으로 고개를 돌린 소량은 눈을 크게 떴다. 방금 그자가 묵었던 방이 허물어져 버렸다. 양 옆방의 흙벽과 앞뒤의 흙벽이 기둥만 남기고 바스라져 내리고 있었고 무너져 내린 커다란 구멍 사이로 정오의 태양 빛이 세차게 흘러 들어왔다.

“……”

소량은 고개를 푹 숙였다. 어차피 그의 책임은 아니니 주인이 돈을 내어 고치면 그만이었다. 하지만 보고는 자신이 해야겠기에 아마 좋은 소리는 듣지 못할 것이다. 정말 짜증나는 일이다.

‘소금이나 왕창 뿌려야겠다.’

액운(厄運)부터 털고 보자는 소량이었다.

*　　　*　　　*

무정은 말을 타고 천천히 갔다. 점소이는 당패성 일행이 먼저 떠났다고 했다.

오늘 아침 강거(姜据)란 곳의 진 노대 딸이 변을 당했다는 소식이 들어와서 바로 떠났다는 것인데 어차피 같이 다닐 생각이 없었기에 무정은 고개를 끄떡이며 그곳을 떠났다. 물론 방이 부서진 것은 모르는 채로…….

사천성도까지는 아직도 며칠 남았다. 이미 엄원을 지나 한갓진 좁은 관도로 서서히 말을 몰았다. 무엇보다 급할 것이 없었고 불에 탄 관술과 황무지에 익숙한 그는 지금 온전한 산과 들을 보는 것이 아직도 생소했기에 좌우를 흘깃거리며 말을 몰았다.

문득 무정은 이상한 생각이 들었다. 왜 자신은 이런 것에 생소해야 하는지 그 이유가 궁금해졌다. 습관적으로 오른 뺨의 상처에 손을 대 보았다.

정말 이 상처 때문이었을까? 이젠 기억도 안 나는 그 시절에 얻은 이 상처가 자신을 이렇게 만들었을까? 만일 그렇다 해도 자신은 언제든지 군을 떠날 수 있었다.

한데 왜 안 떠났을까? 마 대인 때문이었을까? 물론 마 대인도 하나의 이유가 될 수 있었다. 하지만 다 커서도 계속 기대었던 이유는 도대체 무엇인지 무정은 한없는 상념을 계속했다.

"……"

그의 시선이 아래로 향하며 말고삐를 쥐고 있는 자신의 두 손을 바라보았다. 묵빛 수투. 이 수투에 목숨을 잃은 사람은 수도 없었다. 남녀노소를 불문하고 전장에 있는 모든 사람들의 목숨을 취했다.

아무리 돌이켜 생각해 봐도 그러면서 죄책감을 느낀 적은 없었다. 그저 그가 벤 것은 적일 뿐이었고 모두 죽여야 할 대상으로 명확하게 인식했었다. 그런데 지금은 적이 없다. 그럼에도 불구하고 어제 주루에서 하마터면 그들을 죽일 뻔했다.

그들은 적이 아니었고 그의 입장에서는 한 사람의 양민일 뿐이었다. 물론 잘못이야 그들이 먼저 했지만 그래도 그들이 양민인 것을 생각하자 무정은 머리가 복잡해 옴을 느꼈다.

"이게 강호란 곳인가?"

옳고 그름의 문제, 가릴 수 없는 시비. 무정은 머리를 흔들었다. 내지 못할 결론을 생각한다는 것은 시간 낭비였다. 우선 그는 지금 당장 해야 할 일이 있었다. 일단 서창의 마가장에 도착하고 나서 천천히 생각해도 늦지 않았다.

힐끔 하늘을 보니 어느새 저녁노을이 물들고 있었다. 그는 이미 시간이 많이 흘렀다는 것을 느꼈다. 아까 마을에서 듣기로는 다음 마을까지는 꽤 시간이 걸린다고 했기에 오늘은 노숙을 해야 할 것 같았다.

오른쪽에 꽤 큰 산으로 향하는 작은 소롯길이 보이자 그는 고삐를 틀었다. 더 생각할 것도 없었다. 하루 이틀 해본 일도 아니었기에 오히려 이 편이 더 편했다.

꽤 깊은 곳으로 들어온 무정은 말에서 내렸다. 멀리 관도가 한눈에 들어왔다. 이 정도면 바보가 아닌 다음에야 길을 잃을 염려는 없었다.

그는 건초(乾草) 자루를 말 위에서 끄집어내 한 웅큼의 건초를 집어 말 앞에 내려놓고 자신은 품에서 육포를 꺼내 입에 물었다. 잘 자리를 봐야 하지만 그건 조금 있다가 해도 괜찮았다.

그는 육포를 우물거리며 천천히 씹기 시작했다. 순간,

"…아아…악."

"……."

무정의 신형이 반사적으로 일어섰다. 아주 조그만 소리였지만 분명 사람의 소리였다. 입속의 육포를 뱉고는 이후 정신을 집중하기 시작했다.

"…크 …이… 아하하……."

또다시 작은 소리가 귓가에 들렸다. 득의에 찬 남자의 웃음소리 같은데 좁은 산길의 소로 끝에서 소리가 나기에 그쪽으로 빠르게 신형을 움직여 달려갔다.

한참을 달린 무정의 눈에 토지묘가 보였다. 아마 이 소로는 토지묘로 가는 길을 닦아놓은 것 같았은데 원형의 공터에 다 쓰러져 가는 작은 토지묘가 있었고 그 앞에 몇 사람의 신형이 보였다.

무정은 옆의 나무 사이로 몸을 숨겼다. 그리고는 수투와 철갑에서 소리가 나지 않도록 주의하면서 최대한 신속하게 우거진 관목 사이를 빠져나갔다. 군에서 수천 번을 해오던 일이라 무정은 별다른 어려움 없이 빠른 속도로 헤쳐 나갔다. 이윽고 그들의 얼굴이 보이기 시작했다.

"……."

무정은 그 자리에 우뚝 섰다. 저 눈앞의 사람들은 너무나도 잘 알고 있는 사람들이었다. 잊을래야 잊을 수 없는 것이 바로 어젯밤에 만난 사람들이었기 때문이다. 그는 신형을 낮추고는 눈을 빛내며 상황을 살피기 시작했다.

당패성은 피눈물을 흘리고 싶을 만큼 미칠 것 같았다. 그는 지금 혈도가 짚혀 꼼짝도 할 수 없었다. 조일 사태는 입에서 피를 흘리며 모로 누워 있었고 당소국은 가슴에 긴 혈조 자국을 남기며 바닥에 쓰러져 숨을 헐떡이고 있었다.

그러나 무엇보다 그가 참을 수 없는 것은 지금 흙 바닥에 짐승 같은 놈들에게 깔려 있는 당혜와 미려군의 모습이었다. 당패성의 눈이 붉게 물들어갔다.

"이 천인공노할 놈들, 하늘이 두렵지도 않느냐? 아니, 무림인이라면 정정당당하게 결판을 내자! 어서 이 혈도를 풀지 못할까!!"

아혈은 점하지 않았는지 당패성은 고래고래 소리를 질러대고 있었다. 그러자 신원을 알 수 없는 세 사람 중 한 명이 건들거리며 다가왔다.

"킬킬킬, 요놈! 그래도 당가에서 제법 똑똑한 놈을 보냈다기에 긴장을 좀 했더니만 이런 멍청한 놈일 줄이야. 역시 소문은 믿을 게 못 된다니까. 킬킬킬."

음험한 인상에 두 팔이 긴 오 척의 중년인이 킬킬거렸다. 그러자 한참 미려군의 몸 위에서 옷을 찢던 사람이 고개를 돌리며 맞장구쳤다.

"흐흐 그러게 말입니다, 형님. 상황이 이렇게 되니 되지도 않는 소리를 지껄이는구먼. 흐흐, 병신 같은 자식!"

"아이, 큰형님, 이쪽으로 빨리 오시죠! 저 지금 참고 있느라 미치겠습니다! 아욱!"

역시 오 척에 팔이 긴 중년인이 당혜의 몸에서 떨어지면서 재촉했다. 당혜는 이미 옷이 모두 찢겨 나간 상태였다. 입에는 나무 재갈이 물려 있었는데 이 음침한 중년인이 지금 막 묶고서는 머리 뒤에서 붙잡고 있었다. 상황을 보니 그녀도 아혈만 빼고 점혈당한 듯했다.

"킬킬, 알았다, 막내야! 곧 가마! 킬킬! 이봐, 당가 놈, 잘 보라구! 돈 주고도 못 볼 구경이니까! 킬킬킬!"

"크흑!!"

당패성은 차라리 눈을 감았다. 모든 것이 자신의 불찰이었다. 가장 큰 패인은 요위굉이 한 사람일 것이라고 추측한 것이다. 그들은 세 쌍둥이였다.

처음 당패성은 처자가 실종되었다는 소식을 듣고 일행을 재촉해 흔적을 쫓았다. 이리저리 뒤쫓다 보니 어느새 오후가 되었는데 결국 토지묘 쪽으로 오게 되었다. 흔적은 거기서 끝나 있었다. 왠지 그는 순간 함정이 아닐까 하는 생각이 들었다. 왜냐하면 이곳은 감숙과는 오히려 멀어지는 쪽이기 때문이었다.

하지만 토지묘에서 요위굉이 천천히 걸어나오자 그런 생각이 살그머니 사라졌다. 어디선가 팔에 부상을 입은 듯 비틀거리면서 나오고 있었는데 연기일 수도 있다는 생각에 그는 일행을 자제시키려 했으나 이미 늦었다. 당혜와 당소국이 뛰어나간 것이다.

"혜야! 소국아! 안 돼!"

그가 소리치며 달려가려 할 때 하늘에서 갑자기 이 장 넓이의 그물이 씌워지더니 거기에 당혜가 갇혀 버렸다. 순간 나무 사이에서 누군가가 달려나와 당혜의 혈도를 짚었고 당혜의 몸은 순식간에 축 늘어졌다.

"누, 누님!"

당소국은 창졸간에 당한 당혜를 보고 당황하며 발길을 돌렸지만 당혜 곁으로 다가갈 수가 없었다. 비틀거리던 인물이 눈을 빛내며 당소국에게 덤빈 것이다. 반사적으로 당소국은 품에 손을 넣었다. 철질려를 뽑아 당혜를 데리고 가려는 자와 덤비는 자 모두에게 던지려 했다.

파아아앗!

"……."

암기를 꺼내는 순간 그자의 긴 팔이 마치 늘어나는 듯 휘어져 왔다. 철질려를 손에 세워 날아오는 방향으로 손을 댔지만 이미 긴 팔이 자신의 어깨를 강타했다. 그의 손에 쥐어진 철질려가 허공으로 흩어지며 그와 함께 당소국은 가슴에 불로 지지는 듯한 고통을 느꼈다.

"아아악!"

긴 혈조 자국이 가슴에 새겨지며 당소국은 쓰러졌다. 당패성은 혼란스러웠다. 둘 다 잡힌 상태에서 누굴 상대해야 할지 몰랐다. 찰나의 망설임 후 그는 이를 악물고 당소국 쪽으로 신형을 돌렸다. 잘못하면 그는 죽을지도 몰랐다.

조일 사태가 순간 신형을 날렸다. 갑자기 무척이나 불리한 상황이었다. 채 두 걸음이나 움직였을까?

"아악!"

뒤쪽에서 미려군의 음성이 들렸다. 반사적으로 돌아간 그녀의 눈에 또 하나의 요위굉이 미려군의 혈도를 짚는 것이 보였다. 요위굉은 모두 세 명이었던 것이다.

조일 사태는 발걸음을 돌렸다. 그녀의 제자가 우선이었다.

펑!

장과 장이 부딪치면서 호쾌한 소리가 났다. 조일 사태는 눈을 크게 떴다. 자신이 한 걸음 밀린 것이다. 믿을 수 없는 일이지만 기척조차 느낄 수 없을 정도로 이자는 자신의 위였다. 그녀는 이를 악물고 자신의 전 내공을 끌어올렸다.

요위굉은 음흉한 웃음을 흘렸다. 작전이 아주 잘 들어맞았다. 일수 십격 당패성은 지금 정신이 없을 것이 당연했고 지금 자신의 두 쌍둥이가 합격을 하고 있으니 문제 될 것은 없었다.

어젯밤 우연히 한 여자를 납치해 가고 있을 때 청성과 종남의 사람들이 한 여자를 둘러메고 어디론가 사라지는 것을 보았다. 분명히 그들은 자신들을 추적하는 추살대의 일원이었다.

직감적으로 추살대에 무슨 일이 있었음을 짐작한 그는 기회라고 생각했다. 남아 있는 추살대를 아예 없애 버리기로 한 것이다.

당패성과 조일 사태가 남아 있었지만 별 무리 없었다. 솔직히 자신의 무공은 그들보다 위였고 게다가 자신들은 한 명이 아니라 세 명이었다.

세상 사람들이 요위굉의 무공 수위를 잘 모르는 것은 셋의 무공 수위가 다르기 때문이었다. 자신은 이미 귀혼수를 십이성 대성했고 둘째 요위중(了偉重)은 십성, 막내 요위명(了偉姤)은 오성에 불과했지만 암기술이 탁월했다.

"흐흐, 예쁜 제자군. 고맙수, 사태."

비웃음을 흘리며 요위굉은 자신의 긴 팔을 뻗었다. 이윽고 조일 사태와 본격적으로 손을 섞기 시작했다.

파방! 파바방!

조일 사태의 복호장(伏虎掌)은 요위굉의 귀혼수에 모조리 막혔다.

귀혼수는 독특한 조법(爪法)이었다. 보통 조법이 손끝을 단련하는 데서부터 시작하는 것에 반하여 귀혼수는 달랐다. 손바닥과 손등을 단련하는 것이 시작이었고 찢는 대신 북을 치듯 큰 원호를 그리며 타격력을 배가하는데 손등과 손바닥을 뒤집으며 쳐내는 것이 귀혼수의 특징이었다.

말하자면 이연격(二聯擊)을 기본으로 하는데 마치 그 소리가 명부(冥府)의 북소리를 듣는 듯하여 귀혼수라는 이름이 붙었다. 그만큼 익히기가 까다롭고 특히 팔이 비정상적으로 길어지는 부작용이 있어 사람들이 익히기를 꺼려 하는 무공이었다. 요위굉 삼 형제의 팔이 일반인보다 두 뼘 이상 긴 것도 그런 이유에서였다.

파방! 팡! 파방! 파방!

숨 쉴 틈 없는 연격에 조일 사태는 정신을 차릴 수가 없었다. 그녀는 방어하기에도 급급했다.

긴 팔이 기괴하게 꺾여 들어오는 각도는 종잡을 수가 없었고 이미 선기를 잃어버렸기에 그녀의 손에서 수많은 아미의 절학들이 채 펼쳐지지도 못하고 있었다. 결국 요위굉의 귀혼수에 진중혈을 연타당한 그녀는 피를 뿌리며 날아갔다. 요위굉은 재빨리 형제들에게 다가갔다. 그리곤 손발이 어지러워진 당패성의 혈도를 별 어려움 없이 쉽게 짚었다.

당패성은 눈을 떴다. 그의 눈에 요위굉의 바지춤이 흘러내리는 것이 보였다. 그리고는 당혜 앞에 꿇어앉아 있었다. 미려군은 이미 요위중의 손에 온몸을 유린당하고 있었다. 당패성은 다시 눈을 감았다. 숨을 헐떡이던 당소국도 아미의 조일 사태도 피눈물을 흘리며 눈을 감았다.

요위굉은 바지춤을 내리고 자신의 양물을 손으로 잡았다. 독수화접 당혜. 대어(大漁)였다. 점창의 가기연과 함께 전부터 그가 침을 흘리던 여자였는데 그의 눈에 눈물만 질질 흘리는 당혜의 얼굴이 들어왔다.

"크하하하! 그렇게 세상 끝난 것처럼 굴지 말거라! 곧 극락을 맛보게 될 터이니!"

징그럽게 웃으며 만족스런 미소를 짓는 요위굉은 정말 즐거워하고 있었다. 당혜의 얼굴. 바로 이 얼굴이었다. 공포에 떠는 이 얼굴이 그가 그토록 보고 싶어 마지 않는 얼굴이었다.

요위굉 삼 형제는 어릴 때부터 음험한 인상을 가지고 있었다. 사람들은 그들을 멸시하며 눈총을 주었다. 그들은 그런 사람들에게 어떻게든 인정받고 싶었다.

그래서 무공을 배우기 시작했다. 인연이 되었는지 귀혼수를 얻을 수 있었다. 그들은 미친 듯이 기뻐하며 열과 성을 다하여 익히기 시작했다. 무공만 익힌다면 마을 사람들의 저 냉대도 없을 것이라 생각했다. 그렇게 시간은 흘러갔다.

그러나 귀혼수를 연성하는 도중에도 사람들의 시선은 차가웠다. 그들은 꾹 참았다. 그러나 시간이 지나고 요위굉이 십이성 대성할 때는 참을 수 없었다.

마을 사람들은 이전보다 더했다. 원래 음험한 얼굴에 길어져 버린 두 팔을 보고 눈살을 찌푸렸다. 특히나 마을 처자들은 무슨 벌레를 보듯 했기에 요위굉 삼 형제는 더 이상 참을 수 없었다.

그들은 지난 시간을 보상받기를 원했다. 그래서 마을 처자들을 간살하기 시작했다. 그렇게 중원 전체에서 천인공노할 일을 저지르고 있는 가운데 그들에겐 어느새 무림 공적이란 꼬리표가 달라붙었다. 일그러진 생각에 비뚤어진 행동이었다.

요위굉은 득의의 표정을 지었다. 죄책감 따위는 이제 손톱만큼도 없었다. 천천히 허리를 움직이며 그녀 안으로 들어서려 했다.

"……."

한데 순간 난데없는 느낌에 그는 신형을 멈추고는 갑자기 몸을 떨었다. 아니, 그만이 아니라 사람들이 모두 조금씩 떨고 있었다.

살기(殺氣)였다. 그것도 엄청난 살기였다.

당패성의 눈이 번쩍 떠졌다. 이 살기는 분명 어젯밤에 질리도록 느낀 것이다. 그의 눈이 돌아갔다. 그리고는 그의 눈에 비친 한 사내의 모습에 눈앞이 흐려지는 것을 느꼈다.

육 척이 훨씬 넘는 키에 묵빛 수투, 피풍의 밖으로 삐져 나온 거도… 무정이었다.

"무, 무 형……?"

당패성은 뭔가 말하고 싶었다. 하지만 목이 메어 아무 소리도 못한 채 그는 괜한 목 울대만 위아래로 흔들었다.

2

무정이 천천히 걸어오자 세 놈이 신형을 추스르며 뒤로 물러났다. 그의 눈이 미려군의 눈과 마주쳤다. 그녀의 얼굴은 눈물로 범벅이었는데 재갈 물린 그녀의 입술이 달싹이며 웅웅거리는 소리를 냈지만 무정은 알 수 있었다. 살려달라는 것일 것이다.

그의 머리 속에 한 소녀의 영상이 떠올랐다. 머리만 남겨진 소녀. 그리고 미려군의 얼굴이 겹쳐졌다. 소녀의 감긴 눈이 떠졌다. 그 눈에서 핏빛 눈물이 떨어지고 있었다.

화아(花兒)가 울고 있었다. 살려달라고 울부짖고 있었다.

"……"

무정의 마음에서 소리 없는 외침이 들렸다. 그의 몸은 마음의 외침을 들은 듯 급작스럽게 반응했다. 무정이 거칠게 피풍의를 벗어 던지자 그의 살기가 폭발하듯 한층 더 짙어졌고 서서히 묵빛 기류가 안개처럼 피어나기 시작했다.

요위굉은 엄청난 살기를 겨우 떨쳤다. 그리곤 바지를 추스르며 놈이 피풍의를 벗어 던지는 것을 보았다.

“……!”

엄청난 근육과 상처가 눈에 들어왔다. 굉장한 실전 경험을 갖고 있음이 분명했기에 그의 본능이 위험하다는 신호를 계속 보냈다.

“웬 놈이냐! 감히 어르신의……!”

요위굉은 살기에 정신을 못 차리는 두 동생을 깨우기 위해 일부러 큰 소리로 고함을 치다 놈이 섬전 같은 움직임으로 둘째에게 접근하는 것을 보았다. 입을 다물고 그도 둘째에게 신형을 날렸다.

무정의 눈이 침잠해졌다. 아무리 흥분했다고는 하지만 전장의 감각은 여전하기에 자신과 비슷한 속도로 다가오는 괴인영의 모습을 놓치지 않았다. 모든 사물이 느리게 보이는 가운데 그의 신형은 마치 자신처럼 빨랐다. 그의 긴 팔이 휘어져 들어왔다. 무정은 방향을 바꾸어 그와 마주했다.

파파팡!

가죽 북을 격타하듯 공기를 찢는 소리가 요란했다. 무정이 차분히 맞대응을 시작하자 그의 몸에서 묵빛 기류가 점차 짙어지기 시작했다.

요위중은 눈앞에서 일어나고 있는 일인데도 불구하고 어슴푸레한 그림자와 격타음 이외에는 알 수 없자 주춤주춤 뒤로 물러섰다. 그는 지금의 상황을 믿을 수가 없었다.

대형의 무공은 소림의 사대금강조차 아래로 볼 정도로 강했다. 그때는 일부러 낭패한 척한 것이다. 그래야 대수롭지 않게 보일 것이기에……. 하나 지금은 아니었다.

대형은 지금 전력을 다하고 있다. 그래도 동수를 이루는 상대인 것
이다.

요위굉은 경악했다. 속도도, 힘도, 위력도 자신보다 아래가 아닌 상
대였고 게다가 저 묵기가 점점 짙어지면서 위력도 배가되고 있었다.
그는 진기가 조금씩 가늘어지는 것을 느꼈다.

이미 사십여 초 이상 손을 섞어도 정타(正打)를 못 날리고 있었는데
특히 저 묵빛 수갑은 재질이 무엇인지 자신의 십이성 공력에도 깨지지
않고 오히려 그는 점차 손이 저려옴을 느꼈다.

무정은 전신의 힘을 짜 올렸다. 그의 몸이 스스로 움직이기 시작했
다. 생각보다도 더 빠른 몸이 요위굉의 전신을 압박하기 시작했다.

파파파파팡!

여전히 공기를 가르는 파공음은 계속되었지만 내용은 달랐다. 수세
의 무정이 공세로 돌아선 것이다. 그는 단순히 빈틈이 보이는 곳으로
만 손과 발을 놀렸다.

지켜보던 요위중은 아무래도 대형이 밀리는 것 같은 느낌이 들었다.
이래서는 안 된다는 생각에 그는 바닥에 벌거벗겨진 미려군을 보았다.
마침 머리 속에서 그자가 오자마자 이 여인과 눈을 마주쳤던 생각이
번뜩 들었다.

그의 눈 꼬리가 올라갔다. 살기를 띠며 려군의 목 울대를 향해 손을
뻗었다. 혹시 만일을 대비해 인질로라도 잡으려는 것이다.

요위굉과 혈전 속에서도 무정은 옆쪽의 살기에 흠칫했다. 곁눈질로
본 무정의 눈에 누군가 그녀를 죽이려 하는 것이 보였다. 그의 마음이
다급해졌다. 이제사 잡은 선기였지만 재고의 여지가 없었다. 그는 무
의식적으로 요위중의 가슴에 보이지 않는 점을 찍었다. 그의 발이 땅

을 박찼다.

요위굉은 아파오는 팔에 난감했다. 상대는 괴이했다. 더구나 수투 이외에 그놈의 묵기는 점차 자신의 가슴을 뒤흔들고 있었다. 뭔가 방법이 필요하다고 느낄 때 문득 요위중이 하는 요량을 보았다. 셋 중 머리가 제일 좋은 녀석이라 그런지 과연 놈의 신경이 분산되었다. 그는 이를 악물고 틈을 노렸다. 그때였다. 그의 눈에 놀라운 광경이 보였다.

무정의 신형이 희뿌연 잔상을 남기며 둘째 쪽으로 사라졌다. 그것도 눈으로 쫓기 힘든 빠르기였다.

"크억!"

요위중은 팔을 뻗을 수가 없었다. 려군의 목에 막 닿으려는 순간 무슨 시커먼 기류 같은 것이 자신의 앞에 나타나더니 가슴에 불로 지진 듯한 통증이 일어났다. 그는 눈을 깔며 자신의 가슴을 보았다. 거대한 도가 자신의 가슴을 관통하고 있었다. 이어 엄청난 고통과 함께 거대한 도가 찌른 쪽으로 다시 빠져나갔다.

"어헉! 컥!"

요위중은 비틀거렸다. 머리가 어지러워지기 시작했다.

무정은 눈을 내렸다. 미려군의 하얀 살갗 위로 요위중의 피가 주르르 떨어지면서 핏빛 혈화가 무성하게 피어오르는 것을 보자 갑자기 그의 눈이 역팔자로 휘어지기 시작했다. 주체할 수 없는 엄청난 분노가 그의 전신을 휘감아오는 것을 느끼며 비틀거리는 요위중의 사타구니를 발로 힘껏 차올렸다.

파아앙!

요위중은 공중으로 일 장 이상 떠올랐다. 그의 낭심 부위는 이미 으깨어져 선혈이 낭자했다. 무정의 도가 들려졌다. 칙칙한 묵기를 감싼 초우가 한줄기 검은 묵기를 야공에 펼쳐 냈다.

파아아아아앗!

작은 소리가 울렸지만 그 위력은 결코 작지 않았다. 검은 야공 속에서 요위중은 신형이 둘로 갈라진 듯한 느낌이 들었다.

터텅!

요위중의 신형이 땅바닥에 떨어지면서 완전하게 둘로 갈라졌다. 오른쪽 어깨부터 왼쪽 허벅지까지 묵기가 관통한 것이다. 그의 몸에서 나온 부연 피 안개가 무정을 감싸고 있는 가운데 무정은 천천히 고개를 돌렸다.

눈물로 범벅이 된 미려군의 얼굴이 들어왔다. 그는 무릎을 꿇으며 그녀에게 손을 뻗어 그녀의 입에 물린 재갈을 풀어주었다. 그러자 그녀의 작고 파리한 입술이 움직였다.

"고, 고마… 워요."

무정은 작은 소리로 말하는 그녀의 얼굴을 바라보았다. 단 한 번도 말이 없던 화아가 고맙다고 말하고 있었다. 그는 손을 뻗어 그녀의 볼을 쓰다듬었다.

이제 화아는 더 이상 꿈속에서 자신을 찾지 않을 것 같았다. 그의 입가에 한줄기 미소가 어렸다.

요위굉의 두 눈이 찢어질 듯이 부릅떠졌다. 자신의 동생이 형체도 없이 걸레쪽처럼 찢겨 나가는 광경에 흉광(兇光)이 줄기줄기 흘러나왔다. 그는 주먹을 말아 쥐었다. 순간 찢어지는 듯한 고통이 두 손에서 느껴졌다. 그의 두 손은 이미 피투성이였다. 단단한 청석에 한 치가량 홈을 낼 만큼 연공한 주먹이 이렇게 된 것을 본다면 상대는 자신과 내력이 비슷한, 아니, 그 이상의 인물이었다.

게다가 귀혼수는 내공을 익혀야 하지만 기본적으로 외공류(外功類)
의 무공이었다. 격공장류(隔空掌類)의 무공이 아닌 관계로 육장끼리의
부딪침은 필수인데 저자의 기이한 묵기가 육장을 타고 넘어와 오장육
부를 뒤흔들어 놓아 넘어오는 핏물을 삼킨 적이 벌써 몇 번이나 있었
다.

요위굉은 결정을 해야 했다. 확실히 도망치는 것이 상수였다. 놈의
경공이 어느 정도인지는 잘 모르지만 시도는 해봐야 했다. 그 순간 저
괴물 같은 놈이 한쪽 무릎을 꿇고 여자의 재갈을 풀고는 미친놈처럼
미소 짓고 있다. 자신과 셋째는 안중에도 없는 것이다.

그는 갈등했다. 지금이 기회였고 바로 치면 이길 수도 있을 것 같았
다. 놈은 무기도 들지 않았다. 하나 도무지 끝을 알 수 없는 무공을 지
닌 놈이었기에 그는 갈등했다.

"으아아아악!"

벌겋게 충혈되어 있는 눈을 치켜뜨고는 단말마의 비명과 함께 셋째
가 튀어나가자 요위굉은 아차 싶었다. 셋째가 이성을 잃은 것이다. 그
는 땅을 박차고 나가면서 그를 말리려 했지만 거리가 너무 멀었다.

무정의 얼굴에서 미소가 지워졌다. 얼굴을 굳히며 무릎 꿇은 오른발
에 힘을 주자 그의 신형이 용수철처럼 요위명에게 다가갔다. 요위명의
무공은 요위굉의 반도 안 되는 듯했다. 굼벵이 같은 움직임을 보이는
요위명을 보며 무정은 그의 오른편 대각으로 신형을 틀면서 초우를 휘
둘렀다.

스팟!

요위명의 목이 공중으로 떠올랐다. 그의 몸뚱이가 머리를 잃은 것도
모르고 앞으로 달려나가자 무정은 고개를 돌려 요위굉의 위치를 확인

했다.

어느새 일 장 근처로 달려오고 있는 것을 확인하고 무정은 왼발을 들었다. 그리고는 떨어지기 시작하는 요위명의 머리를 자신의 가슴 높이에서 밀어내듯이 돌려 찼다.

요위굉의 눈이 커졌다. 두 눈이 벌건 머리통이 자신을 향해 섬전같이 날아오고 있다. 채 반 장도 안 되는 거리라 피할 수도 없었다. 날아오는 막내의 머리가 너무 빨랐기에 그는 쌍수를 들어 얼굴 앞에서 교차시켰다.

팍!

내공이 잔뜩 실린 두 손에 있어 의식없는 사람의 머리는 두부나 마찬가지였다. 셋째의 머리가 두부처럼 허연 뇌수를 보이며 자신의 손에 부서지자 요위굉의 두 눈이 붉게 충혈되기 시작했다.

순간 요위굉은 허리 부근에서 뜨끔한 감각이 느껴졌지만 그는 일단 무시했다. 지금은 눈앞의 적이 우선이다. 도망이고 나발이고 간에 이젠 무슨 수를 쓰든 형제들의 복수를 해야 했다. 그는 신형을 멈추었다. 아니, 멈추고 싶었다.

한데 멈출 수가 없었다. 갑자기 눈앞으로 붉은 황토의 대지가 가까워졌다. 결국 그는 볼썽사납게 땅바닥을 뒹굴었다.

좌아아악!

자신의 몸과 황톳빛 대지가 마찰하는 소리가 들려왔다. 요위굉은 그제야 자신의 몸을 바라보았다.

없었다.

허리 아래 있어야 할 자신의 하체 부위가 없자 당황한 그가 눈을 돌리니 저만치 널브러진 자신의 하체가 보였다.

잘려 나간 하체를 바라보는 그의 눈동자가 잿빛으로 변하기 시작했다. 빠른 속도로 그의 눈에서 생기가 빠져나갔다.

당패성은 혈도를 짚힌 상태에서도 몸을 떨었다. 무정의 살기 때문이 아니었다. 그는 자신들이 철저히 당한 상대를 순식간에 해치웠다. 무공이 높을 것이라 생각했지만 이 정도는 아니었다. 특히 마지막 임기응변은 생각도 못한 방법이었다.

물론 그의 눈에는 요위명이 달리다 목이 솟구치고 그 목 뒤에서 무정의 왼발이 잠깐 보이더니 달려오는 요위굉의 눈앞에서 뭔가 터지면서 그의 허리가 양단되는 것만 보였지만 대략 유추할 수 있었다.

달려오는 요위굉의 안면에 요위명의 머리를 차 보내고 그가 막는 틈에 왼 다리를 돌린 반동을 이용해 오른손에 쥔 참마도의 위력과 속도를 배가시켜 벤 것이다. 상상할 수 없는 빠르기에 중병기의 묘리를 이용한 소름 끼치도록 계산된 공격이었다.

그는 눈을 돌려 무정을 바라보았다. 사 척이 넘는 참마도가 그의 등 뒤 도집으로 들어가고 있었다. 그와 함께 그의 몸에 일렁이던 묵빛 투기 같은 것도 사라지기 시작했다. 무정이 자신의 파풍의를 손으로 들어 올리고 있었다.

부욱!

그는 자신의 파풍의를 두 손으로 찢었다. 파풍의라고 해봐야 면으로 만든 검은색 천이었지만 그는 한쪽을 펼쳐 미려군의 알몸을 덮어주었다. 부끄러울 만도 할 텐데 그녀는 온통 눈물 자국인 얼굴로 무정을 향해 살포시 웃고 있었다. 무정은 그런 그녀를 잠시 내려다보고는 그녀를 들어 조일 사태 옆으로 데려다 뉘었다. 이후 신형을 돌려 당혜에게 다가갔다.

당혜는 죽고만 싶었다. 여기 있는 사람들 모두 자신의 치부를 보았다. 완전히 몸을 버린 것은 아니지만 다를 게 뭐 있겠는가?

게다가 왠지 자신이 묘한 매력을 느낀 남자가 다가오자 그녀는 두 눈을 질끈 감고 말았다.

펄럭!

기다란 천이 활짝 펼쳐지는 소리가 들렸다. 이어 맨살에 와 닿는 감촉도 느껴지며 입에 물린 재갈도 풀어졌다. 그녀는 살며시 눈을 떴다.

단단한 근육의 움직임이 보였다. 그리고 그녀의 몸이 가볍게 들려지면서 그의 체취(體臭)가 그녀의 콧속으로 흘러 들어왔다.

땀과 피비린내가 섞인 역겨운 내음. 하지만 그녀는 불쾌하지 않았다.

이윽고 그녀의 몸이 내려졌다. 미려군의 옆이었다.

"부탁이 있어요."

착 가라앉은 당혜의 목소리가 들렸다. 무정은 돌리던 신형을 멈췄다.

"날… 죽여줘요!"

"당혜야!"

당혹스런 당패성의 목소리가 흘렀다. 자존심이 센 당혜였다. 어찌 되었든 간에 자결하지 않은 것만도 다행이었다. 그의 눈이 무정을 향했다.

그럴 리는 없겠지만 그의 고개가 끄떡여지는 것은 막아야 했다. 하지만 그런 사태는 일어나지 않았다. 무정이 몸을 돌려 걸어간 것이다.

"아니면 혈도라도 풀어줘요, 자결할 테니. 부탁이에요."

당혜의 눈에서 눈물이 흐르기 시작했다. 그녀의 자존심이 완전히 무너진 것이다. 당패성은 안도의 한숨을 쉬었다.

저건 투정이었다. 험한 꼴을 겪은 후 어른에게 울며 불며 떼 쓰는 아이의 투정. 당패성은 무정을 보았다. 당소국의 옷을 찢고 출혈을 막으며 지혈하는 것이 상당히 숙달된 솜씨였다.

"무 형, 그러지 말고 혈도를 짚는 것이 나을 것이오."

무정은 당패성의 말에 잠시 움직임을 멈추었다. 하나 곧 계속하기 시작했다.

"난… 혈도를 짚을 줄 모르오."

"……?"

당패성의 눈이 커졌다. 무정이 하는 것을 보고 설마 했었다.

자신의 혈도를 풀어주면 같이 모든 수습을 할 텐데 그는 혼자 하고 있었다. 당패성은 알량한 자존심에 혈도를 풀어달라는 말도 못하고 있었던 것이다.

어쨌거나 무정이 혈도를 못 짚는다니 알면 알수록 놀라운 사람이다. 일견(一見)하기에도 놀라운 내공을 지니고 있는데 혈을 못 짚다니……. 당패성은 난감함을 느꼈다.

이대로 시간이 흘러 혈도가 풀리기만을 기다리는 수밖에 없었다.

"이봐요, 당신! 제발 죽여달라니까요!!"

"……."

"무정!"

악을 쓰는 당혜의 목소리에 당패성의 상념이 멈추었다. 아무리 투정이라지만 도가 지나치다.

그가 막 입을 열어 당혜를 진정시키려 할 때 묵직한 저음의 목소리가 들렸다.

"내 수하들 중에……."

무정이 일어나 조일 사태 쪽으로 신형을 돌렸다.

"국일(掬釰)이라는 친구가 있었다."

조일 사태의 상세는 얕지 않았다. 무엇보다 내공으로 인한 상처이기에 무정은 잠시 난감했다.

"어느 날 그 친구의 아내가 부락민들과 함께 우량하 족에게 끌려갔다."

별수없이 그는 사태를 편안하게 눕혔다. 그것밖에는 할 수가 없었다.

"그리고 많은 시간이 흐른 후 그 여인은 돌아왔다."

무정은 주변을 살폈다. 그가 더 이상 할 수 있는 일은 없었다. 그는 주위의 관솔을 모았다.

"색노(色奴)가 되었었지. 게다가 말도 안 들었는지 눈도 한쪽 뽑혔고 온몸에는 가죽 채찍으로 맞아 흉측한 흉터가 남아 있었다. 그리고는 자신의 남편에게 말했다. 죽여 달라고……."

무정은 품속에서 기름 주머니를 꺼내 조금 부었다.

"남편이 그러더군. 살아 돌아와 고맙다고. 그리고 한참을 부둥켜안고 울더군."

그가 부싯돌을 켜 불을 붙이자 작은 관솔들이 타 들어가기 시작했다. 무정은 고개를 들고 당혜의 눈을 똑바로 보기 시작했다.

"죽여달라고? 일 푼어치의 값어치도 없는 소리는 하지 마라. 내가 말한 것은 감숙의 변방에서는 매일 일어나는 일이다. 국일이란 친구의 경우는 천우신조다. 사랑하는 사람을 기억하고 있다는 사실만으로도 만족하는 사람들이 부지기수이고 그렇게 힘든 삶을 살면서도 그곳의 사람들은 최선을 다해 산다. 그 누구보다 죽음을 두려워하기에 빌어먹을 하늘을 원망하면서도 하루하루를 살기 위해 최선을 다한다.”

“…….”

당혜는 입술을 깨물었다. 그냥 한스러웠다. 자신에게 왜 이런 일이 일어났는지 정말 하늘이 미웠다.

투정이라는 것은 그녀 자신도 잘 안다. 그래도 이유없이 눈물을 쏟으며 투정해 보고 싶었다. 무정의 따뜻한 말 한마디가 듣고 싶었을 뿐 다른 의도는 없었다.

그녀의 눈에서 눈물이 쉼없이 흘러나왔다.

“무슨 말인지는 잘 알 거라 생각하겠다.”

그 말을 마지막으로 무심한 사내는 입을 닫았다. 그리고는 좀 더 두꺼운 나무들로 불을 살렸다.

“…….”

그때였다. 무정의 감각에 낯선 자의 시선이 걸렸다. 그는 중앙의 공터로 나가 섰다.

“…….”

저기 관도 쪽의 작은 소롯길 옆에 누군가의 신형이 보였다. 어슴푸레 어두운 숲 속에서 두 명의 신형이 관도로 나오자 무정은 왼쪽 어깨를 앞으로 기울였다. 여차하면 선공이었다. 한데 그자들은 아무런 준비 없이 그냥 오는 것 같았다.

“혹… 거기 계신 소협은 일수십격 당패성 소협이 아니신지……?”

나직한 소리와 함께 가까이 다가오던 그들의 머리가 무정이 피운 불빛으로 번들거리는 것이 보이자 무정은 흠칫했다. 승려였다.

그는 습관적으로 뒤로 한 발 뺐다. 역시 선입관은 무서운 것이어서 무정은 군에서 본 승려의 기억이 너무나 또렷했던 것이다.

누구나 공경하는 사람들임을……. 하나 진중해진 무정과는 대조적으로 당패성은 희색이 만면했다.

"아니, 소림의 명각(明覺) 대사가 아니십니까?"

당패성은 긴장이 모두 풀어진 것 같았다. 나타난 사람은 소림의 일대제자인 명각과 명경(明憬)이었다. 차기 소림의 방장 감이라는 명각 스님과 현 소림에서 가장 지혜가 출중하다고 알려진 명각 스님이 이자리에 나타난 것이다.

3

무정은 눈치를 보니 잘 아는 사이인 것 같고 적의가 느껴지지 않아 경계를 풀고 피워놓은 불가로 신형을 옮겼다. 명경과 명각은 불호를 외며 일행에게 다가갔다.

이윽고 모두의 혈도가 풀리며 상황이 정리되기 시작했다. 명각과 명경은 사람들의 혈도를 풀어준 뒤 이번에는 부상자들을 살펴보고 있었다. 당패성은 굳어진 몸을 움직이며 몸을 풀었고 당혜와 미려군은 봇짐에서 여벌의 옷으로 갈아입었다.

그는 고개를 들어 이미 어두워진 밤의 빛나는 별들을 바라보았다. 참으로 기나긴 악몽 같은 하루였다.

백보신수(百步神手) 명각(明覺)은 별호 그대로 백보신권(百步神拳)의 달인이었다. 일대제자 중 권격으로 최고의 무공을 자랑하였다. 물론

현재의 화후는 오십 보 정도의 위력에 미치는 수준이었지만 꾸준히 수
련한다면 언젠가 진실한 백보신권을 터득할 유일한 사람으로 칭송되었
다.

명경(明憬)은 부지승(不智僧)이라 불리는데 무공에 관해 아무것도 모
른다며 스스로 그렇게 불리우길 원한 사람이었다. 그러나 그의 박학다
식(博學多識)함은 거의 세상의 모든 무공을 머리 속에 담고 있다고 할
정도였다. 하지만 그런 명경도 지금 무정을 갸웃거리며 보고 있었다.

도대체가 무슨 무공인지 알 수가 없었기 때문인데 특히 묵빛 기류를
유형화(有形化)시킨다는 당패성의 말에 생각이 날 듯 말 듯했다.

일행은 지금 불가에 동그랗게 모여 있었고 당소국과 조일 사태도 이
젠 정신을 차렸다.

조일 사태는 명각이 자신의 내공을 사용해 더 이상의 부상을 막고
상세를 겨우 호전시켰으며 당소국은 당패성이 금창약(金瘡藥)을 바르
고 환단(丸丹)을 삼키게 해 겨우 급한 고비를 넘겼다.

명각과 명경은 이후 요위굉 삼 형제의 사체를 모아 구덩이를 판 후
안장했다. 불자답게 그들은 잠시나마 독경(讀經)하는 것을 마지막으로
모든 상황을 끝마쳤다.

시간은 이경을 지나 삼경으로 가고 있었다. 무정은 때늦은 식사를
다시 시작했다. 하지만 당패성 일행은 밥 먹을 기분도 아니었고 기운
도 없었다.

그냥 답답한 듯이 건포만 매만지고 있다. 착잡한 분위기를 환기시키
기 위함이었을까? 당패성이 입을 열었다.

"한데 대사님들은 이곳까지 어인 일로 오셨습니까? 설마 하니 저희

를 돕기 위한 것은 아니겠지요?"

당패성의 말에 일행의 눈이 모였다. 명각은 삼십 대 중반의 얼굴에 사람 좋은 웃음을 머금고 있었다. 넉넉한 몸집에 보여지는 후덕한 웃음이 인자해 보이는 스님이었다.

"핫핫, 이거 소승이 부끄럽습니다. 그렇습니다, 당 소협. 실은 다른 일을 보다 마침 이곳에 요위쾽이 출몰한다는 소식에 귀를 기울이고 있었는데 이 근처 관도를 지나다가 이곳의 기운이 심상치 않아 들른 것뿐입니다. 아미타불……."

껄껄거리며 웃는 명각을 보며 당패성은 머리를 굴렸다. 확실히 그의 무공은 상당한 것 같았다.

관도에서 기척을 느끼고 여기까지 왔다는 것은 대단한 실력임을 증명하는 것이었다. 당패성의 말은 계속되었다

"음, 대사님, 혹 실례가 안 된다면 그 일이라는 것이 무엇인지 물어도 될는지요?"

당패성의 질문에 명각은 난감한 눈치를 보였다. 장문인의 명을 받아 외부인에게 알리기가 좀 뭣했던 것이었는데 하나 대답은 명각이 아니라 명경 스님이 이미 답하고 있었다.

"사형, 어차피 비밀도 아닌데 뭘 그리 고민하십니까? 실은 저희는 이번에 감숙으로 가는 길이었습니다."

감숙으로 간다는 말에 무정의 눈이 반짝였다. 왠지 친숙한 느낌에 뭔가 짐작이 될 듯했다. 당패성은 크게 고개를 끄떡이며 말했다.

"아하, 이제 보니 소뢰음사의 마라불에 관한 말씀을 하시는군요?"

당패성의 말에 명각과 명경은 미소 지었다.

그 일은 여기 있는 사람들은 한 번쯤은 들었던 것으로 근 두 달여쯤

전에 소뢰음사의 장로이자 서장 마불삼존(魔佛三尊)의 일인인 마라불이 감숙성 외곽에서 명군에게 죽은 일이 강호에 알려졌다. 아마도 명각과 명경은 소림을 대표해 이 일을 조사하러 나온 듯했다.

무정은 몰랐지만 마라불은 중원에서도 상당한 악명을 떨치고 있었다.

약 일 년에 한 번 꼴로 중원에 나타나 이곳저곳의 무림 방파를 휘젓고 다녔는데 그의 마라혈해공과 뇌격지는 공포의 대상이었고 그의 손에 죽은 무림인들도 부지기수였지만 그 누구도 소뢰음사와 전면전을 벌이는 것을 달갑게 여기지 않기에 함부로 그를 건드리지 못한 것이었다.

"그렇습니다, 당 소협. 한데 사실 그는 명군에 의해 죽은 것이 아니라더군요."

"네에? 아니 그럼……?"

의외의 말에 당패성과 일행이 눈을 동그랗게 떴다. 명군에 의한 것이 아니라면 대체 누구란 말인가?

병사(病死)? 그건 더 말이 되지 않는다. 그 정도의 무위를 가진 자가 제 몸 하나 간수 못해 병사했다는 것은 도대체가 턱도 없는 확률이었다.

당패성뿐만이 아니라 모두 궁금한 눈치였다. 그의 무공은 여타 문파의 장문인만큼이나 강했기에 군소 방파의 장문인이야 말할 것도 없고 소림의 정천혜불(情天慧佛) 무학(懋罸)장문인 정도는 돼야 확실히 승리를 장담할 정도였다. 한데 군부대의 합격술이 아니라면 어떻게 죽였겠는가?

명경의 말이 이어졌다.

"그는 단 한 사람의 손에 죽었다고 합니다. 군문에 들리는 소문을 종합해 보니 그 사람은 용현천호소의 낭인대 대주라 합니다."

당패성, 미려군, 당혜, 심지어 이제 몸을 추스린 당소국과 조일 사태도 침음을 흘렸다. 당금 천하에 마라불을 홀로 격퇴할 수 있는 사람이 알려지지도 않은 자였다니 가히 입신지경의 무위를 지닌 사람이리라.

"부처님의 가호가 있었는지……."

명경의 말은 계속되었다.

"마침 이곳 사천성 성도에서 낭인대에 있었다는 상귀와 하귀, 그리고 고죽노인이라는 시주들을 만날 수 있었습니다."

합장을 하며 명경이 말을 맺자 조용히 듣고만 있던 무정의 입가에 보일 듯 말 듯한 미소가 걸렸다. 만나면 으르렁대는 세 사람이 결국 가장 친했던 것이다.

그리움일까? 있을 때는 몰라도 없을 땐 그립다더니 그들의 행동, 말투가 유난히도 그리워지는 무정이었다.

"그런데 그들이 말한 대장이란 자의 인상착의가……."

이번에는 옆의 명각이 입을 열었다.

"길게 기른 흑발에 체구는 육 척이 넘는 장신이요, 묵빛 수투와 철각반을 끼고 있으며 왼팔 전체에 묵빛 갑주를 차고 칠 척이 넘는 참마도를 애병으로 삼는다고 하더군요."

명각의 눈이 무정에게 향했다. 그와 함께 모든 사람의 눈이 경악의 빛을 띤 채로 무정에게 향했다.

그냥 보기에도 무정의 모습과 너무나 흡사했기 때문인데 명각은 얼굴을 굳히며 정중히 물었다.

"시주가 그분이 맞는지요? 그들이 말하는 감숙성 용현천호소 소속

낭인대 대주 무정 대장이십니까?"

당패성은 입을 벌렸다. 그는 오늘 너무 놀라 눈을 크게 뜨기를 밥 먹듯이 하고 있었다. 사실이라면 이 무정이란 자는 그저 무공만 뛰어난 천둥벌거숭이가 아니었다.

무공의 높낮이는 제쳐 두고 그 경력만 하더라도 어쩌면 현 무림을 통틀어 열 손가락 안에 들 수도 있는 것이다.

무정은 조금 난처했다. 어느 정도 이야기를 들으면서 자신의 이야기를 하고 있음을 눈치 챘다. 그는 무언가 나쁜 짓을 하다 들킨 어린아이 같은 느낌이 들어 아무 말도 하지 않았다. 서늘한 바람이 불면서 무정의 앞머리를 살랑이자 무정은 손을 들어 머리칼을 쓸어 올리면서 말했다.

"그들은… 잘 있더이까?"

"아!"

"허어!"

"……!"

여기저기서 경탄성이 터져 나왔다. 당패성 일행은 지금 무정의 저 말이 긍정임을 나타내는 말이기에 새삼스레 높아만 보이는 무정에게 감탄했고 명각과 명경은 그의 얼굴이 준수함과 추함을 동시에 갖춘 이십 대 중반의 젊은 나이임을 짐작했기에 놀랐다.

"허허헛, 아미타불……. 무 시주가 이리도 젊으신 분인 줄은 미처 짐작 못했소이다. 아미타불……."

다소 의외였는지 명각은 불호만 외웠다. 명경도 불호를 외우며 말했다.

"아미타불, 확실히 강호의 소문은 믿을 게 못 되는군요 반백의 머리에 은거한 노기인이라더니……. 헛헛."

명경은 너털웃음을 지었다. 그간 세간의 소문은 무성했다.

어림군의 화포에 당한 것이라는 둥 노기인의 손에 당한 것이라는 둥 별의별 소문이 다 있었다.

"확실히……."

갑자기 무정이 입을 열었다. 갑작스레 나온 말에 모두 무정에게 시선을 돌렸다.

"대사의 말씀처럼 소문은 믿을 것이 못 되는 것 같소."

당패성은 고개를 갸웃했다. 도대체 무슨 말인지……. 무정은 요위굉 삼 형제가 묻힌 봉분을 가리켰다.

"저 요위굉의 무공이 마라불과 비슷하다면 믿으시겠소?"

"무슨……?"

"헛!"

또다시 분분한 외침이 들렸다. 하지만 무정이 말한 대로 동급일 수도 있었다. 어쨌든 마라불과 요위굉을 동시에 상대해 본 사람은 무정 외엔 없었으니……. 당패성은 식은땀을 흘렸다.

오늘 무정이 없었다면 그들은 정말 죽은 목숨이었다. 상대의 간계 때문만이 아니라 애당초 실력도 안 되는 데다 요위굉이 세 명이라는 것도 몰랐기에 낭패를 당했던 것이다.

온몸에 이는 한기를 가슴 가득 느끼며 갑자기 당패성이 벌떡 일어섰다.

"나 사천당문의 당패성, 무 대협의 구명지은(救命之恩)에 정식으로 감사를 드립니다."

포권하며 당패성은 굳은 얼굴로 입을 열었다. 그리고는 그것이 시작이었다. 동작이 불편한 당소국을 제외하고는 조일 사태까지 일어나 포권하며 고마움을 표시했다.

무정은 쓴웃음을 지었다. 그는 그냥 강호의 소문이란 것이 정말 믿을 수 없다는 것을 말하고 싶었을 뿐이다. 자신이 한 일을 은연중에 각인시키려는 의도는 아니었다. 엉뚱한 결과였다.

어쨌든 그냥 있기는 좀 미안해졌기에 자연스레 일어섰는데 거구임에도 불구하고 빠르게 일어서는 모습에 명경과 명각의 눈이 반짝였다. 그는 초우를 들고 인사하려다 그들이 맨손을 맞잡는 자세를 취하는 것을 기억하곤 자신도 어색하게나마 따라 했다.

"우연히 이리 된 것으로 인사받기 위해 한 일은 아니었소. 그냥 운이 없었다고들 생각하시오"

별로 할 말도 없어 무정은 말도 안 되는 대답을 하고는 자리에 앉았다. 잠시 어색한 침묵이 흘렀다. 그러자 명경 대사가 대소를 터뜨렸다.

"핫핫핫하! 선재, 선재입니다! 무 시주가 이렇듯 사심이 없으시다니… 혼탁한 강호에 신룡이 출현했군요! 선재, 선재입니다!"

"그러게 말일세, 사제. 혹 심성이 남다른 것은 아닌가 했는데 정말 부처님의 가호일세. 핫핫! 아미타불……."

환하게 웃는 소림의 명경, 명각 대사를 보며 당패성은 다른 생각을 했다. 갑자기 그의 뇌리에 점창의 대제자 고주석의 표독한 얼굴이 떠올랐다. 그들은 복수할 것이다. 점창파의 이름을 걸고.

처음 당패성은 무정과 거리를 둘 심산이었다. 무정보다는 점창의 무게 추가 더 기운다는 것이 그의 생각이었다. 하나 지금은 아니었다.

점창이 아니라 청성까지 합친다고 해도 이젠 무정의 편을 들어야 했다. 구명지은의 명분도 있었고 지금 눈앞에 있는 무림의 태산북두 소

림에서 차기 방장으로 지목되는 명각 대사가 그에게 호감을 보이고 있
었다.

　게다가 결정적으로 두 문파는 과거에 마라불조차 상대를 못했다.

　'이보시오, 고 형. 웬만하면 조용히 있는 게 좋을 거요. 건드려 봤자
그대들만 손해일 터이니……'

　은근한 생각을 뇌까리며 당패성은 하늘을 보았다. 이미 이경이 훨씬
넘은 깊은 시각이라 아무것도 보이지 않는 칠흑 같은 어둠 속이었지만
오늘은 그에게 있어 한평생 잊혀지지 않는 하루가 될 것이다.

제8장

또 다른 만남, 그리고 엇갈린 생각들

또 다른 만남,
　　　　그리고 엇갈린 생각들 1

분주한 거리는 언제나 마음을 설레이게 하며 거리의 활기 찬 움직임
은 언제나 지켜보는 사람들에게 뭉클한 감정을 공유하게 한다.

무정 또한 그런 감정을 느끼며 진양(振揚)이라는 곳으로 들어서고
있었다. 이제 성도는 대략 사 일 정도밖에 남지 않은 거리였는데 이대
로 속력을 내는 것도 좋겠지만 지금 일행 중에 부상자가 있는 상태여
서 무리는 금물이었다.

무정은 혼자라도 떠나고 싶었지만 왠지 발걸음이 떨어지질 않았다.
무정도 알 수 없는 이유였다.

하나둘 사람들이 늘어나기 시작하더니 어느새 양쪽에 줄지어 선 건
물들이 보였다. 정오 때라 그런지 분주한 사람들의 모습이 눈에 가득
들어왔다. 아마도 이곳이 진양에서 가장 번화한 곳인 듯했다.

당패성의 신형이 일행보다 앞서 빠르게 움직였다. 당패성은 양쪽에

줄지어 늘어선 몇 개의 객잔 중 하나를 보고 고개를 끄떡이더니 다시 돌아와 일행에게 말했다

"음, 이 객잔이 좋겠습니다."

그의 말대로 꽤 번듯한 객잔인 듯 이층의 주루에 뒤뜰도 있고 규모가 꽤 컸다.

요위굉을 만난 다음날 아침 해가 뜨자마자 한달음에 일행은 달리기 시작했다. 아마도 더 이상 그곳에 있기 싫은 듯했다. 경공을 쓰면 좋겠는데 무정이 경공을 못 쓴다는 말에 그냥 빠른 걸음으로 왔다.

다행히 환자들의 상세가 좋아지고 있었고 무정의 말이 있었기에 그 말에 부상당한 두 사람을 태워서 왔다. 당패성은 들어가 방을 잡고는 다시 나왔다.

"일단은 방을 구했으니 각자 쉬시든 요기를 하시든 하지요. 저는 의원을 찾아볼 테니. 그리고 명각, 명경 스님께는 그동안 소국과 조일 사태의 상세를 부탁드리겠습니다."

명각과 명경은 미소를 지으면서 가볍게 고개를 끄떡였다. 그들도 무정을 따라온 것이다.

마라불의 일은 모든 것이 저 신비에 싸인 무정이란 친구에게 있는 바, 더 이상의 현장 조사는 무의미했기에 그들은 지금 무정을 좇아 일행과 합류한 것이다.

"음… 그리고……."

당패성이 조금 난감한 듯 무정을 보고 말을 흐리자 무정은 당패성을 바라보았다. 그는 눈썹을 약간 찡그리며 말했다.

"아무래도… 무 대협은 우선 파풍의부터 구입하셔야 될 것 같습니

다. 험험."

헛기침을 하는 당패성을 보며 무정은 고소를 머금었다. 하긴 긴 머리에 산만한 덩치, 사 척이 넘는 참마도에 군에서나 쓰는 묵빛 수투와 철각반, 게다가 온몸의 상처와 얼굴의 검상에 왼팔 전체를 둘러싼 갑주는 시선을 잡아끌다 못해 기피의 대상이 되었다.

그 증거로 그렇게 기분 좋고 활기차던 사람들이 경계의 눈빛을 보이며 무정 주위에는 얼씬도 하지 않았다.

무정은 주위를 둘러보았다. 마침 맞은편에 옷감을 파는 곳이 있어서 그는 몸을 돌려 그쪽으로 걸어갔다.

포목점 주인 양씨(揚氏)는 다리가 떨려서 서 있을 수조차 없었다. 평소에도 겁이 많다는 평을 듣는 그는 그저 눈만 동그렇게 뜨고는 의자에서 도통 일어날 수가 없었다.

척 보기에도 산적 두목 급이었다. 동네 불량배도 두려워하는 그에겐 은연중 무정에게서 발산되는 살기에 숨도 쉴 수가 없었다.

"당신이 주인이오?"

묵직한 저음이 양씨의 귀에 박히듯이 날아들었다. 그는 부르르 몸을 떨었다. 무정은 그런 모습을 보며 흠칫했는데 거의 사색이 된 얼굴로 중병을 앓고 있다는 것을 단적으로 보여주고 있었다.

전장에서 많이 본 공포에 절은 얼굴인 것 같기도 했지만 전장이 아닌 이곳에서 그럴 리 없다고 생각했다.

"검은색 천 있소?"

"……."

다시 한 번 무정의 목소리가 포목점을 울리자 양씨는 거의 심장이 마비되기 일보 직전이었다. 가슴에서 나는 소리가 북소리보다 크게 들리는 것을 느끼며 이윽고 그의 눈이 서서히 뒤집히려 할 때 그에게 한 줄기 구원의 소리가 들려왔다.

"이분은 지금 검은색의 무명 천을 사려는 것입니다, 주인장."

조용하면서도 차분한 목소리가 양씨의 귀에 들렸다. 부드러우면서도 확연한 목소리에 그의 눈이 점차 제대로 보이기 시작했다.

묘령의 예쁜 처자가 자신에게 말하고 있었는데 그녀를 보며 심히 안정이 된 듯 양씨의 심장 소리가 조금씩 작아졌다.

무정은 옆을 돌아보았다. 언제 왔는지 미려군이 조용히 웃고 있었다.

"사부님께서 가보라고 하셔서요. 저도 살 것도 있고 해서……."

차분한 웃음에 어울리지 않는 기어들어 가는 목소리가 들렸다. 무정은 고개를 끄떡였다.

여벌의 옷이 필요할 것이다. 하지만 무정은 괜스레 기분 좋은 느낌이 들었다. 콧속으로 그녀의 향기가 바람에 밀려들어 왔다. 초원의 꽃보다도 훨씬 향긋한 내음이었다.

미려군이 나서자 별문제없이 거래는 성립되었다. 양씨는 무정을 힐끔거리기는 했지만 이젠 자리에서 일어날 수 있을 정도로 진정되었다.

문제라면 검은색 천이 없는 것인데 검은색은 워낙 때가 타도 티가 잘 안 나 무정이 선호하는 색이었다. 그는 할 수 없이 검붉은 천을 구했다.

"저… 소, 손님, 의복은… 저쪽…….

양씨는 용기를 내어 무정에게 가공점(加工店)을 가르쳐 주다 눈을 동그랗게 떴다.

무정이 천의 한쪽을 바지춤에 넣더니 그대로 몸에 감싼 것이다. 순식간에 무정의 모습이 붉은 천 속으로 사라지는 것을 보니 한두 번 해 본 솜씨가 아니었다. 무정은 셈을 치르고 돌아섰다.

"저… 무 대협, 잠시만……."

미려군의 목소리에 무정의 고개가 돌아갔다. 그의 눈에 두 볼을 발갛게 물들인 그녀의 모습이 들어왔다.

"잠시… 여기 앉아보시겠어요?"

의자를 돌려 자신의 앞에 세운 그녀는 다소곳이 고개를 숙이고 있었다. 그리고 무정은 자신이 생각하기에도 이상할 정도로 순순히 그녀 말대로 의자에 앉았다.

슥슥슥.

그의 머리칼이 위로 넘겨지는 것이 느껴지자 무정의 전신에 가벼운 소름이 돋았다.

기분 좋은 느낌이긴 한데 누군가가 자신의 머리에 손을 댄다는 것은 전장에서는 있을 수 없는 일이었다. 그것은 죽음을 의미하는 것이었기에…….

하나 지금 무정은 그런 생각은 까맣게 잊고 있었다. 그저 구름 속에 붕 뜬 것 같은 느낌이었다.

손질은 한참이나 계속되었다. 빗이라도 있으면 좋겠지만 그녀는 그런 것을 가지고 다니지 않았다. 그래서 손으로 매만지는 중이었다. 이윽고 무정의 뒷목 부분에서 머리칼이 조이는 느낌이 들었다.

"다… 됐어요, 무 대협."

나른한 기운을 깨는 소리가 조용히 무정의 귀에 들려오면서 그녀의 손길이 떠나가자 무정은 왠지 진한 아쉬움이 남는 듯한 기분을 느껐다.

그는 의자에서 일어나 뒷목 쪽에 손을 올렸다. 머리가 묶여져 있었다. 앞머리 쪽으로 묶고 남은 끈들이 바람에 흔들리는 것을 보니 붉은 비단 머리끈이었다.

"감사하다는… 말씀도 못 드리고… 제가 할 수 있는 것은 고작 이 정도밖에는 없군요."

그녀는 웃고 있었다. 그러나 더없이 쓸쓸한 웃음이었다.

불문의 속가제자. 소림이라면 모르지만 아미는 그리 크게 인정받는 문파가 아니었다. 속가제자들도 그리 인기가 없어 유복한 자제들은 아미에 적을 두지 않았다. 그녀 역시 그리 넉넉한 집안의 딸은 아니었다.

무정의 얼굴에 당황함이 비춰졌다. 뭔가 말을 하기는 해야 할 것 같았다. 이대로 미려군의 메마른 웃음이 계속되게 할 순 없었다. 일종의 의무 같은 어처구니없는 감정이었다.

"아, 아니오. 고맙소. 진심이요. 머리카락… 끈… 조, 좋소."

"훗."

조그만 소리로 웃는 그녀의 모습이 눈에 들어왔다. 무정은 벌게진 얼굴로 돌아섰다.

'이 멍청한 놈, 대체 뭔 소리를 하는 거야?'

속으로 자신에게 고함치며 그는 성큼성큼 걸었다.

확실히 몇 가닥 있는 앞머리를 제외하고는 모두 넘긴 머리칼 때문에 시야가 아주 좋았다. 하나 눈이 부시도록 아름다운 정오의 햇살을 보는 것이 얼마만인지 그는 느끼지도 못한 채 무조건 이 자리를 벗어나고픈 생각 뿐이라 그의 눈에 비친 객잔의 거리가 엄청나게 길어 보였다.

미려군은 싱긋이 미소 지었다. 무공은 강할지 몰라도 그녀가 본 그는 순수한 사내였다. 거친 강호를 종횡한다는 것이 걸맞지 않을 정도였다.

그녀의 신형도 점차 객잔으로 향했다. 애당초 옷 같은 것은 살 마음도 없었다. 그러려면 의복점을 갔지 포목점에는 가지 않았다.

무정은 모르리라, 포목점에는 천만 판다는 것을……. 그 끈은 그녀가 어릴 때부터 간직한 돌아가신 부모님의 선물이었다. 저 무정(無情)한 사내는 알고나 있을지……. 정오의 뜨거운 햇살이 마냥 따스하게만 느껴지는 그녀였다.

명경과 명각은 찻잔을 앞에 두고 진지한 대화를 나누고 있었다. 조일 사태와 당소국의 상세는 그리 걱정할 만한 것은 아니었다. 그들은 이층 주루의 한 자리를 차지한 채 무정에 대해 얘기하고 있었다.

"사제가 봐도 모르겠는가, 그의 무공을?"

"……."

명경은 명각의 말에 쉽사리 대답할 수 없었다. 장경각의 모든 무예를 익히지는 못했지만 숙지하는 천재적인 두뇌를 가진 그로서도 쉬이 대답할 수가 없었다. 책에서 읽은 적은 있으나 도대체가 꿈결 같은 말이기에……. 그는 곰곰이 생각에 잠겼다.

기실 어젯밤 당패성 일행에게는 미안한 말이지만 그들은 무정의 무공을 보았다. 무정과 동시에 도착해서 출수하려는 순간 무정이 나타난 것이다.

그리고 그런 그들은 무정의 무공에 경악해야 했다. 더구나 자신들이 찾는 사람과 인상착의가 비슷했기에 명각은 호승심에 출수하려는 것을 꾹 참았던 것이다.

"사제, 나도 어느 정도는 짐작하네."

명각의 말에 명경이 상념을 접었다. 그는 빙그레 웃으며 말했다.

"혹 전단격류(戰單擊類)의 무공을 말하시는 겁니까?"

명각은 고개를 끄떡였다. 수많은 강호인들이 전설처럼 알고 있지만 아무도 본 적이 없는 무공, 무공의 고하를 막론하고 반드시 피해야 할 상대. 전설처럼 들리는 그 말 외엔 무정의 무공을 설명할 수 없었다. 하지만 명경은 고개를 저었다.

"설혹 전단격류라고 해도 누가 그걸 알겠습니까? 지금까지 익힌 사람도 없었는데……."

"한 사람이 있지 않는가? 십 년 전에 있었던 강호의 혈사를 잊었는가?"

"…그 사람이 전단격류라고 했습니까? 대체 누가 그럽니까? 아무도 그걸 말할 수 있는 사람은 없습니다, 사형."

"……."

명각의 고개가 떨궈졌다.

십 년 전 전 무림과 단 한 사람의 싸움. 말도 안 되는 싸움이었지만 이루어졌다. 그만큼 무서운 무위를 가진 자였고 비록 당시 명각이 어렸기에 참여는 못했어도 간신히 구경은 할 수 있었다.

"전단격류가 무엇이라고 말할 수 있는 사람은 아무도 없습니다. 그 사람 역시 사라지는 그 순간까지도 결국 자신의 무공을 몰랐습니다. 게다가 그는 검을 사용하는 사람이었습니다. 지금 무정은 도를 사용하는 사람이구요. 그것이 무슨 내공심법도 아니고 초식 이름은 더 더욱 아닐 겁니다. 십 년 전의 그자가 쓴 것은 분명히 형이 있었으니까요"

“…….”

“사형, 설혹 그자가 이 자리에 있다고 해도 전단격류의 진위(眞僞) 여부를 논할 수 있겠습니까? 또한 전단격류라고 해서 뚜렷한 특징이 있는 것도 아니잖습니까? 심지어 격(擊)이라 하지만 그 격이 검격(劍擊)인지 권격(拳擊)인지, 아니면 또 다른 것인지 아무도 모릅니다. 한데 어찌 전단격류라 못박겠습니까?”

명각은 명경의 말에 눈을 감았다. 그의 동작, 임기응변, 실전에 임할 시의 그 진지함과 침착함……. 도저히 자신이라면 그런 대결은 펼치지 않았을 것이다. 아니, 그런 대결 자체를 상상도 해본 적이 없었다.

“다만 몇 가지 분명한 것은…….”

이어진 명경의 말에 명각은 눈을 떴다. 그가 아는 명경은 지식에 있어서는 천의무봉(天衣無縫)한 인물이었다.

“우리의 관점에서 보면 그는 이미 초식과 형(形)에 초월한 듯합니다. 아니, 어쩌면 형이라는 것 자체를 익히지 않았을지도 모릅니다.”

실로 냉철한 판단이었다. 모든 무공엔 초식과 투로라는 것이 있다. 어떤 사람이든 먼저 막고 때리는 법을 배운다. 그리고는 이를 조합한 초식의 동작과 그 연결인 투로를 배운다.

여기서 각 무공마다 중시하는 점이 달라 독특한 특징을 지니게 된다. 하지만 이것이 일정 수위에 올라 저절로 몸이 반응할 때 초식을 잊는다는 표현을 쓴다.

이 정도의 단계면 같은 무공이라도 그 효과가 천양지차로 바뀌게 된다. 즉 상대의 허점에 맞추어 초식이 자연스럽게 바뀌고 반복되며 때로는 삭제되기도 하는 것이다.

“그의 초식 자체는 상당히 단순합니다. 직선거리로 찌르고, 치고, 베고, 막고……. 하지만 모든 무공의 기본이기도 하지요.”

역시 맞는 말이다. 아무리 현란한 초식을 가진 무공이라도 타격을 주기 위해서는 결국 그렇게 해야 하는 것이다.

“다만 불가사의할 정도로 빠르다는 것이지요.”

“…….”

명경의 말에 명각은 아무 말도 못하고 고개만 끄떡였다. 무술을 수련하는 사람은 안법을 배운다. 아무리 빠른 초식이라도 안법에는 훤히 보이게 된다. 물론 시력이 좋아지는 것도 있겠지만 안법이 무서운 것은 그런 것이 아니었다.

손을 뻗기 위해 인체는 미세하게 준비한다. 눈은 목표를 보며 어깨가 흔들리고 팔꿈치가 올라간다. 그리곤 권이 뻗는다. 안법은 결과적으로 그런 징후를 빨리 보고 예측할 수 있게 하는 것이다.

또한 안법이 숙달되면 눈이 아니라 몸으로도 읽을 수 있었다. 공기의 흐름, 시선의 느낌, 그런 것들이 종합되어 유리한 고지를 선점하는 것이 안법의 진정한 역할이었다.

“확실히 그의 신형은 보기 힘들었다. 마치 전설의 금강부동신법(金剛不動身法)처럼.”

침음성과 함께 명각은 중얼거렸다. 금강부동신법은 온몸을 움직이지 않고 이동하는 전설상의 신법이었다. 그 빠르기에 눈이 반응할 수 없는, 그리하여 잔상만을 남기는 신법의 최고봉인 것이다.

분명히 그때 명각은 보았다. 참마도를 든 그가 잔상을 남기며 요위 중에게 귀신같이 다가가는 것을……. 보고도 믿기 힘든 사실이었다.

명경은 골똘히 생각하기 시작했다. 초식의 단순함. 그것은 그가 군문의 일원이었다는 것으로도 충분히 설명되었다. 한데 빠르기는 설명하기가 쉽지 않았다. 그러나 그가 전장에서 있었던 시간을 되짚어보자 어쩌면 그럴 수도 있다는 생각이 들었다.

인간의 몸은 신비하다. 환경에 따라 얼마든지 변할 수 있는데 극한의 수련보다도 목숨을 놓고 싸우는 전장에서는 종종 믿을 수 없는 일이 일어난다.

좋은 예로 무림인이 군대와의 싸움을 꺼리는 이유를 들 수 있다. 관과의 마찰을 피하려는 이유도 있지만 무엇보다도 그들의 합격을 감당하기 쉽지 않기 때문이었다.

내공도 전혀 없는 그들이지만 모인다면 상당히 두려운 상대로 변한다. 그렇게 생각한다면 어쩌면 그는 인간의 육체가 가지는 한계를 극복했는지도 모른다.

그러나 육체의 한계는 어디까지나 육체일 뿐 그것만으로는 모자랐다. 그는 무정의 묵빛 투기를 생각했다. 아마도 열쇠는 거기에 있을 것이다.

"저는 아무래도 그의 내공이 걸립니다. 본인은 익힌 적이 없다지만 그의 힘은 분명히 내공에 바탕이 있는 것 같습니다. 사형께서는 앞으로 그의 내공을 주의해서 살펴봐 주십시오"

명각은 고개를 끄떡였다. 명경이 그렇게 말했다면 그것은 분명히 뭔가 있는 것이었다. 부지승이란 명호를 지닌 사제 명경에 대한 맹목적인 믿음이었다.

어느새 시간은 초경을 넘어서고 있었다. 무정은 들어오자마자 객잔에 박혔다.

처음 느끼는 혼란에 처음 느끼는 감정, 모든 것이 낯설지만 기분 좋은, 이런 이율배반(二律背反)적인 느낌을 그는 이해할 수 없었다.

점심도 거르고 저녁때가 되어서야 그는 허기를 느껴 주루로 나갔다. 이미 다른 일행은 자리를 잡고 식사를 하고 있었다. 무정은 그들에게 다가갔다.

당패성은 오랜만에 편한 마음으로 식사를 하고 있었다. 병자들의 상태가 좋다는 의원의 말도 있었고 색마 요위굉의 문제도 어쨌든 해결되었다. 게다가 야산을 벗어나자마자 당문으로 연통을 넣은 것이 좀 전에 화답이 왔다. 가주가 직접 오고 있다는 내용이었다.

그는 명각, 명경, 미려군, 당혜와 함께 웃으며 식사하는 중에 이층에서 내려오는 무정을 보았다.

"……."

무정의 맨 얼굴이 그대로 보였다. 머리를 묶고 있었던 것이다.

오른쪽 뺨의 상처는 그대로였지만 나머지 얼굴의 부드러움이 그대로 드러나 오히려 야성적인 일면도 보이고 있었다. 명각과 명경은 아까 주루에서 벌게진 얼굴로 들어온 그를 보았기에 별 놀람이 없었고 미려군은 자신이 해준 것이니 놀랄 일도 없었다. 오히려 옅은 홍조를 띠며 고개를 살짝 숙여 무정에게 인사했다.

당패성과 당혜만이 눈을 동그랗게 뜨고 있었다.

"흠……."

빤히 바라보는 시선을 느꼈음인지 무정은 헛기침을 해댔다. 당패성과 당혜는 퍼뜩 정신이 들었다.

"참, 진작에 그렇게 좀 하시지. 무 대협, 정말 환하십니다."

"허허, 무 시주의 기도가 정말 보기 좋으십니다. 허."

당패성의 말에 명각이 맞장구를 쳤다. 무정은 쑥스러운 마음에 만두를 하나 집어 고개를 탁자에 박고 조금씩 먹기 시작했다. 흘깃 미려군을 곁눈질하며 행여나 들킬세라 얼른 시선을 만두로 옮겼다.

"……."

당혜의 눈이 가늘어졌다. 둘 사이의 미묘한 기류를 눈치 챈 것이다.

그녀는 이해할 수 없었다. 무공도, 미모도, 가문도, 사문도 자신이 위였다. 수많은 남자들을 눈 밑에 깔아 보고 살아온 그녀였기에 그녀의 마음속에 무언가 울컥하며 올라왔다.

무정의 행동은 비단 당혜만 느낀 것이 아니었다. 그 자리에 있는 사람들 모두 그런 미묘한 분위기를 감지했다. 명각과 명경은 조용히 미소 지었다. 하나 당패성은 그리 좋지만은 않았다. 일순 당혜의 눈초리가 가늘어지는 것을 본 것이다.

'쯧쯧, 똑똑한 척 약은 척은 혼자 다하더니…….'

속으로 혀를 차며 당패성은 고개를 돌렸다. 이건 도와줄 수 없는 문제였기에 그는 조용히 고개를 흔들었다.

"한데 무 시주는 식사 중에도 수투를 끼시오이까?"

명각이 물어왔다. 무정은 그 말에 자신의 수투를 보았다. 철들 무렵부터 같이 생활해 온 수투였다. 원래 수투는 상당히 투박하고 무거운 존재여서 일상 생활에서는 굉장히 불편하다. 무정도 몇 년간은 힘들었었다.

그러나 점점 나이 들어가고 수투의 존재가 무감각해질 정도로 사용하다 보니 그는 이제 능숙하게 사용할 수 있었다. 심지어 화장실에서도……. 아마도 다쳤을 때 외에는 풀어본 적이 없는 것 같았다.

무정이 막 대답을 하려는 참에 그는 왼쪽 뒤통수에 기이한 감각을 느꼈다. 그는 반사적으로 일어나 시선을 돌렸다.

갑자기 무정이 자리를 박차고 일어나자 일행은 긴장했다. 그들은 무정이 보는 곳에 초점을 맞추었다.

오 척이 좀 안 되는 통통한 노인이 무정을 보고 서 있었는데 얼굴은 대춧빛에 백발과 백염이 주렁주렁 달렸고 남루한 옷에 청죽으로 된 지팡이를 들고 있었는데 그 노인은 무정이 눈치를 채자 씨익 웃으며 다가왔다.

무정은 긴장했다. 왠지 모르지만 그의 몸이 긴장하기 시작했다. 왼손을 앞으로 내미는 공격 자세가 자연스럽게 형성되었다.

이윽고 그 노인은 일 장 안으로 다가왔는데 도대체 나이를 짐작할 수 없었다. 흰머리에 흰 눈썹, 그리고 흰 수염……. 사람 좋게 생긴 작은 노인은 무엇이 그리 좋은지 빙글빙글 웃고 있었다.

그때였다. 갑자기 명각과 명경이 일어나 합장을 했다. 무정은 경계를 하면서도 한순간 소림사의 스님이 인사를 하자 그리 나쁜 인물은 아닐 거라는 생각에 적이 안심이 되었다.

하루하루 달라지는 무정이었다. 예전 같았으면 바로 출수했을 그였기에……. 조용한 주루에 명각의 음성이 울렸다.

"소림의 말학 명각, 개방의 대방주(大幇主)이신 백염주선(白髥酒仙) 홍관주(洪寬主) 어르신을 뵙습니다. 아미타불……."

"허억!"

당패성이 경호성을 발하며 자리를 박차듯 일어섰다. 그는 일어나 말도 못하고 입만 벙긋거리고 있었다. 그뿐만 아니라 당혜도 미려군도 놀라기는 마찬가지였다.

백염주선 홍관주. 적어도 무림인이라면 절대로 함부로 말할 수 없는 사람이었다.

2

청백지강호(淸白之江湖)

이것은 당금 천하를 주름잡는 두 인물에 대한 강호인의 존경의 표시였다. 청(靑)은 소림사 출신의 청천하일불(靑天下一佛) 덕경(德勁)과 백(白)은 지금 이곳에 있는 백염주선(白鹽酒仙) 홍관주(洪寬主)를 일컫는 말이었다.

둘 다 세수가 백이십을 넘겼으며 그렇기에 배분상으로 현 강호에서 최고 위치에 있었다.

두 사람 다 무공이 신화경(神化境)에 이른 초인이라 알려져 있지만 아무도 그 진실한 무공은 모른다. 이미 현실을 초월한 사람들이기에…… 혹자는 이미 죽었다고도 했는데 사실 그럴 수도 있었다.

워낙 신룡과도 같은 인물들이라 그 흔적을 찾기조차 어려웠으나 마치 헛소문임을 증명이라도 하듯 이 자리에 나타난 것이다.

당패성과 일행은 더듬거리며 입을 열었다. 현 당가의 가주 천밀무격 당세극도 본 적이 없는 사람을 그들은 보고 있는 것이다.

"에잉, 쯧쯧, 요즘 애들은 담이 약하단 말이야? 내가 어디 가기만 하면 다들 이래. 요기 요놈만 빼고."

혀를 차던 홍관주는 장난기 짙은 미소로 무정을 흘겨보며 말했다. 무정은 이 노인에 대한 판단이 서질 않았다. 우선은 적인지 아닌지가 중요했다. 그는 입을 열었다.

"노인장, 내게 무슨 볼일이 있소?"

딴에는 정중한 표현이었다. 하나 일행은 턱이 빠질 정도로 경악했다. 지나가던 촌부에게 하는 말이라면 정말 무정으로선 최대의 경어였다. 하지만 지금 무정의 앞에 서 있는 노인은 지나가는 촌부가 아니었다.

급히 명경은 손을 들며 무정을 저지하려고 했다. 그 순간 무정을 제외한 일행에게 머리 속으로부터 들리는 소리가 있었다.

"홋홋홋, 나서지들 말거라. 이 녀석과 할 말이 좀 있으니."

입을 울리는 전음이 아니었다. 불문에서 말하는 혜광심어(慧光心語)와 같은 무형의 기로 공기를 울려 고막으로 전하는 초상승의 수법이었다.

명경은 손을 내리고 고개를 숙였다. 참견하지 않겠다는 의사 표현이었다.

"홋홋, 고놈 말본새 하고는. 네놈이 소뢰음사의 마라불과 두 제자를 죽인 것이냐?"

"……."

무정의 눈썹이 꿈틀거렸다. 마라불은 확실히 자신이 죽였다. 하지만 두 제자는 아니었다. 아마도 타마륵과 마가난타를 말하는 것 같은데 마가난타에게 중상을 입히기는 했지만 죽이지는 않았다. 무정의 입이 열렸다.

"맞는 것도 있지만 틀린 것도 있소."

"음?"

이번에는 홍관주의 흰 눈썹이 꿈틀거렸다. 긍정도 부정도 아니었다.

홍관주는 무정의 두 눈을 빤히 바라보았다. 다음 말을 이으라는 것인 듯한데 무정은 그 모습에서 잠시 패도 구서력의 모습이 떠올랐다. 그의 입가에 흐린 미소가 걸리며 말을 이었다.

"마라불은 확실히 내가 죽였소. 하나 두 제자는 아니오. 한 명은 마가난타라는 대제자라던데 그는 중상을 입었을 뿐 죽지 않았소. 그리고 또 한 사람은 타마륵이라는 라마였는데 손 하나 까딱한 적이 없소."

"……."

무정의 말이 끝나자 홍관주는 머리 속이 복잡해졌다. 소문이 그렇게나 있었다. 하나 소문이란 것은 믿을 게 못 되는 법. 다행히 마라불을 죽인 것을 시인하는 것을 보니 뭔가 한 수 있기는 있는 놈 같았다.

그러나 그런 말이 은둔해 있는 자신에게까지 왔다는 것은 그냥 넘길 일이 아니었다. 어쩐지 누군가 의도적으로 크게 소문을 내고 있는 듯이 보였다. 이유가 뭔지 모르겠지만 그리 좋은 기분은 들지 않았다.

홍관주의 생각에 관계없이 무정은 지금 호기심 어린 눈으로 자신의 전신을 훑어보는 노인의 얼굴을 보았다. 장난감, 거의 어린아이가 신기한 장난감을 보는 듯한 표정에 점차 그의 눈이 침잠해졌다. 그때였다.

"훗훗훗, 좋아. 그럼 그 말이 사실인지 한번 보도록 할까? 따라와라, 아이야."

홍관주는 바로 신형을 돌려 객잔 뒤로 나가기 시작했다. 일행은 가슴이 내려앉는 기분이었다. 정황으로 볼 때 홍관주는 무정에게 비무를 신청하는 듯했다.

연륜으로 보나 나이로 보나 또 배분으로 보나 있을 수 없는 일이기에 당패성은 무정을 말리려다 흠칫했다. 무정은 이미 나가고 있었다.

"휴~"

어쩌면 저 두 사람의 성정은 비슷한 것도 같았다. 그는 한숨을 쉬며 몸을 일으켰다. 일행도 뒤질세라 걸음을 빨리 했다.

객잔 뒤의 공터는 생각보다 넓었다. 약 오 장의 폭에 십 장 정도의 길이였고 가운데 우물이 하나 있었다.

무정은 습관처럼 지형을 기억했다. 서서히 땅을 밟으며 생각보다 무르다는 느낌을 받았다. 충격을 흡수하기는 좋지만 그만큼 운신하기에 힘이 많이 드는 지형이다.

홍관주는 무정이 하는 양을 자세히 살펴보았다. 그의 눈에 기본을 충실히 이행하는 무정이 보였다. 그의 고개가 끄떡여졌다.

무턱대고 싸우는 것보다 멍청한 짓거리는 없다. 지형지물을 충분히 익히는 것이 일격필살을 주로 하는 자객의 기본이 아닌가? 그만큼 중요한 문제였다. 그는 자신의 청죽을 땅바닥에 깊숙이 꽂으며 두 손바닥을 마주쳤다.

"홋홋, 아이야, 언제든 와라. 준비는 다 되었단다. 홋홋홋."

아직 이도 강건한 홍관주는 이 빠진 웃음을 내며 무정을 도발했다. 청죽은 사용할 필요도 없다는 뜻인 듯했다. 하나 무정은 그런 도발에는 신경도 쓰지 않았다.

전장에서는 이보다 수십 배는 더 독한 소리도 들어온 그였다. 이 정도는 귀여운 정도? 그는 피풍의를 벗어 던졌다. 그리고는 사 척 이십 촌의 초우를 들었다.

쩌엉!

맑은 도명과 함께 그의 거도가 뽑혔다. 언제나 하던 대로 비스듬히 왼팔을 앞으로 내고 초우를 살짝 땅에 늘어뜨렸다.

홍관주는 그런 무정의 모습에 서서히 긴장하며 대비했다. 아무리 현격한 무공의 차이라도 저놈은 마라불을 죽인 놈이다. 무언가 있을 것이 분명했다.

오 척의 작은 노인의 기도는 대단했다. 무정은 저 노인이라면 언제까지 저렇게 자연스럽게 서 있을 수 있을 것 같았다. 그는 결정을 내렸다. 물론 선공이다.

파곽!

그의 발이 땅을 박찼다. 무른 땅이 패이며 삼 장이 넘던 둘 사이의 거리가 순식간에 좁혀졌다.

"……."

홍관주는 이런 땅에서도 발끝을 세우며 지면을 박차오는 무정에게 감탄했다. 확실히 빠른 몸놀림이었지만 그것은 범인들의 눈에나 그런 것이고 그의 눈에는 그다지 빨라 보이지 않았다.

그는 유심히 무정을 살폈다. 이런 정도라면 마라불을 이기는 것은 요원했을 것이다. 실망감이라고나 할까? 일말의 기대가 사라지는 듯한 홍관주였다. 그때였다.

약 일 장 안으로 들어오자마자 갑자기 무정의 신형이 우측으로 가는 듯하더니 잔상을 남기며 좌측으로 사라졌다. 그리고 이어오는 도세(刀勢).

무정이 좌우로 한 번씩 발을 디디며 신형을 움직여 도를 휘두른 것인데 실로 전광석화 같은 몸놀림이었다. 더구나 다가오는 속도와 좌우로 움직이는 속도의 차이가 거의 배 이상이 나는 것 같았다.

인간의 눈은 이상한 습성이 있어 등속도로 움직이는 물체는 아무리 빨라도 잘 볼 수가 있다. 그것은 등속도로 움직이면 다음 방향을 예측하여 보기 때문이다. 무정은 이런 습성을 역으로 이용했던 것이다.

"헛!"

홍관주는 헛바람을 들이키며 신형을 뒤로 빼기 시작했다. 아무리 무정의 공격이 적절했다 해도 상대는 무림인 중에서도 무공으로 한 시대를 풍미한 사람이다.

홍관주는 날아오는 도의 움직임에 몸을 맞추어 신형을 미끄러뜨렸다. 주르륵 하는 소리와 함께 그의 신형이 뒤로 밀려났다.

무정의 미간에 골이 파였다. 마치 홍관주의 몸이 초우에 붙어 있는 듯한 느낌이었는데 그건 자신의 도가 충분히 보인다는 뜻이었다.

순간적으로 무정과 홍관주의 눈이 마주쳤다. 홍관주가 눈을 빛내며 미소 짓고 있었다. 그는 이 싸움을 즐기기 시작한 것이다.

홍관주는 무정이 미는 대로 그대로 밀리더니 급기야 초우의 사정권을 벗어났다. 순간 그는 도를 왼손으로 옮겼다. 도만 가지고는 힘들 것 같았다. 그의 왼발이 땅을 박차고 힘차게 도약했다.

홍관주는 실망감을 버렸다. 이놈은 실전의 황제였다. 작은 차이지만 속임수를 변초로써 사용하는 무림인과는 달리 이놈은 몸과 상황을 이용했다. 역시 뭔가 있기는 있는 놈이었다. 그의 입가에 즐거운 미소가 떠오르기 시작했다.

놈이 왼손으로 무기를 옮겼다. 아마도 근접전을 노리는 것 같은데 그 점이라면 그도 한 수 하기에 홍관주는 서서히 내력을 올렸다. 그리고는 저 산만한 덩치를 향해 나갔다.

파바앙! 파방! 파파바바바방!

반 각에 걸쳐 치열한 공방전이 펼쳐졌다. 홍관주는 미소를 지우지 않으며 무정을 상대했다. 그러나 내심은 달랐다.

그의 몸에 무정의 공격이 닿기 전에 막아내는 정도였다. 내력에서 월등한 우위를 갖고 있지 못했다면 홍관주는 지금쯤 서서히 손발이 저리기 시작했을 것이다.

그렇지만 별다른 위험은 없었다. 오로지 수비만 하고 있기에. 공격이 간간히 섞이게 되면 눈앞의 무정은 충분히 꺾을 수 있다고 생각했다.

파파팡!

시원한 격타음과 함께 무정의 신형이 뒤로 물러났다. 눈앞의 노인은 강했다. 그의 도와 권격이 합쳐진다면 해볼 만하다고 생각했다. 하나 그의 신형은 노인보다 느렸고 내력도 그가 더 강한 것 같았다.

조막만한 노인이라고 방심한 것이 실수였다. 실전이었다면 그는 이미 죽었을 것이다.

무정은 중원에 와서 처음으로 자신의 윗 단계 사람을 만났다는 느낌과 동시에 잠시나마 숨겨져 있던 그의 전장에서의 모습이 되살아나는 느낌이 들었다.

무정의 참담함과는 별도로 지켜보는 일행도 참담하긴 마찬가지였다. 두 사람이 손을 섞는 모습이 간간히 보일 뿐 제대로 보이지가 않았다. 소림의 명각만이 여유있는 웃음을 지을 뿐이었다. 그 순간이었다.

"……"

너무나도 익숙한 엄청난 살기가 당패성에게 느껴졌다. 당패성은 이 살기를 잘 알고 있었다. 무정이었다. 그의 눈이 무정에게 향하자 정체를 알 수 없는 묵기가 그의 몸에 넘실대기 시작했다.

'그러면 그렇지!'

홍관주의 입가에 미소가 사라졌다. 무정의 기도가 완전히 변했다. 아까는 일류고수 급 정도였던 그의 기도는 어느새 일파의 장문인에 필적하는 수준이 되었다.

홍관주는 이제 경시하는 마음을 완전히 버리고 만일의 사태에 대비해 전신의 내공을 고루 퍼뜨렸다. 삼 갑자가 넘는 공력이 그의 몸을 휘돌기 시작했다.

파팍!

지면을 박차는 소리가 전면에서 들렸다. 무정이 전력으로 달려오다 갑자기 홍관주의 시야에서 사라졌다.

홍관주는 무의식적으로 고개를 들었다. 어스름한 붉은 노을 사이로 무정의 신형이 참마도를 두 손으로 맞잡아 머리 위로 들어 올리고 있었다. 홍관주도 아차 하는 순간 놓칠 만큼 아까의 속도와는 비교조차 할 수 없었다.

더 이상은 편안히 있을 수 없다는 듯 홍관주의 두 손이 하늘을 향했다. 당금 강호의 전설로 불리울 수 있게 해주었던 그의 성명절기(盛名絕技) 용화번천장(龍華翻天掌)이 펼쳐지려 하고 있었다.

무정은 도신에 걸린 묵기들이 공기를 밀면서 느껴지는 묵직함을 손으로 가늠했다. 아직은 아니었다. 지금은 최고가 아니었다. 이윽고 그의 뽑혀진 신형이 공중의 정점에 도달하더니 바로 하강하기 시작했다.

지금이었다. 그는 활처럼 만든 신형을 벼락같이 펼치면서 초우를 내리그었다. 엄청난 규모와 속도의 묵기가 노인에게 쏟아지자 무정의 눈에 노인의 두 손에 허연 안개가 서리는 것이 보였다.

"노룡접일(努龍跕日)!"

도저히 노인의 음성이라고는 생각하지 못할 음성이 쩌렁쩌렁 울렸다. 노한 용이 구름을 뚫고 해를 부순다는 초식의 이름처럼 회오리치는 허연 기류가 무정의 묵기와 부딪쳤다.

꽈두두두두둥!

엄청나게 큰 가죽 풍선이 폭발하듯 연속적으로 터지는 소리에 구경하던 일행은 귀를 막고 휘청거렸다. 소리만으로도 이럴진대 당사자들은 어떻겠는가? 자욱한 흙먼지가 물기를 머금은 땅임에도 불구하고 안개처럼 부유하고 있었다. 그 흙먼지 안에서 두 사람의 신형은 보이지도 않았다.

휘이이잉!

한줄기 눈치없는 바람이 와류를 형성하며 공터를 지나쳤다. 이윽고 두 사람의 신형이 서서히 드러났다.

"아!"

미려군의 가슴은 한없이 답답했다. 무정의 신형이 눈에 보일 정도로 떨리고 있었다. 왼팔을 다쳤는지 축 늘어뜨리고 있었고 두 다리는 조금씩 떨리고 있었으며 전신은 땀으로 빛나고 있었다. 가쁜 호흡으로 입조차 벌어져 있었지만 그의 눈만큼은 더욱 빛나고 있었다.

명각은 두 눈을 치켜떴다. 홍관주의 얼굴색이 창백해진 것을 본 것이다.

그는 홍관주를 처음 본 것이 아니었다. 그가 백보신권을 수련할 때 간간이 지도해 주었던 그였기에 그의 내력과 무공 수위를 잘 알고 있다. 그런 홍관주의 혈색이 창백해지다니…….

당금 소림의 장문 정천혜불 무학 방장과의 비무 때도 십일성의 백보신권을 한 손으로 웃으며 흘린 그였다. 그런 그가 저리 낭패를 당한다는 것은 보고 있는 순간에도 그는 믿을 수 없었다.

홍관주는 가슴이 철렁했다. 그의 묵기는 정말 기이하다 못해 가공스러웠다. 처음 장을 내질렀을 때 그의 장은 무정의 묵기에 맞아 이리저리 튕기다 엉뚱한 방향으로 날아갔다. 마치 수백 개의 구슬 속에 긴 창을 찔러 넣은 느낌이랄까?

그후 홍관주는 모든 공력을 끌어올려 연속적으로 십여 장 이상을 날렸다. 결국 묵기는 뚫렸고 마지막 일 장은 놈의 왼쪽 어깨에 적중했다. 아니, 정확하게 말한다면 무정이 스스로 어깨를 갖다 댔다는 표현이 맞을 것이다.

완벽한 패배라는 생각에 무정은 착잡했다. 어쩔 수 없는 실력 차이였다. 그리고 처음으로 자신의 묵기가 파훼(破毁)되었다.

게다가 마지막 장은 왼 어깨의 갑주를 통해 튕기기는 했으나 그 위력은 뼛속까지 진탕되어 그 떨림이 지금 다리까지 흔들고 있는 것이다. 단지 흘려낸 것이 이 정도라면……. 무정의 눈에 한줄기 절망감이 흘렀다.

이래서는 안 되었다. 이를 앙다물고 그는 전신의 기운을 가슴 쪽으로 올렸다. 그리곤 왼팔 쪽으로 집중시키는 것과 동시에 왼 무릎을 땅에 꿇고 왼손 주먹을 땅바닥에 박았다.

쿠웅!

"큭!"

한 자 이상 땅속으로 박힌 주먹은 묵직한 진동을 전해왔다. 왼팔의 근육이 비틀어지는 느낌에 무정의 잇새로 신음이 흘렀지만 저림이 서서히 가시고 새로운 고통이 찾아왔다.

무정은 앉은 상태로 눈을 들었다. 고통이 온다는 것은 신경이 무사하다는 뜻. 아직은 뜻대로 움직일 수 있다는 생각에 그는 최후의 힘을 짜내며 집중하기 시작했다.

이전에 무의식적으로 뻗었던 일권이 필요했다. 아직 승부는 끝나지 않았다.

'공간을… 찢는다……. 미는 것이 아니라 찢는다……. 점, 점을 향해 내 몸이 추가 되어 쏘아진다……."

최대한 느낌을 기억해 내며 중얼거리는 그의 눈에 노인의 어깨가 얼핏 들어왔다. 그 어깨 위에 한 점이 찍혀 있었다. 드디어 그의 신형이 앞으로 쏘아졌다.

파아아앗!

"허억!"

홍관주는 대경(大驚)했다.

놈은 앉아 있었다. 서 있는 것도 아니고 한 무릎을 꿇고 앉아 있었다. 둘 사이의 거리는 삼 장이 넘는 거리였는데 한데 단 한순간에, 눈 깜박할 사이에 이미 일 장 앞에 그가 있었다.

볼 수가 없었다. 무정의 신형은 상하좌우로 떨리며 무한한 잔상을 남기면서 다가왔다. 홍관주는 뒤쪽으로 손을 뻗었다. 섭물진기(攝物眞氣)로 청죽을 감아 올렸지만 이미 무정의 초우는 그의 오른쪽 어깨 앞 일 촌 거리에 있었다.

홍관주는 힘껏 청죽을 휘둘렀다. 그리고는 오십 년 전에 써보고 한 번도 써본 적이 없는 취팔선보(醉八仙步)를 펼쳤다.

까깡!

무정의 도와 청죽이 호쾌한 소리를 내며 비껴 나간 것을 시작으로 두 번째 접전이 시작되었다.

무정은 그의 신형을 쫓아 눈으로, 혹은 육감으로 치고, 막기 시작했고 홍관주는 반백 년 만에 자신이 아는 모든 무공을 토해내기 시작했다.

둘 사이에 다시 먼지가 일기 시작했다. 수십, 수백 개의 무정이 남긴 잔상과 홍관주의 이형환위(移形換位)에 가까운 흰 그림자가 어우러지기 시작했다.

명각과 명경은 넋을 잃었다. 그들뿐만이 아니라 일행 모두 넋을 잃었다. 보이지도 않는 두 사람의 움직임에 나름대로의 자괴감에 빠져 있었다. 어느새 나왔는지 조일 사태와 당소국의 모습도 보였다. 아니, 주위에 무림인이라고 불리는 사람들은 모두 다 모여 있었다.

명경은 자신이 아는 것이 송두리째 망가지는 것을 느꼈다. 내공의 차이, 그 내공의 차이는 아주 미세하게 나더라도 곧 패배를 의미한다. 한데 지금 상황은 어떻게 된 것인가? 말이 좋아 삼 갑자이지 삼 갑자면 이런 객잔 하나는 순식간에 가루로 만들 수 있다.

그런 미증유의 거력이 지금 단 한 사람에게 집중되고 있었다. 한데 저 무정이란 자는 모조리 받아내고 있다. 내공이라고는 저기 보이는 파악할 수 없는 묵기를 지닌 것 이외에는 아무것도 느껴지지 않음에도 그는 모두 받아내고 있었다.

불가사의 한 힘, 그리고 움직임. 흡사 십 년 전의 그자처럼……

"설마… 정말 전단격류의 현신이란 말인가?"

무의식적으로 중얼거린 명경의 말에 일행은 찬물을 끼얹은 듯 정신이 확 들었다. 전단격류. 이 얼마나 무서운 말인가? 이해할 수 없는 무공에 이해할 수 없는 내공, 그리고 움직임. 당패성은 눈을 부릅떴다. 그는 지금 진위 판단을 위해 최대한 안력을 집중했다. 하나 별다른 성과는 거두지 못할 것 같았다.

무정은 점점 무아지경에 빠져 들었다. 언젠가 오이랏트 족을 만났을 때와 같은 느낌이었다. 그는 거기서 자신의 한계를 극복할 수 있었다.

체력은 진작에 바닥이 났다. 더 이상은 체력으로 움직이는 것이 아니었다. 자신의 몸에서 이끄는 이 힘, 공중에 붕 떠 있는 듯한 느낌, 한 줌 호흡으로도 구름처럼 움직이는 느낌…….

문득 그는 뺨을 타고 흐르는 한줄기 바람을 느꼈다. 최단 시간을 이루기 위해 자신의 몸이 만들어낸 움직임. 공기를 찢고 가는 방법은 이제 마음먹은 대로 운용되고 있었다.

이젠 눈으로 적을 보지 않아도 되었다. 충분히 몸은 그 느낌을 기억하고 있었기에 언제든 이 무공을 펼칠 수 있을 것 같았다.

다만 문제라면 공기를 찢을 때 그 파동으로 도끝이 흔들리는 것이었으나 그 정도 문제는 장점으로 작용할 수도 있었다.

문득 무정은 무언가 다른 가능성을 생각했다. 그리고는 발로 땅을 박찼다. 그의 몸이 뒤로 팅기듯 물러섰다.

홍관주는 즐거웠다. 언제였던가, 이런 느낌을 가져본 적이. 온 힘을 다해 상대를 맞이하여 모든 것을 내건 승부는 정말 기억 저편에 거의 잊혀져 가고 있었다.

처음엔 얼마나 당황했는지……. 하나 시간이 흐르면서 그것은 즐거운 긴장으로 변하며 그는 모든 힘을 다하고 있었다. 죽엽수(竹葉手), 항룡십팔장(亢龍十八掌), 타구봉법(打狗棒法) 등에 심지어 삼재검법(三才

劍法)까지 그가 아는 모든 무공이 펼쳐지면서 변하고 있었다.

공수의 흐름이 물이 흐르듯 안정되어 가고 있었고 지금 눈앞에 보이는 수백 개의 잔상 속에서도 꿋꿋이 무공을 펼칠 수 있었다. 그 역시 무아지경에 들어서 있었던 것이다.

수많은 초식들이 나왔다 사라지면서 그도 무정처럼 새로운 빛을 보았다.

그때였다. 무정의 신형이 뒤로 삼 장 이상을 물러서는 것이 보였다.

"음? 아니, 왜……?"

홍관주는 의아한 표정으로 말을 하다가 입을 다물었다. 폭발적인 살기는 여전했지만 기세가 달랐다. 그의 모습이 눈에 보여도 기척이 느껴지지 않았다.

뭔가 대단한 일이 터질 것 같은 느낌이 드는 순간 그의 눈에 무정의 도가 지면과 수평이 되게 어깨 높이로 들려지는 것이 보였다.

홍관주는 긴장했다. 어떤 상황이든 자신이 이렇게 긴장감을 느낀 적은 없었다. 이윽고 무정이 움직였다. 아니, 움직였다고 생각하는 순간 긴박한 살기가 가슴을 져몄다.

홍관주는 무의식적으로 청죽을 잡아 손을 어깨 넓이로 들어 올려 손목을 뒤집어 몸 앞에 일 자로 세워놓았다.

카라락!

"……!"

내기를 채 청죽에 싣기도 전에 청죽이 잘려 나갔다. 동시에 그의 옆구리에 느껴지는 이 뜨끔한 느낌을 그는 믿을 수가 없었다.

콰콰쾅!

뒤쪽의 우물이 박살 나는 소리가 들렸다. 그는 반사적으로 고개를 돌렸다. 우물이 완전히 박살 나고 그 앞에 무정이 도를 든 채 서 있었다.

그리고 서서히 그의 몸에서 살기와 묵기가 사라지기 시작하자 홍관주는 자신의 옆구리를 보았다. 옷이 삼 촌 정도 베어져 있었고 그 안의 살갗에 옅은 붉은 선이 그어져 있었다.

"……!"

홍관주는 입을 벌렸다. 그냥 살짝 스친 정도여서 상처라고는 말할 수도 없었지만 문제는 그것이 아니었다. 상처를 입은 적이 언제인지 기억에 없었다. 도대체 몇십 년 만인지…….

문제는 자신조차 느낄 수 없는 무정의 움직임, 그것이 문제였다.

그는 분명히 보았다, 무정의 움직임을. 불규칙한 공기의 흐름을 타고 마치 긴 천이 나무 사이를 휘돌듯 그의 신형은 그렇게 움직였다.

너무나도 불규칙적이고 여태껏 했던 공격에 비한다면 수 배는 빠르고 현란한 공격에 그는 신형을 중간에 놓쳐 버린 것이다.

"……."

아무 말 없이 홍관주는 무정을 보았다. 괴물이었다, 눈앞에 있는 저 무정이란 놈은.

그의 눈에 무정이 돌아서는 것이 보였다. 그놈이 도를 등 뒤로 넣고 있었다. 사 척이 넘는 거도를 참으로 수월하게 넣으며 다가오고 있었는데 이미 살기도 묵기도 사라졌다.

홍관주도 청죽을 내렸다. 무정이 홍관주의 반 장 앞에 우뚝 서자 키 차이가 너무도 극명하게 났다. 완벽한 부조화였다.

"…졌소."

고개를 까딱이며 무정이 말했다. 마지막 일격은 괜찮았다. 칼끝의

떨림도 없었다. 공기를 찢는 대신 그 공기의 흐름을 타는 것으로 바꾼 것이 주효하기는 했는데 조정이 되질 않았다. 그는 홍관주의 어깨를 겨냥했는데 어이없게 반대편 옆구리가 스친 것이다.

홍관주는 왠지 억울한 느낌이 들었다. 거의 용호상박의 대결이었지만 처음부터 전력을 다했다면 결과는 판이하게 달랐을 것이다.

무공의 고하는 처음부터 정해져 있었다. 만일 홍관주가 살기를 품고 덤볐다면 힘들기는 해도 확실히 그가 승리할 수 있었다. 한데 이건 비무였다. 그리고 자신은 한참 무엇인가 깨달을 만할 때였다.

"호홋, 이런 싸가지없는 놈을 봤나? 야, 이놈아! 넌 지금 이 비무를 무슨 동네 시정잡배 쌈질로 생각하냐?"

기분이 확 내려간 홍관주는 체통도 잊고 무정에게 소리를 꽥 질렀다. 하지만 무정은 아무 말도 없었다.

"……?"

홍관주는 고개를 갸웃거리며 무정의 얼굴을 살폈다. 가슴이 움직이는 것을 보아 숨은 쉬고 있었다. 무정은 이미 탈진한 듯 의식이 없었다. 홍관주를 상대로 최선을 다했던 것이다.

"독한 놈!"

한마디 툭 뱉고서 그는 신형을 돌렸다. 대춧빛 얼굴이 번들거리는 땀에 더욱 상기되었다. 끝없이 툴툴대던 그의 입가로 진한 미소가 머물고 있었는데 십만 거지의 제왕답지 않게 시원한 목욕이 하고 싶어진 그였다.

3

어스름한 새벽 여명이 동녘을 물들이고 있었다. 창문 틈 사이로 덜 익은 햇살이 넘어 들어와 무정의 눈을 간질이기 시작하자 무정의 눈이 꿈틀거렸다.

"음……."

침음성과 함께 무정은 일어났다. 어느새 아침인 듯한데 몸이 날아갈 듯이 가뿐한 느낌에 무정은 문득 자신의 왼팔을 보았다. 수투도, 갑주도, 철각반도 없었다.

그가 주위를 둘러보자 작은 방 안에 탁자 하나만 덩그러니 놓여 있고 거기에 그의 무장들이 가지런히 놓여 있었다. 그제야 그는 왠지 모를 안도감을 느꼈다.

침상에서 일어난 그는 찌뿌드드한 신형을 돌렸다. 몸 여기저기서 우득우득 하는 소리가 났다. 그는 무장과 초우를 잡아 들고 문을 열어 방문을 나섰다.

아직 이른 시간이라 객잔에는 아무도 없었다. 그는 뒤쪽의 우물가로 나갔다.

좌악! 쫙!

정신이 번쩍 드는 시원한 물이었다. 간만에 군에서 하던 짓을 해본 무정은 마음이 편안해지는 것을 느꼈다. 그의 뇌리에 어제저녁 무렵의 악전고투가 생각났다.

확실한 그의 패배였다. 논할 여지조차 없는. 무정은 두레박을 우물에 담그려다 고소를 머금었다. 자신이 박살 낸 우물이다. 겨우 물만 뜰 수 있게 나무로 얼기설기 엮어놓았다.

그는 두레박을 던지고는 갑주를 입었다. 묵직한 느낌이 이제야 본 모습을 찾은 것 같다. 문득 무정은 머리 뒤쪽으로 손을 올렸다. 그의 손에 단단히 매어진 매듭이 만져지자 무정은 까닭 모를 안도감을 느꼈다.

"홋홋, 이제 살 만한가 보지?"

무정의 뒤쪽에서 늙수그레한 음성이 들려왔다. 백염주선 홍관주였다.

막 초우를 챙긴 무정이 파풍의를 걸치며 돌아서자 홍안의 노인이 벙글거리며 서 있었다.

"삼 일을 푹 쉬더니만 힘이 넘치냐? 홋홋, 한 판 더 할까? 응?"

장난기 넘치는 노인의 말에 실소를 흘리던 그는 흠칫했다. 삼 일이라니? 고작 하루라 생각했거늘…….

"홋홋, 녀석아, 일단 좀 앉자. 뭔 놈의 키가 그리 크단 말이냐? 에잉, 목이야."

목을 두드리는 시늉을 하며 홍관주는 우물가 옆에 쪼그리고 앉았다. 무정은 초우를 꺼내 손에 들고 그 옆에 앉았다.

그냥 앉기에는 그의 도가 너무 컸다. 홍관주는 잠시 그의 도를 바라보다 시선을 거두었다.

"너, 아미의 미 낭자 하곤 무슨 관계냐?"

무정의 몸이 눈에 띄게 움직였다. 홍관주는 눈을 가늘게 뜨며 말했다.

"홋홋, 젊은 게 좋긴 좋구나. 네가 넋 놓는 동안 아예 사색이 되더라. 그리고는 어제 아침까지 밤낮으로 간호하더라. 눈물까지 찔끔찔끔 흘리면서."

홍관주의 말에 무정은 뭔가 이상했다. 오늘은 없다는 이야기로 들렸다.

"갔다."

묵묵히 대답을 듣던 무정의 가슴에서 무언가 빠져나갔다. 갑갑한 마음에 한숨이 절로 나왔다.

문득 그녀의 내음이 생각났다. 이 세상 어느 것보다 아름답고 향기로웠던……. 갑자기 무정은 혼자라는 것을 깨달았다. 메마른 웃음이 그의 입에 걸렸다.

"훗훗훗훗, 젊은 놈이 의기소침하기는……. 아미파에서 사람이 와서 어쩔 수 없이 따라갔다. 그리고 그곳에 꼭 한번 들러 달라더구나."

무정의 얼굴이 절로 붉어졌다. 늙은 생강이 맵다더니 표정을 있는 그대로 홍관주에게 읽힌 것이다. 그래도 기분은 좋았다.

"훗, 요놈아, 그래도 기분은 좋지? 응? 응?"

얼굴을 바짝 대고 홍관주가 약을 올렸다. 무공은 안 그런데 왠지 하는 짓은 완전히 어린애인 것 같아 무정은 고소를 지었다.

"노인장, 이른 새벽부터 그 말 하러 나온 거요?"

정색을 하고 묻는 무정을 보며 홍관주는 참으로 만나기 힘든 순진한 놈을 만났다고 생각했다. 이쯤에서 장난은 접어야 했기에 이번엔 홍관주도 정색을 했다.

"물어볼 게 있다."

"……."

"네 무공, 누가 가르쳐 준 거냐?"

무정은 고개를 들어 하늘을 보았다. 어느새 사라져 가는 새벽 여명 위로 수많은 사람이 떠올랐다. 마 대인, 상귀, 하귀, 고죽노인 등 가까왔던 사람부터 단 한 번 만나고 싸늘한 주검으로 다시 만난 이름 모를 청년까지. 무정은 고개를 흔들었다.

"없소."

홍관주의 고개가 갸우뚱해졌다. 도무지 이해할 수 없었다. 이런 상승의 무공은 반드시 그 길을 닦아주는 사람이 필요했다.

"굳이 있다면… 교두들한테 배웠소."

"……?"

홍관주의 눈 꼬리가 올라갔다. 교두들에게 무공을 배웠다면 지금 명군은 천하를 쓸고 다닐 것이다. 한데 여진에게도 힘겨워하는 명군에 무슨 그런 교두가 있단 말인가?

홍관주는 막 발작하려다 멈추었다. 이놈이 지금 거짓말을 하고 있는 것 같지는 않았지만 아무래도 질문 방향을 바꾸어야만 될 것 같았다.

"그럼 질문을 바꾸자. 여지껏 살아온 이야기 좀 해봐라."

무정은 어이없다는 눈으로 홍관주를 바라보았다. 도대체 몇 년 동안의 이야기를 하라는 것인지……. 그런 무정의 시선을 느꼈는지 홍관주는 씨익 웃었다.

"괜찮다, 아이야. 내가 옛날부터 시간이 좀 많은 사람이다. 홋홋홋."

반 억지에 가까운 말이지만 이상하게도 무정은 화가 나질 않았다. 희한한 일이다. 왠지 이 노인에게는 무엇이든 말해도 될 것 같은 느낌에 결국 그는 고개를 끄떡였다.

"아마 내가 한 여섯 살쯤 되었을 때일 거요."

무정의 긴 이야기가 시작되었다.

명각은 여느 때처럼 일찍 일어났다. 그는 우연히 창문 밖을 보다가 무정이 있는 것을 보았다. 자신도 모르게 주먹에 힘이 들어갔다.

비록 불자라고는 하지만 그는 무림인이었다. 강한 상대를 보면 호승심(好勝心)이 생기는 것은 어쩔 수 없는 일이었다.

"아미타불……. 진정하시지요, 사형."

명경의 목소리가 방 안을 울리자 명각은 주먹의 힘을 풀었다. 그리고는 뒤로 돌며 빙그레 웃었다.

"헛헛. 일찍 일어났구나, 명경."

명경은 한순간에 변한 사형을 보며 조용히 웃었다. 명각은 그런 사람이었다. 한없이 대은 대덕하고 호방한 사람. 하나 누구보다 질투도 많고 호승심도 강한 사람이었다.

"무 시주가 깨어났나 봅니다."

창문 밖으로 무정의 모습이 보였다. 홍관주와 이야기 중이었다.

"음, 굉장한 회복력이야. 완전 탈진 상태에서 삼 일 만에 일어나다니……."

"어쨌거나 정말 종잡을 수가 없습니다. 저도 이젠 혼란 그 자체입니다."

머리를 흔들며 탁자로 다가서는 명경을 보며 명각은 따스한 미소를 지었다. 하나 그 마음은 전혀 그렇지가 않았다. 삭이면 삭일수록 마음의 불은 좀처럼 꺼지지 않고 되살아났다.

정말 전단격류일까? 불패의 무공이라는 전단격류가 다시 한 번 현세한 것인가? 십 년 전에 있었던 그 가슴 떨리는 광경을 다시 한 번 볼 수 있는 것인가?

"사제."

“예, 명각 사형.”

명각의 말이 들려오자 명경은 그를 바라보았다. 명각은 시선을 창밖의 무정에게 고정한 채 다시 입을 열었다.

“십 년 전… 그때 전무림을 상대로 혼자 싸우다시피 한 그자… 그자 이름 혹 생각나나?”

“…….”

명경의 눈이 조금 커졌다. 명각은 아직 그와 무정과의 관계에 대해 의구심이 있는 듯했다. 하긴 그도 삼 일 전의 비무 때 혹시나 하는 심정이 들 정도였으니 명각은 어땠겠는가? 아마 모르긴 해도 계속 그 생각으로 머리 속이 복잡할 것이다.

“…장규연(張規沿)……. 이검필승인(二劍必勝人) 장규연이라 했습니다.”

“이검필승인… 장규연…….”

명각은 그 이름을 되뇌이며 아릿한 눈빛으로 하늘을 보았다. 장규연. 왠지 명각의 눈앞에서 잊혀지지 않는 그의 모습과 무정의 모습이 서서히 겹쳐지고 있었다.

“…그게 전부요.”

무정의 긴 이야기가 끝이 났다. 어느새 활기찬 아침이 시작되어 여기저기 분주한 움직임이 보였다.

“참 네놈도 정말 궁상맞은 인생이다. 에잉.”

홍관주는 혀를 차며 고개를 돌렸다. 이놈이 주로 말하는 내용은 거의 비슷했다.

일어나 밥 먹고, 쌈질하고, 사람 죽이고 돌아와 밥 먹고, 무술 연습하고, 또 일어나 사람 죽이고……. 그게 다였다.

홍관주는 진지하게 생각했다. 무언가 있었다. 군의 어이없는 무공이 이런 괴물을 만들어낼 수는 없었다. 초식은 그렇다 쳐도 내공은 전혀 이해가 안 되는 그였다.

'몸이 자신도 모르게 스스로 내공을 쌓는다? 이게 말이 되나?'

스스로 내린 어이없는 결론에 홍관주는 고개를 흔들었다. 초식의 무서움이나 침착함, 엄청난 살기 등은 설명이 된다.

환경이 그를 그렇게 만든 것이란 것은 홍관주도 충분히 이해가 가는 내용이었다. 그러나 내공은 그렇지 않았다.

'그렇지. 당세극이 있었지. 우선 거기서 말을 들어봐야겠군.'

내심 환한 웃음으로 결론 지은 그는 옆에서 어이없게도 웃고 있는 무정을 바라보았다.

"너, 지금 비웃냐?"

딴에는 인상을 잔뜩 쓴 얼굴로 한쪽 눈썹만 까딱이며 홍관주가 말했다. 무정은 까닭없이 웃음이 나오는 것을 느꼈다. 울그락불그락 혼자 다양한 표정을 보이다 그가 뱉은 말이 이것이었다. 도저히 미워할 수 없는 노인이었다.

"핫핫핫핫!"

낭랑한 무정의 웃음소리가 이른 아침 공기를 울렸다. 처음이었다, 이렇게 유쾌하게 웃어본 것은. 무정은 점차 변하고 있었다. 그 자신만 모를 뿐이었다.

홍관주는 무정이 웃는 것을 물끄러미 쳐다보았다. 자세히 보니 꽤나 잘생긴 얼굴이었다. 보아하니 웃는 게 손에 꼽을 정도인 놈이다. 어쨌든 참으로 듣기 좋은 목소리였다.

"쳇, 싱거운 놈!"

툴툴거리며 홍관주는 손가락으로 귀를 파는 시늉을 했다. 그때였다.

"허허허, 홍 어르신께서는 일찍도 일어나셨군요?"

앞쪽에서 들려오는 중후한 목소리에 무정은 고개를 돌렸다. 짙은 남색의 장포를 입은 사십 대 후반가량 됨 직한 청수한 인상의 장년인이 천천히 다가오고 있었다. 그 뒤에 당패성과 당혜, 당소국이 보였다. 홍관주는 마침 그를 생각하고 있었기에 반색하며 말했다.

"홋홋홋! 그래, 당 문주께서도 잘 주무셨는가? 홋홋! 아, 무정아, 인사드리거라. 현 당가의 가주 천밀무격(天密武擊) 당세극(唐世極)이시니라. 네가 정신을 잃었을 때 봐주신 분이란다. 홋홋홋."

영락없는 영감 흉내였다. 둘이 있을 때는 이 말 저 말 잘도 하더니 사람들이 있으면 이상하게 변한다. 게다가 이젠 손자 취급하는 홍관주를 보며 무정은 고개를 흔들었다.

"무정이라 합니다."

엉성하게나마 무정은 포권을 지어 보였다. 사실 당세극은 삼 일 전 홍관주와 무정의 비무를 지켜보고 있었다. 당소국이 다쳤다는 전갈을 받고 부랴부랴 달려온 것이다.

은혜와 원수는 철저하게 갚는 것이 당문의 규정이기에, 또한 지금 사천 무림의 핵이 된 무정이란 자도 직접 보고 싶기도 했다.

"아닐세. 오히려 요위굉에게서 아이들을 지켜주어 고맙네. 당세극이라 하네."

정광이 가득한 당세극의 시선이 무정을 훑었다. 한눈에 그의 몸이 눈에 들어왔다.

각고의 노력을 한 듯 전신의 근육은 팽팽히 불어나 있었고 그 위에

엎혀진 수많은 상처들은 얼마나 험한 인생을 살아왔는지 단번에 알 수 있게 해주었다. 그는 시선을 거두고 입가에 미소를 지었다.

"헛헛, 젊은 사람이 대단허이. 후, 우리 아이들도 좀 본받았으면 좋으련만……."

나직한 한숨과 함께 당세극이 옆에 시립해 있는 당패성을 흘깃 보자 당패성은 얼굴이 벌게진 채 땅바닥으로 시선을 떨구었다.

"홋홋홋, 재능은 언제든 노력만 하면 꽃 피우게 되는 법. 자자, 이렇게 아니라 그만 들어가서 조주(朝酒)라도 하면서 얘기하지. 홋홋. 무정아, 가자꾸나."

"먼저 들어가시지요. 난 방에서 정리할 게 좀 있소."

무정은 초우를 쓰다듬으며 일행에게 말했다. 그동안 초우를 거의 다듬지 않았다. 그렇지 않아도 미안했는데 홍관주와의 비무 때 너무 혹사시킨 것 같았다.

"오, 홋홋홋. 그래? 그럼 천천히 오려무나. 홋홋."

늦게 간다는데 뭐가 그리도 좋은지 홍관주는 실실거리며 당세극의 등을 떠밀었다.

당세극은 난감한 표정을 지으며 문 안쪽으로 밀려들어 갔다. 그래도 일문의 가주이자 사십이 넘은 장년인데……. 그러나 상대는 이미 세수 백이십이 넘은 사람이었으니 별 도리가 없었다.

그는 쓴웃음을 지으며 객잔으로 향했다.

무정은 사람들이 사라져 가자 그제야 움직였다. 아무래도 오늘 오전은 초우 하나만 다듬는 데 다 써야 할 판이었다.

조용히 도면을 쓰다듬는 그의 손길을 느껴서인가? 기분 좋은 듯 살포시 떠는 초우의 광택을 보며 무정은 얼굴 가득 미소를 지었다.

"흐음, 그럼 당가주도 잘 모른단 말인가?"

"예, 어르신. 조금 이상한 점이 있기는 해도 그것이 무공과 연관된 것인지는 알 수가 없군요."

"호오, 좀 더 자세히 말해 줄 수 있겠나?"

무정을 뒷마당에 세워놓고 들이닥치다시피 객잔의 이층으로 올라온 홍관주는 당세극을 닦달하기 시작했다.

무정을 진맥했으니 어느 정도 당가주가 감을 잡았으리라는 생각에서였는데 아까 당세극을 보며 반색한 이유가 증명이 되는 순간이었다. 아무래도 자신보다는 독과 인체를 연구하는 당가주가 더 잘 알 거라는 계산이었다.

"음, 우선 그는 단전이 없더군요. 아니, 너무 작아서 없는 것과 마찬가지지요."

"엥?"

홍관주는 눈을 크게 떴다. 단전이 작다니? 그럴 리가 없었다. 적어도 저 정도의 힘을 내려면 자신과 비슷한 크기거나 중단전 정도는 열려야 되는 것이 정상이었다. 당세극의 설명은 계속되었다.

"단전이 사용되었던 흔적은 분명히 있습니다. 한데 그것이 하복부 중에서도 아주 미미한 부분이었습니다. 제가 진맥할 때는 그나마 위치나 크기가 급속도로 줄어들 때였습니다."

"……."

당패성의 미간이 찌푸려졌다. 도무지 알면 알수록 무정이란 자는 알 수가 없었다.

무림인들이 연공을 하면 단전은 커진다. 사용하면 할수록 조금씩 커지는데 사용 중인 단전은 평상시보다 약간 커진다. 물론 아주 미세한 차이인데 그 차이를 당세극은 감지해 낸 것이다.

"거참!"

혀를 차며 홍관주는 고개를 젓기 시작했다. 괴물, 괴물의 괴사였다. 그렇다면 무정은 일반인들의 단전과 별반 다를 것이 없다는 뜻이다.

"한데……"

나직한 당세극의 목소리에 홍관주는 눈길을 던졌다. 그리곤 당세극의 말에 두 눈이 화등잔만하게 커졌다.

"단전 같은 역할을 하는 곳이 몸의 이곳저곳에 있더이다……"

당세극도 믿기지가 않는지 말끝을 흐렸다. 그의 양 골반과 어깨, 그리고 미간 사이에 분명히 그 흔적이 보였다.

종합하자면 무정은 여섯 개의 단전과 같은 것을 사용한다. 그렇기에 홍관주와 동등한 무공을 사용할 수 있었다고 억지로라도 이해한다면 문제가 생긴다.

처음 일반인과 같은 단전 크기를 가진 자가 어떻게 힘을 낼 수가 있는가? 요는 시작 점이 없는 것에 있었다.

무림인은 연공을 하며 축기(蓄氣)를 한다. 그렇게 생성된 공력은 필요하면 언제든 사용할 수 있고 축기한 만큼만 사용할 수 있다.

혹자는 차기미기니 이력타력이니 하면서 상대의 힘을 역이용하여 배 이상의 공력을 사용한다고들 하지만 그것도 자신의 공력이 어느 정도 뒷받침될 때나 가능한 일이다.

공력이 없는 자가 그런 것을 시도한다면 아마도 길바닥에 패대기쳐진 개구리 꼴이 될 것이다.

“거참, 볼수록 묘한 놈일세. 무공도 인간 됨됨이도…….”

홍관주는 고개를 주억거렸다. 정말 글자 그대로 상식이 안 통하는 인간이었다.

잠시 정적이 흘렀다. 당세극도 홍관주도 자신만의 생각에 빠져들었다. 그들은 어떻게든 무정이란 인간을 이해해 보려 노력하고 있었다.

“저…….”

비죽거리는 당패성의 목소리에 그들이 고개를 들었다. 당패성은 얼굴이 따가웠다.

“혹시 무 대협의 무공이…….”

무공이란 소리에 홍관주의 몸이 바짝 다가섰다. 당패성은 주저하다 어렵사리 입을 열었다.

“그 전설의… 전단격류의 무공이… 아닐는지요?”

“…….”

아무도 입을 열 수 없었다. 그들 역시 함부로 판단하기 곤란한 말이었다. 당세극의 고개가 서서히 끄덕여졌다.

“음, 그럴 수도 있겠구나. 전단격류라…….”

당세극도 그리 잘 알지는 못했다. 하긴 알 턱이 없었다. 기록에도 그 이름조차 표기된 적이 거의 없으니. 하나 그는 십 년 전의 한 사건을 기억했다. 그 사건으로 전단격류는 문서에서 현실로 나왔었다. 하지만 함부로 단정 지을 수는 없었다.

그는 눈을 들어 홍관주를 바라보았다. 그의 눈은 홍관주의 생각을 묻고 있었는데 홍관주는 그 눈길의 의미를 이해한 듯 그의 신형이 의자 등받이에 붙여졌다. 갑자기 목이 타는지 새벽 댓바람부터 화주를 들이켰다.

“카아! 끅! 음, 혹 자네들은 무림 공적의 첫째 조건이 뭔지 아나?”

트림 소리에 미간을 좁히던 당혜는 눈을 반짝였다. 슬쩍 말을 돌리는 것으로 봐서 뭔가 할 말이 있는 것 같았다. 그는 현 무림의 최고 배분이니 아무래도 자신들이 모르는 것을 알고 있을 확률이 컸기에 그녀는 다급히 입을 열었다.

“그거야 부녀자를 간살… 한다든지 아니면 살인을 밥 먹듯이 하면 그렇게 되는 것 아닌가요?”

‘간살’이라는 단어에서 그녀는 요위굉이 생각났는지 얼굴을 붉히며 소리를 죽였다. 비록 무림인이지만 그전에 여인이었던 것이다.

“틀렸다.”

“……?”

담담한 홍관주의 음성이 들렸다. 당패성은 머리를 굴렸다. 대체 홍관주가 어떤 대답을 원하는지……. 그때 홍관주의 음성이 다시 들렸다.

“무공이 높아야 한다. 그것도 상당히.”

말을 마치고 홍관주는 다시 화주를 들이켰다. 당패성의 눈에 당세극이 얼굴을 굳히며 작게 고개를 끄떡이는 것이 보였다. 아마도 가주는 뭔가 그 의미를 알고 있는 듯했다.

“강호인이란 말이지…….”

홍관주의 말은 계속되었다.

“자신의 힘이 안 되면 이 사람 저 사람 끌어들이며 같이 싸우자고 부추기는 인간들이지.”

당패성의 뇌리에 뭔가 알듯한 느낌이 들기 시작했다. 하나 확신할 수는 없었다.

"그만큼 그들은 자신의 위에 누군가가 있는 것을 용서하지 않는다는 말인데……."

홍관주의 눈빛이 변했다. 투명한 눈이 심유해지기 시작했다.

"그런데 만일 정체를 알 수 없는 엄청난 무공을 익힌 사람이 있다고 하자."

당패성은 눈을 감았다. 그도 알 것 같았다.

"특별한 괴이 편벽함이 있다면 사공이니 마공이니 하며 우루루 몰려 들지."

당혜의 눈이 탁자로 향했다. 너무나 잘 알고 있는 느낌이다. 그녀 자 신도 그렇게 행동했었다.

"그런데 그 사람이 그런 것조차 없다면?"

"……!"

어린 당소국도 이해가 갔다. 결국 그런 이야기였다.

"전단격류? 웃기는 개 방구 같은 말이지. 그럴싸한 말로 그럴듯하게 포장해서 어떻게든 저건 우리 부류가 아니라고 한번 우겨나 보는 게 지."

말을 마친 홍관주는 화주 병을 입에 박았다. 그리고는 쉼없이 목 울 대를 까닥거렸다.

당패성은 눈을 떴다. 결국 전단격류라는 것은 말이 안 되는 것이다.

그것은 나약한 강호인이 지어낸 야비한 술책과 같은 것이다. 즉 전 단격류는 무공이 아니라 그런 사람들을 지칭하는 것이었을 뿐이다. 홍 관주의 말을 빌리자면 말이다.

"홋홋홋, 무정이 왔구나. 어서 앉거라. 배 고프지? 홋홋홋."

뜬금없는 홍관주의 말에 이번엔 무정을 제외한 이들이 아연해졌다.

확실히 종잡을 수 없는 인간이었다. 당세극도 그런 그의 행동에 헛웃음을 지었다. 그렇지만 그는 그렇게 밝은 표정을 지을 수 없었다.

무정을 진맥할 때 그는 아주 약한 기를 손목에 흘렸었다. 그런데 되려 온몸을 감아오듯이 충격이 왔다. 내공을 최대한도로 끌어올려야 할 정도로 강력한 힘이. 무언가가 무정의 몸 안에서 작은 힘을 수십 배나 강한 힘으로 만들어 되튕겨낸 것이다.

그는 말할 수 없었다. 아니, 말할 수 없다는 표현이 더 옳다. 어쩌면 이것은 자신의 당문을 강호제일문으로 만들 수 있는 비밀이었기에…….

그의 머리 속에서 황금색 편액이 걸린 당가의 정문이 보였다. 천하제일문(天下第一門)이라는 글씨가 새겨진…….

4

점점 관도가 넓어지는 것을 보자 성도가 가까워지는 것이 실감되었다. 무정과 일행은 천천히 말을 타고 이동하고 있었는데 이제 만 하루 정도만 가면 성도에 도착할 수 있었다.

일행의 숫자는 좀 불기는 했지만 간 사람을 가감하면 그리 변동은 없었다.

소림의 명각과 명경, 당문의 당세극과 당패성, 당혜, 당소국, 그리고 홍관주. 그들은 지금 유유자적 길을 걸어가고 있었다. 하나 서로 묵묵히 자신의 생각을 하고 있었다.

'전단격류라…….'

무정에게는 생소한 이름이었다. 실은 오전의 대화를 우연치 않게 엿듣게 되었다. 아니, 사실은 홍관주가 엿듣도록 놔두었다는 것이 옳을 것이다. 그만한 인물이 자신이 엿듣는 것을 모를 수는 없었다.

힘의 원천이라는 것을 단전이라고 했을 때 그는 단전이 여섯 곳이라는 말도 들었다. 양쪽 골반과 어깨, 아랫배와 인당 부근이라고 했었나? 분명히 그리 들은 것 같았다. 확실히 자신의 관절에는 이상한 기운이 서려 있다. 따뜻하고 강한 것들이 묵기를 만들어낸다. 당세극이 생각하는 것과 동일하다.

하나 다른 것도 있다. 그런 기운이 느껴지는 것은 그곳 뿐만이 아니었다. 작게는 손가락 마디부터 크게는 등뼈에 이르기까지 몸의 모든 관절이 그러한 현상을 보이기 시작했다. 다만 크게 일어나는 부분이 그 여섯 부분이었다.

무정은 손가락에 힘을 주어 허공에서 까닥거렸다. 어깨부터 손가락까지 따스한 느낌이 고루 퍼졌다. 그와 함께 팔에서 옅은 묵빛 아지랑이가 피어올랐다.

"……."

바로 뒤에서 좇아가던 당소국의 고개가 갸웃거렸다. 무정의 팔에 살랑거리는 검은 기류가 보인 것이다.

요즘 그는 무정의 동태에 관심이 많았다. 당소국은 이제 열넷. 강한 자를 영웅시하는 강호의 생리로 본다면 관심은 당연한 일이었기에 소국은 망설임없이 두 발로 말의 배를 가볍게 찼다.

무정은 팔의 움직임을 보면서 홍관주의 말을 다시 상기했다. 그저 이기적인 강호의 한 단면이라는 말. 왠지 그는 그 말이 곧이곧대로 받아들여지지 않았다.

마치 일행에게 무정에 대한 그런 식의 관심은 갖지 말라는 듯이, 혹은 무정에게 그러한 강호이니 너무 나서지 말라는 뜻 같기도 한 것 같은 묘한 여운을 풍기는 말이었다. 무정은 어쩌면 전단격류란 정말 실존하는 것일지도 모른다는 상상을 하고 있었다.

"저… 무 대협."

아직 채 변성기도 가시지 않은 소년의 목소리가 들렸다. 무정은 고개를 돌렸다. 아직은 어린 티를 벗지 못한 소년이 옆에 있었다. 당소국이었다.

"뭐… 좀 물어봐도 돼요?"

아무래도 아직은 무정이 두려운 모양이었다. 눈치를 보고 쭈뼛거리며 입을 여는 것을 보고 무정은 고개를 끄떡였다. 당소국은 그제야 웃으며 입을 열었다.

"이 말에 매어져 있는 봉은 뭐죠?"

무정의 시선이 당소국의 시선을 따라갔다. 초우의 자루 부분이다. 그동안 너무 신경을 안 쓴 것 같았다. 그냥 말에다 매어놓고는 잊고 있었다. 그는 초우를 등 뒤에서 뽑았다.

"엥? 무정아, 뭐 하는 게냐?"

뒤에서 홍관주가 눈을 빛내며 말을 몰아왔다. 뭔가 호기심이 또 당기는 모양이었다. 무정은 아무 말 없이 이번엔 자루를 뽑아 들고는 초우와 결합했다.

끼릭끼릭!

"우와!"

당소국이 보기에는 기병(奇兵)이었다. 순식간에 초우는 옛 모습을 되찾았다. 둥근 구가 달려 있는 것만 빼고는.

무정은 왠지 낯설게 느껴졌다. 강호인으로 보이기 위해 손잡이를 자른 것이 못내 치장으로 보이는 것 같아 마음 한구석이 아련해졌다.

오랜만에 칠 척의 초우를 오른손에 잡고는 말 아래에서 위쪽으로 힘차게 그었다.

슈우우웃!

공기를 가르는 소리와 함께 관도에 긴 줄이 파였다. 무정은 흡족한 미소를 짓고는 다시 분해해 제자리에 넣었다.

"음……."

당세극은 눈을 빛냈다. 상당한 장인이 만든 실력이었다. 당문의 주무기가 암기이다 보니 당연히 무기에 관한 지식이 남달랐다.

저 정도의 병기는 그의 가문에서도 만들 수 없었다. 제작자를 물어보고 싶었지만 당문의 자존심에 물어볼 수는 없어 내심 답답한 당세극이었다.

당소국은 정말 신기했다. 무정이란 사람은 놀라운 것 투성이었다. 일반적으로 보는 무림인들과는 너무 달랐기에 그는 상기된 표정으로 입을 열었다.

"전장에서 얼마나 수련하면 무 대협처럼 될 수 있나요?"

"……."

무심코 물어오는 당소국의 말에 무정의 눈빛이 무거워졌다. 이 꼬마는 전장이라는 것이 뭔지 알고 물어온 것일까? 차라리 얼마나 사람을 죽였냐고 묻는 것이 더 나을 것이다. 수련, 수련이라…….

전장에서 수련 따위는 없다. 오로지 살기 위해 바둥거리는 몸부림만이 있을 뿐. 그는 고개를 하늘로 올렸다. 뭐라고 해야 할지 난감해진 것이다.

“소국아, 이 무슨 결례냐? 그런 것은 함부로 묻는 것이 아니다.”

당패성의 벌건 얼굴이 당소국을 향하고 있었다. 그는 홍관주가 뭐라 하든 무정은 무공을 갖고 있다고 생각했다.

함부로 타 무공의 구결을 듣거나 수련 광경을 보는 것만도 결례가 되었기에 지금 당소국의 말은 그런 강호의 통례로 봤을 때 실례라면 실례였다.

당소국은 목을 움츠렸다. 그는 정말 그런 의도는 없었다. 그저 자신이 요위중에게 당한 이후부터 강해져야 한다는 생각만이 그의 머리를 지배하고 있었다. 그는 미안한 표정을 지으며 말고삐를 돌리려 했다.

“수련 따위는… 없다.”

무정의 입이 열렸다. 당소국은 동작을 멈추고 무정을 바라보았다. 마상에서 무정의 입이 다시 열렸다.

“전장은 수련장이 아니다. 그곳은… 지옥일 뿐이다. 나는 살기 위해 스스로 강해진 것뿐, 그 이유조차 모른다. 그뿐이다.”

무정은 고개를 돌려 당소국을 보았다. 초롱한 눈동자에 어느덧 생기가 돌고 있었다. 내용이야 어쨌든 대답해 준 것이 기쁘다는 듯이……. 무정의 입가에도 미소가 걸렸다. 그는 손을 내밀어 당소국의 머리를 쓰다듬었다. 한없이 메마른 무정의 미소가 당소국의 머리 속에 깊숙이 각인되었다.

이경이 넘은 숲 속은 고요하고 평화로웠다. 어두운 밤하늘은 마치 사금파리를 뿌려놓은 듯 찬연하게 빛나고 있었다.

내일 저녁이나 모래 아침이면 성도에 닿을 것이다. 객잔이라도 있으면 좋겠지만 불행히도 마을은 없었다. 일행은 지금 이십여 장 이상 떨어진 곳에서 노숙을 하고 있었다.

무정은 홀로 적당한 공터에 서 있었다. 오랜만에 군에서 했던 토납법과 유기술을 시전했다. 육 척이 넘는 거구의 신형이 기이할 정도로 유연한 움직임을 느릿느릿 보여주고 있었는데 몸이 다 풀린 듯 그는 눈을 빛내며 집중했다.

그는 지금 뭔가 새로운 시도를 하고 있었다. 그의 오른팔에 묵기가 형성되었다. 이젠 마음이 일면, 혹은 몸이 먼저 느끼면 나타나는 묵기였다.

그는 조금씩 그 기류를 팔 안으로 밀어넣어 보았다. 처음엔 잘 되지 않았으나 기류는 그의 모공을 타고 조금씩 들어가면서 점차 엷어지고 있었다.

이윽고 묵기가 팔 안에 꽉 찬 느낌이 들자 팔 전체가 따스했다. 그는 눈앞의 아름드리 나무에 주먹을 내밀었다.

파욱!"

“…….”

마치 굴을 파듯이 나선형의 주먹만한 구멍이 석 자가량 생겼다. 상당한 위력에 집중된 타격력을 보여주고 있는 것에 무정은 약간의 흥분을 느꼈다.

그의 묵기는 원래 공중으로 발산되는 형태이다. 들어오는 모든 것을 이지러지게 하면서 또한 나가는 모든 것도 굴절되고 확산시켰다. 그의 권이 수십 개의 타격을 동반하는 것은 그런 이유였다.

한데 지금 이것은 집중되는 효과를 보이고 있다. 정확히 의도한 대로 목표물에 타격을 줄 수 있는 것이다. 그는 온몸의 묵기를 끌어냈다. 그리고는 다시 가두기 시작했다.

상당히 오랜 시간이 걸렸지만 거의 모든 묵기를 가둘 수 있었다. 하나 머리 쪽의 묵기는 거두어지지 않았는데 거두려 하면 몸이 거부를 하듯 머리가 상당히 아파오기에 그는 머리 쪽은 포기했다.

온몸이 따스하며 가벼웠다. 흡사 깃털처럼. 무정은 발끝에 힘을 주었다.

스스스슥.

그의 신형이 빽빽한 아름드리 관목 사이를 누비고 다녔다. 환영도 없었다. 마치 미로를 돌듯. 급작스럽게 몸을 틀어도 무리가 가지 않았다. 묵기에 눌려 방향을 억지로 바꾸다가 하마터면 당할 뻔한 마라불과의 일전이 떠올랐다.

그다지 힘도 들지 않았다. 무정은 움직이면서 손발을 놀렸다.

빠각! 팍팍!

여기저기서 나무들이 비명을 질렀다. 하나 한 그루의 나무도 쓰러진 것은 없었다. 손바닥, 혹은 발 크기만한 구멍만이 나 있었다. 그의 가슴속에서 호기가 일었다. 속도에 가속이 붙기 시작했다.

"……."

엄청난 속도였다. 그의 눈이 적응을 못할 정도였다. 전에 홍관주와 비무할 때 느꼈던 마지막 한 수보다도 빨랐다. 그때는 몸이 뜻하는 대로 되지 않은 것이었지 눈이 적응 못할 정도는 아니었던 것이다. 그가 신형을 세우자 무정의 신형이 휘청였다가 곧 곧추섰다. 머리가 어지러웠던 것이다.

이젠 단점과 장점을 알 것 같았다. 예전의 묵기는 상대를 부숴 버렸다. 그만큼 울리는 타격을 넓게 준 것인데 만일 예전처럼 나무를 때리면 산산조각 나듯 파여 나갔을 것이다.

그러나 지금 나무에 매끈한 구멍이 뚫려 있다. 내력의 집중이 가능하다는 뜻이다.

그러나 묵기를 안으로 갈무리하는 데 시간이 너무 걸렸다. 이래 가지고는 실전 사용이 요원했기에 좀 더 갈고닦을 필요가 있었지만 일단은 만족한 웃음을 지었다.

우선은 이 정도가 적당할 것이다. 더 이상은 무리라고 생각했기에 그는 신형을 돌려 일행이 있는 쪽으로 돌아갔다.

"대단하군."

아름드리 숲 속에 남겨진 무정의 흔적을 보며 당세극은 침음을 흘렸다. 자신도 이렇게는 못한다.

"가주님, 저는 도대체 이해할 수가 없습니다. 무정의 무공은 불가사의 그 자체입니다."

"음……."

당세극은 침음성과 함께 고개를 끄덕였다. 확실히 불가능해 보이는 무공이었다.

"확실한 것은 그의 몸에는 힘을 증가시키고 배가시키는 무언가가 있다. 그것이 단전이든 뭐든 간에 신체의 능력을 훨씬 상회해서 흘러나오는 것이다."

"……."

단정 짓는 당세극의 말에 당패성은 혼란스러웠다. 그렇다 해도 그는 내공이 없다. 한데 어떻게 시작이 되겠는가?

"토납법, 그것도 양생술은 흔히 무림인들이 경멸한다."

눈치라도 챘는지 당세극이 말을 이었다.

"하나 내공은 토납법을 기초로 한다. 양생술도 마찬가지고. 신공이라고 그럴듯하게 위장하지만 실상 기본은 같은 것이다."

당패성은 머리를 끄떡였다. 기본이 같기에 끝도 같은 만류귀종(萬流歸宗)이란 말도 있지 않은가?

"그렇다면 그의 내공은 설명이 된다. 아주 작은 기감만 있어도 그의 신체는 그것을 키운다. 그리고는 발출해 낸다. 그 방법은… 수많은 전장을 돌며 몸으로 체득한 것이고"

"……."

인간의 몸은 신비하다. 위기에 닥친 인간은 자신이 가진 힘의 수배를 낼 수 있다. 마차에 깔린 자식을 구하기 위해 어머니가 여인의 몸으로 마차를 들어 올렸다는 말은 간간히 들리고 있다. 하물며 자신의 목숨이 위험한 데야 더하면 더했지 덜하지는 않을 것이다. 그리고 수년간 그러한 경험이 반복된다면 어떨까? 아마도 몸은 기억할 것이다, 그 길을. 그리고 어느 사이에 의도적으로 낼 수 있게 될 것이다.

극한, 아주 극한의 상황이 연속돼야만이 가능한 일이다. 그런 극한의 연속이 가능한 곳은 아마도 전장터뿐일 것이다.

"……."

잠시 생각하던 당패성은 고개를 저었다. 내공과 그 운용은 억지로라도 이렇게 끼워 맞출 수 있었지만 그 묵빛 기류는 설명이 안 되었다.

정체를 알 수 없는 힘이라……. 그의 뇌리 속에 한 단어가 떠올랐다.

"…전단격류……."

당패성의 입에서 신음 같은 소리가 흘렀다. 이십여 년을 전장에서 살았고 십 년이 넘는 극한의 상황을 무정은 맞이했다. 어쩌면 그의 무공은 당연한 것일지도 모른다.

"네 말대로 전단격류일 수도 있다. 마치 십 년 전의 그자를 다시 보는 듯했으니……."

"십 년 전이라니, 그게 무슨 뜻입니까?"

뜻 모를 소리에 당패성이 고개를 갸웃거렸다. 십년 전이면 막 십 대 중반의 나이. 아무것도 모르고 오로지 지하 연공실에 처박혀 있을 시기이다.

"전단격류는 이미 한 번 나타났었다. 십 년 전에……. 다만 사람들이 쉬쉬하고 있을 뿐이다. 다들 상처가 컸을 것이야. 단 한 명도 그를 이긴 사람이 없었으니까."

"……."

당패성의 눈이 커졌다. 그런 일이 있었다니! 한데 그는 맹세코 처음 듣는 이야기였다. 십 년 전이면 그리 오래된 일도 아닌데 어째서……?

"이상한 표정 할 것 없다. 그 일은 누구나 아픈 기억으로 갖고 있으니 말이 돌지 않는 것도 당연하다. 너희 할아버님도 아마 말해 주지 않으실 거다. 그분도 졌으니 아마 그럴 것이다."

"그럼 그 사람이 전단격류의 무공을 사용했단 말입니까?"

약간은 흥분한 듯 목소리가 커지자 당세극의 눈이 질책의 의미를 담고 당패성에게 향했다. 당패성은 실태를 깨닫고 얼굴을 붉혔다.

"패성아, 속단은 금물이다. 어찌 됐던 추측일 뿐이니……."

당세극은 말과 함께 몸을 돌렸다. 당패성은 잠시 자리에 서서 생각에 빠져 있다가 당세극의 뒤를 좇기 시작했다.

"아참, 무정을 보는 당혜의 시선이 심상치가 않더구나. 혹 녀석이 그를 좋아하는 것 아니냐?"

"그런 것 같습니다만 무정은 지금 아미의 미려군을 더 생각하는 것 같습니다, 가주님."

가다 말고 문득 뱉은 당세극의 말에 당패성이 조용히 대답하자 당세극의 미간이 좁아졌다. 답답하다는 듯 미간을 좁히며 소리쳤다.

"멍청한 것! 그렇게 유약해서 이 강호에서 어떻게 살겠다는 것이냐? 진정 무엇이 당문을 위하는 일이라는 것을 모른단 말이더냐?"

"……."

갑자기 얼굴을 붉히며 소리를 지르자 당패성은 조용히 듣기만 했다. 아마 당세극은 당혜가 무정의 앞에서 치마 끈을 풀어헤치는 한이 있더라도 반드시 잡으라고 할 것이다. 만일 이 자리에 당혜가 있었다면…….

당세극은 잠시 당패성을 보다가 결국 한숨을 내쉬더니 신형을 돌렸다. 당패성도 그를 천천히 따라가 두 사람의 신형은 어둠 속으로 묻혀 갔다.

스슷.

두 사람이 사라지자 한줄기 바람이 이는 소리와 함께 또 한 사람이 나타났다. 오 척 단구에 흰 머리, 붉은 얼굴을 한 인물. 백염주선 홍관주였다. 그도 당씨들처럼 처음부터 무정을 살피고 있었던 것이다.

당세극이 말한 바는 잘 알고 있었다. 이검필승인 장규연, 그를 말하고 있다. 무정처럼 정체를 알 수 없는 강한 무공에 굴하지 않는 의기를 지닌 자, 홍관주 평생에 다시 만날 수 없을 것 같은 그런 자를 지금 당세극이 말하는 것이다.

"당세극, 부디 사심이 없길 바라네."

　　당세극이 사라진 방향을 보며 홍관주는 눈빛을 빛냈다. 그것은 무정
에게 노인장으로 불리는 홍관주가 아니었다. '청백지강호' 라 불리는
무림의 거목 백염주선 홍관주였다.

『무정지로』 제2권에 계속…

절찬 발행중!!
1~9권

김석진 新무협 판타지 소설

삼류무사
三流 武 士

통쾌 무비! 쾌감 작렬!
이것이야말로 진정한 삼류!

삼류의 탈을 쓴 비장의 일격을 맛 보아라!
무료함을 날려줄 한방 슬러거!

축하한다! 너는 이제 삼류무사(三流武士)가 되었다.
뒤에 쓰여진 이러쿵저러쿵이 어찌 눈에 들어오겠는가?
머리 위로 별들이 빙글빙글 춤추고 있다.
"씨―앙!"
날아가면서 양발차기로 석비(石碑)를 부숴 버렸다.
와르르―
열받아 봐야 무엇 하겠는가?
물은 이미 엎질러졌고 오 년이란 시간은 흘러가 버렸다.
그래서 이제 스물여덟이 되었다.
황금 같은 이십대의 청춘은 다 날아가 버렸다.
양양성에서 최고로 잘 나가던 한량,
뒷거리 싸움의 천재 장추삼의 청춘은
돌아올 수 없는 곳으로 떠나갔다.
기껏 삼류무사가 되기 위해!

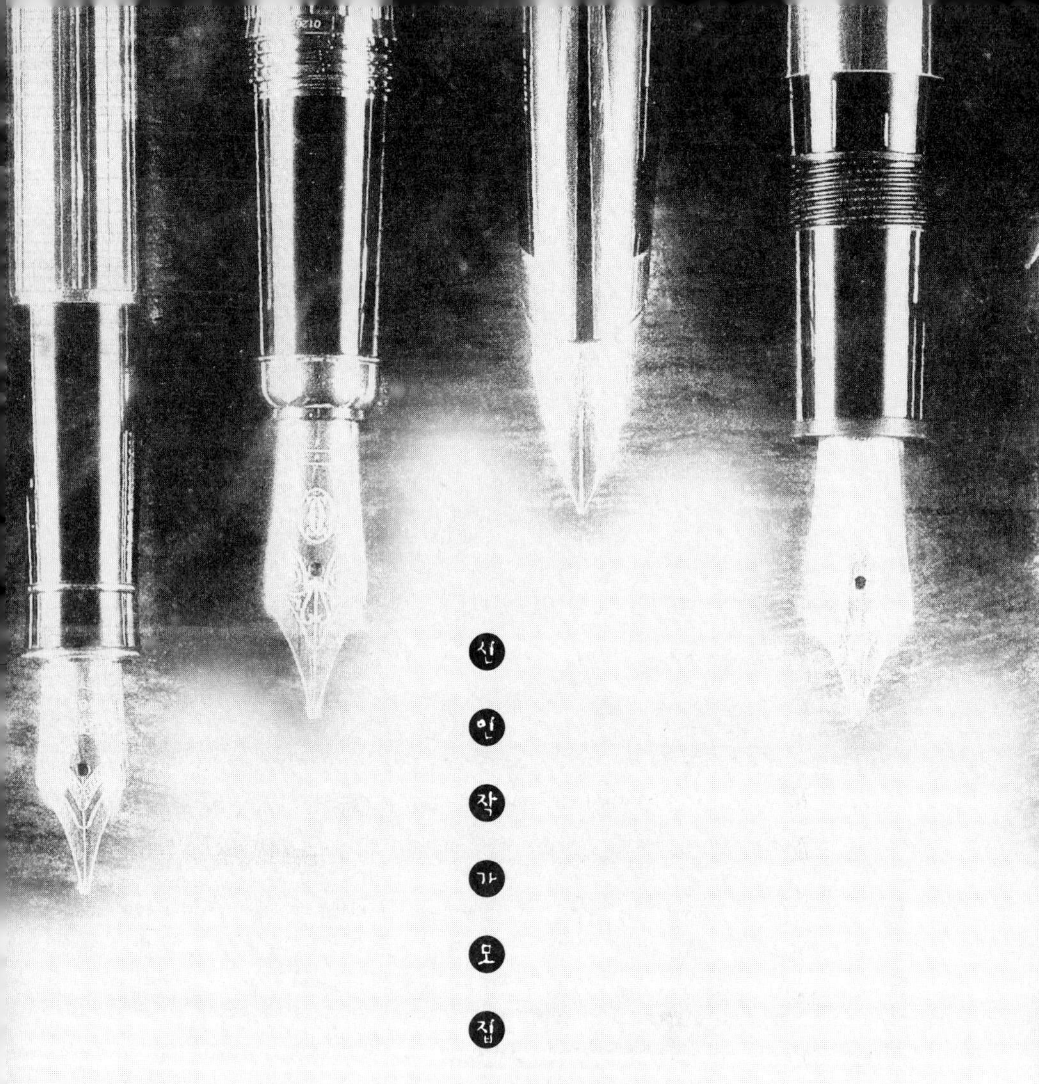

신
인
작
가
모
집